1512

# 1512

## La conquista de un reino. Nabarra

Arantzazu Amezaga Iribarren

Prólogo de Mikel Irujo A.

www.librosenred.com

Dirección General: Marcelo Perazolo
Diseño de cubierta: Stefanie Sancassano
Diagramación de interiores: Vanesa L. Rivera

Primera edición en español - Impresión bajo demanda

© LibrosEnRed, 2013
Una marca registrada de Amertown International S.A.

ISBN: 978-1-59754-914-1

Para encargar más copias de este libro o conocer otros libros de esta colección visite www.librosenred.com

*A Pello Irujo Elizalde, mi amor de ayer, hoy y mañana, nabarro de ley y vasco de nación.*

# Observación ortográfica

El nombre de Nabarra y sus pueblos se han escrito según grafía en lengua vasca, lenguaje popular de los nabarros en el tiempo histórico de la novela. En los siglos XV y XVI, en Nabarra, debido a su entronque geográfico a caballo en los Pirineos, por la que cruzaba el Camino de Santiago, se hablaba, además, bearnés, latín, gascón, provenzal, navarroaragonés y romance. Tras la invasión del reino por Fernando de Aragón, comenzó a hablarse castellano. El euskara, que ha prevalecido hasta nuestros días, deriva de la Prehistoria y no pertenece al tronco indoeuropeo. Designada *lengua isla*, es la más antigua de Europa.

# Prólogo

Una vez más, Arantzazu Amezaga nos hace retroceder en el tiempo. Siglos atrás, cuando en Europa solo imperaba la ley del más fuerte, un pequeño reino se tambaleaba, víctima de un conflicto civil que lo debilitaba. El reino de Nabarra se vio sometido a la ambición de Fernando de Aragón, quien había sido, con su difunta esposa, Isabel de Castilla, el responsable de la conquista del reino de Granada. El mismo año se produjo la expulsión de los judíos. Todo ello era celebrado desde los dominios vaticanos, que veían con temor cómo un poderoso imperio musulmán, el otomano, amenazaba la Europa cristiana. Pero las motivaciones religiosas no podían ser esgrimidas para acabar un reino como el de Nabarra, que contaba con más de setecientos años de historia, una historia mediante la cual controló el poder de los monarcas, con el establecimiento de unas leyes o fueros que permitían un control más ecuánime en la toma de decisiones. Una historia que no se embarcó en conquistas ni trató de someter a otros reinos. En definitiva, una historia en la que floreció el comercio y se trató de que sus ciudadanos fueran *hombres libres en patria libre.*

Tal vez eran conceptos adelantados a la época. Fernando el Católico reunía ambición, inteligencia y poder, una combinación que haría que se convirtiera en uno de los monarcas más poderosos de la época y que dejara, sin él saberlo, las bases para lo que sería el imperio más poderoso del planeta por muchos siglos. Harían falta también muchos siglos para que Europa fuera lo suficientemente madura como para desterrar el uso de la fuerza como medio de dirimir ambiciones y disputas. A todo ello se enfrentaban dos jóvenes reyes en el pequeño reino de Nabarra.

Pero la historia suele olvidar que detrás de cada reino, guerra o conquista existe la vida de personas que sienten, que padecen, que aman. Este libro nos traslada quinientos años atrás. Describe con sumo detalle la vida de aquel tiempo. La autora consigue que realicemos un viaje en el tiempo y que sintamos en nuestro interior el frío que describe de los largos inviernos de Nabarra o el amor que va floreciendo en los protagonistas. Pero antes, estos deberán descubrir su pasado, deberán confiar, deberán trabajar, deberán ocultar su personalidad... En definitiva, estamos ante una novela histórica cargada de intrigas, héroes, villanos, pasiones, guerras..., magistralmente ambientada en la realidad histórica de su tiempo, como lo fue la expulsión de judíos y moriscos, el Imperio otomano y el declive del reino de Nabarra, que si bien seccionada la mitad norte de su territorio, permanecerá vivo en sus territorios de ultrapuertos.

Recomiendo, pues, la lectura de esta novela, porque es un viaje a través del tiempo y nos muestra unos personajes que son, tal vez, mucho más reales que aquellos poderosos que aparecen en los libros de historia.

*Mikel Irujo A.*
*Licenciado en Derecho por*
*la Universidad de Navarra*
*y ex-eurodiputado*

# Capítulo i.
## El juglar de los rizos de oro

Posada Hiribarne, Donibane Garatzi, diciembre de 1493

El hombre escuchó los graznidos que no provenían de la casa ni del pueblo, ni del bosque..., sino de las alturas. Salió presuroso hacia fuera para contemplar el paso de las grullas en dirección al Sur, en perfecta formación, como dibujadas en el lienzo azul del cielo de la tarde.

La luz ambarina del sol poniente destellaba en sus largos cuerpos blanquecinos, aunque algo distrajo su atención, quizá fuese el resplandor merculino del agua del río, y algunas aves hicieron movimientos extraños, disgregándose del grupo, con gran alboroto.

Sacudió la cabeza, se alzó de hombros y musitó en voz baja, riéndose de sí mismo:

—Cada año desfilan hacia el Sur al comienzo del invierno para regresar luego al Norte en la primavera... ¿Por qué tengo que maravillarme del espectáculo cada vez? Debe ser mi instinto de cazador.

Entró en la posada para dar una última inspección. La casa de piedra rosa, herencia de su bisabuelo, se erguía gallarda sobre sus cimientos, que una vez sostuvieron una fortaleza rodeada por un huerto, ahora tapizado con las hojas recién caídas de castaños y avellanos, de tonalidad rojiza.

La puerta de roble flanqueaba un salón amplio en el que la chimenea, durante el largo invierno de la tierra vasca, permanecía perpetuamente prendida, pues procuraba calor y espantaba la humedad y las sombras, acercando a los huéspedes a la conversación.

En ella, además, se cocinaban los platos que hacían famosa la alquería: sopa de pan con ajo y tocino, y migas de pastor con uvas, escanciado el menú con buen vino de Olite. Se trataba de recuperar, de forma rica y barata, las fuerzas de los peregrinos de la rúa de Santiago en su transcurrir por el reino de Nabarra.

Aunque, con aquella guerra civil interminable, el negocio menguaba, la gente no se animaba a cruzar el Pirineo occidental por miedo a ser atacada y ciertos productos empezaban a escasear, pues la rica zona agrícola del sur del reino estaba asolada por los constantes incendios de los bandoleros.

Se acercó a la mesa principal de madera de cedro —aún expelía un sutil y fresco aroma de cuando fuera gallardo árbol del bosque—, recubierta con un mantel blanco de hilo bordado con cruces rojas y verdes, revisando por última vez que las cosas estuvieran en orden y relucientes.

En esa mesa central, cercana a la chimenea, los platos eran de loza blanca; los cubiertos, de plata; y los vasos, de cristal verde, mercancía valiosa y extraordinaria que había comprado al persuasivo mercader Lópiz como una novedad derivada de los reinos árabes, desconocida entre los cristianos.

—No es frecuente acoger en mi posada a una reina de Nabarra —musitó con orgullo, regocijándose en la riqueza expuesta.

De su bolsillo, extrajo unas bellotas de roble; las lustró a conciencia, disponiéndolas luego sobre las servilletas, a modo de adorno. No satisfecho, ahuecó el almohadón de terciopelo escarlata donde habría de sentarse la reina a coronar, Catalina de Foix, y, con menos entusiasmo, el de su consorte, Juan de Albret.

—Magdalena, la regente de Nabarra, escogió este gascón para su hija Catalina, prefiriéndolo al heredero de Isabel y Fernando, los reyes de Castilla y Aragón, que añoraban el enlace, amén de las plazas de Estella, Viana y Pamplona..., ¡que pedían el reino a cambio de su endeble varón! Si creerán que somos tontos... —esto lo dijo con sorna, pues la afrenta le alcanzaba como súbdito del reino vascón, continuando su soliloquio mientras arreglaba unas cosas por aquí y otras por allá—: Magdalena demostró sentido común, quizás otorgado por las desgracias que jalonan su vida: perdió a su joven marido Gastón, el rey de Nabarra, en aquel estúpido torneo; luego, al primogénito Francisco, coronado en la flor de su edad y que murió tras haber tocado una melodía de amor en su flauta de plata... —El hombre jadeó, conmovido por un dolor íntimo, mas siguió recordando—: Ambos decesos avivaron nuestra enquistada guerra civil y la convirtieron en hoguera cuando su cuñado Juan, vizconde de Narbona, alentado por el rey francés, pretendió arrebatar el trono de su hermano muerto a su joven sobrina Catalina, alegando la ley sálica francesa, sin entender que en Nabarra tenemos nuestras propias leyes, que no son francesas ni castellanas, ni aragonesas, y las mujeres pueden gobernar. Mucho alboroto armó también por entonces y lo sigue armando Luis de Beaumont, ese infatigable condestable bandolero que dirige la facción beamontesa, apoyando la oferta castellana, aunque luego se inclinó por la francesa y, más tarde, vuelta a la aragonesa... Un disparate. Juegan con nuestras vidas y haciendas en el ajedrez de sus apetencias personales.

Meneó con pesar la oscura cabeza, en desacuerdo con los hechos que iba evocando, tan nefandos para Nabarra, y tras alisar nuevamente el mantel, continuó deshilvanando el hilo de sus recuerdos, que eran los sucesos de los últimos tiempos.

—Al casar Catalina con Juan de Albret, ganando el bando francés, hace unos diez años, padecimos escarmiento, como

13

si hubiéramos casado a nuestras hijas con hombres impíos. Hubo cortes separadas de beamonteses y agramonteses en las villas del reino, y los banderizos azuzaron a sus huestes enloquecidas a incendiar los campos, a matarse los unos a los otros —Se mesó el espeso cabello que la edad no había disminuido ni en cantidad, ni vigor, para culminar sus sombríos pensamientos—: Que esto de la política no es cosa de entender para un tabernero como yo, que busca alojar a las gentes en su caserío, cobrando lo justo para mantener la posada con dignidad. Que este asunto de los reyes y sus querencias y querellas, de sus alianzas matrimoniales y enredos dinásticos me desborda, bien lo sabe el Cielo. A rezar toca, pues, para que esta coronación de la señora Catalina y su señor Juan resuelva el conflicto. Que la guerra es un padecimiento que no se merecen los pueblos y menos el nuestro, que carece de milicia y no intenta conquistar las fronteras de nadie, sino preservar las suyas, como debe ser.

Se dirigió a la cocina. Su mujer, Eulalia, comandaba un ejército de doncellas, dirigiendo con autoridad las estrategias del banquete: revisaba con la gravedad de un coronel en campaña la disposición de las ollas de cobre y las marmitas de barro sobre el fuego; olfateaba los guisos, dirigía los asados, probaba las salsas y degustaba los vinos.

Contaba el tiempo de los cocimientos con un reloj de arena instalado en el aparador y según el campaneo de las iglesias de Donibane, regañando a las jóvenes que no cumplían con su mandato a la primera. No dudaba en arrearles una palmada en las nalgas.

Pensó que Eulalia, quien, además, ordenadamente dirigía la intendencia y la lavandería de la posada, hubiera sido una magnifica reina para Nabarra. Su mente era rápida, ordenada e implacable; su voluntad, firme, y su decisión, inquebrantable.

A su físico pequeño y exuberante, lo revestía con austera elegancia: falda negra, larga y plisada; blusa blanca con puntillas al cuello y al borde de las mangas; chaleco de lana rojo en invierno y de algodón azul en verano.

A los cabellos finos y abundantes, del color de las castañas, dispuestos en una trenza en lo alto de la cabeza, los cubría con un pañuelo. Como único adorno, se permitía una cadena de plata con la cruz de Jerusalén, herencia de un antepasado muerto ante los muros de San Juan de Acre. Como cada noche, limpiaba el aderezo con un lienzo; siempre lucía reluciente.

Se casaron con boato, pues ambas familias estaban contentas por el enlace, cosa poco frecuente, ya que la guerra civil tenía divididos a los nabarros. Había quienes seguían a mosén Pierres de Peralta, condestable de Nabarra, líder del partido agramontés, y otros que se alistaban en las filas de Luis de Beaumont, conde de Lerín, ahora condestable de Nabarra, cabeza de los beamonteses.

Eran facciones irreconciliables que cambiaban muchas veces el rumbo de sus idearios, así que uno no sabía muy bien qué pensar de la razón que esgrimían: si era bueno el bando francés o el aragonés, o el castellano al que prestaban alianza u obediencia, según convenía a sus oscuras razones.

El más temible enemigo resultaba Fernando de Aragón, digno hijo de su padre, el funesto rey Juan, casado con la reina Blanca de Nabarra, que tuvo con ella varios hijos, pero a quienes no solo no amó como a Fernando, el último, habido con su segunda mujer, la hija del Almirante de Castilla, sino que también los combatió y descalificó. Había quienes decían que hasta los envenenó. Y la joven y hermosa reina que iba a ser coronada en Pamplona resultaba ser su biznieta, descendiente de su hija Leonor, reina de Nabarra por dieciséis días.

—¿En qué andas, Johannes? —preguntó Eulalia, interrumpiendo sus pensamientos, mientras levantaba una tapa de la olla del hervido de conejo, y tras olisquearlo con el ceño fruncido, ordenó que echaran más sal, romero y pimienta en la salsa.

—Inspecciono el orden de las cosas.

—Llevamos diez años esperando este momento, desde que las cortes de Pamplona reconocieron a Catalina como señora natural del reino. ¡Diez años! —exclamó ella, mordaz, mientras se desplazaba hacia los otros fogones, en los que centelleaban los carbones y rebullían las sabrosas sopas y estofados en sus cazuelas. Agregó con impertinencia, arqueando las renegridas cejas—: Aseguran que el condestable Lerín anda diciendo que les va a cerrar las puertas de Pamplona en las narices.

—Pues no te excedas en la comida, que entonces estamos achicando la intendencia sin beneficio —comandó él con parsimonia, mientras se dirigía al piso superior para echar una ojeada a los dormitorios.

Para Catalina y su marido, tenían dispuesta la hermosa habitación principal de camas dobles con colchones y almohadas de plumas de ganso, sábanas de hilo festoneadas de puntillas y edredones acolchados, recubiertos de un lustroso satén dorado.

El suelo de madera de roble pulido con cera de abejas brillaba a la luz de los candelabros de plata, con sus velas perfumadas, colocados sobre mesas y bargueños de castaño. En la chimenea estaban dispuestos los sarmientos y troncos de viejos olivos, con sus ramos de romero y espliego para ofrendar buen olor.

Miró hacia lo alto para ver si encontraba alguna telaraña; hacia abajo, a los rincones, para observar si había huellas de ratones, aunque habían tenido la precaución de dejar deambular a los gatos por las estancias cuando supieron que los reyes a coronar y su madre, la regente Magdalena, desde Mont-de-Marsan, iban a pasar una noche de descanso en la posada para repostar del viaje emprendido en invierno, a Pamplona.

Johannes no vio nada alarmante y respiró tranquilo, prosiguiendo con su último reconocimiento.

La cámara reservada a Magdalena resultaba acogedora, con su amplia cama recubierta de un mullido colchón de plumas de oca. El edredón era de terciopelo marino y suave al tacto, y los almohadones, recubiertos de satén celeste, estaban dispuestos para lograr que pudiera dormir reclinada. Decían que su salud era mala, pese a tener poco más de cincuenta años.

Las ventanas daban al Errobi[1] y estaban recubiertas con cortinas blancas de algodón. Las abrió de par en par para observar el río, que era como una cinta de plata circundando la ciudad, cruzado por su puente romano. Las orillas, cubiertas de bruñida hojarasca, en primavera resultaban mantos verdes y frondosos. El agua era limpia y en ella abundaban las truchas.

Allí estaba Peio,[2] apoyado su cuerpo grácil sobre una roca cubierta de musgo, ajeno al ajetreo que conmovía la posada. Sus largas y desnudas piernas permanecían hundidas en las aguas frías del río. Sus delgadas manos sostenían la txirula con esa gracia innata en él.

Observó el rostro de su hijo: la quijada pronunciada, la nariz aguileña y la frente abombada que le otorgaban virilidad, pero los rizos de oro bordeándole la cabeza semejaban más a cabellos de mujer que de hombre, así como los bellos ojos, tan azules que deslumbraban con su mirada inocente y sagaz al mismo tiempo, orlados por espesas pestañas negras.

Les llegó en el comienzo de su vejez. Eulalia palpaba su vientre con asombro, viendo que se hinchaba como el de una jovencita. Perplejos estaban ambos por la nueva vida que les venía, mientas los otros hijos, ya hombres, ejercían de leñadores, muleros y otros oficios viriles.

---

1      Errobi, euskara. Francés: Nive.

2      Nombre común en Nabarra para nombrar a Pedro.

Nació un amanecer. El cielo de aquella primavera era azulino, con las nubes atravesadas por los rayos de sol que las convertían en lienzos enrojecidos, y la brisa que venía del sur, sacudiendo las flores de los cerezos y las recién nacidas hojas de los robles y castaños, era suave y cálida como caricia de mujer.

Escuchó el llanto del niño, delgado como un sonajero de cristal, y corrió hacia la casa, en cuya puerta la comadrona le esperaba, mirándolo con ojos turbios por el cansancio del trabajo del parto, y le tendió el niño en un ademán brusco, sin decir una palabra.

Era un ángel. Rosado, dorado, hermoso. No parecía su hijo. Esa incertidumbre vio en el rostro de Eulalia cuando lo acercó a su seno robusto, temiendo ahogar a la criatura celestial. Se miraron ambos con asombro, sin entender por qué les venía un varón con apariencia de mujer.

La fragilidad del bebé resultó ilusoria. Tenía una salud de hierro y demostró determinación. No padeció brote de viruelas ni amago de catarros, ni fiebres invernales. Caminó con agilidad, centrando su atención en el sonido del viento, en el rumor de las hojas, en el oleaje del río, en el aleteo de los pájaros y en sus trinos matutinos.

Habló tempranamente cuantos idiomas resonaban en la posada, imitando los gestos y las palabras de los peregrinos, de aquellos que venían del norte y del este y del oeste de las fronteras del reino, y declamaba hermosamente en el euskara natal. En sus labios resonaba como una melodía.

Siete años contaba cuando los asombró fabricando su txirula, hecha con hueso de animal, y el primer sonido que brotó de aquella flauta fue tan deleitoso y delicado que pareció provenir de los cielos, de las altas esferas seráficas.

Sus hermanos lo observaban con estupefacción; ellos, con asombro: ¿un hijo músico en casa de posaderos? Era para pensar —así se lo insinuaron— que Eulalia había tenido un desliz con alguno de los peregrinos del norte, blancos y rubios, que desfilaban penitentes por la rúa de Santiago.

Ella negó la acusación con desenfado, aduciendo que bastante tenía con su hombre como para atender a los demás. La verdad es que le hubiera sido difícil semejante cosa con la vigilancia involuntaria a la que estaba sometida en sus trajines. Simplemente, el niño había sido un salto atrás, a ese tiempo confuso de las lamias[3] de cabellos de oro que vivían cerca de las fuentes de agua y seducían a los pastores.

Era cosa frecuente en los tiempos antiguos, en aquellos en que a la tierra vascona no había llegado la evangelización ni la dominación de los señores de la guerra. Así lo creyeron y dejaron en paz al muchacho con su txirula y sus canciones.

Resultó, además, que su música multiplicaba la miel de las colmenas, calmaba a las vacas y a las yeguas en sus partos, otorgaba abundancia en el ordeñe, apaciguaba a los caballos percherones de la posada. Era un delgado hilo musical de encantamiento, y sin él, nadie podía vivir.

Hasta las rudas ayudantes de la cocina, al escucharlo, se esmeraban en el trajín de picar, pelar, triturar, amasar y hornear, lo que resultaba eficaz para el cocimiento de las carnes y la confección de las mermeladas de manzanas, ciruelas y moras.

\*\*\*

Johannes cerró la ventana porque el picante aire de diciembre penetraba en la habitación, enfriándola. Eulalia, que le había seguido y permanecía silenciosa a sus espaldas, masculló con enojo:

—Va a enfermar con esos pies sumergidos en el agua helada.

---

3 Lamias: personajes femeninos de la mitología vasca.

—Nunca le ha pasado eso, mujer —afirmó Johannes, con ese tímido orgullo que mantenía hacia el hijo inexplicable.

—Será mejor que no lo estrene ahora. Un mensajero ha anunciado que a nuestra señora Catalina le deleita la música. Su hermano Francisco, el que fue nuestro rey por cuatro años, tocaba una flauta de plata.

—Música no le ha de faltar a la reina de Nabarra —replicó con seguridad Johannes.

—Esposo mío, ¿no nos estaremos inclinando hacia la facción agramontesa? —Y en la voz de Eulalia había una vacilación angustiosa. Sus negros ojos relucían como carbones y mantenía el ceño fruncido por la preocupación.

—No podemos negarnos —musitó Johannes ásperamente, con un movimiento de hombros—. Somos posaderos. Guarecemos a los peregrinos de las inclemencias del sol y de la lluvia. El viaje que han emprendido estos personajes es largo; el tiempo, malo; y albergarlos es de elemental cortesía. Corresponde a nuestro oficio.

—Ojalá así lo vean las facciones enemigas, esposo mío —suspiró ella, partiendo de regreso a sus tareas.

*** 

Cuando Eulalia le comunico a su hijo que debía tocar para sus gobernantes, el mozo ya estaba en el establo y tocaba dulcemente en aquel espacio apacible, sentado sobre la hierba amontonada en uno de los pesebres. Sus ojos, absolutamente azules, se fijaron en los renegridos de su madre, con asombro.

—¿Tocar para nuestros reyes? —Y su voz melódica resonó en el espacio como un gemido de cordero lechal. Él estaba a gusto con las mozas de la posada, con los animales del establo, con las truchas del río, pero no con los reyes.

—Son huéspedes que debemos atender. Vístete con el traje de los domingos —ordenó la posadera con firmeza, mirando con desaprobación al joven, que llevaba sobre sus calzas verdes una túnica de lana cruda y un capote marino para protegerse los hombros. Sobre ese intenso azul, semejante a sus ojos, sus rizos de oro refulgían.

—No te preocupes, madre —replicó él con suave voz, para tranquilizarla, aunque en su respuesta no latía un ritmo de alegría. Cumpliría con su deber, tal como se lo ordenaban y tal como era bueno para el funcionamiento de la posada.

Al verlo partir, las muchachas que ordeñaban se quejaron, anunciando que las vacas se volverían ariscas al faltar la música de Peio.

Eulalia alzó los hombros y espetó con energía:

—¡Necias! Con lo que se nos viene encima y pensando en melodías y buenos mozos.

Pero recordó, en lo profundo de su corazón, cómo ella era a esa edad, cuando parecía que el universo giraba alrededor de tales cosas. Entonces, Leonor, la abuela de Catalina, era la regente del reino.

Afirmaban que en el corazón de la gobernanta rebosaba sangre podrida y perversa, pues hasta envenenó a sus hermanos, que la precedían en el trono, quizá por orden de su padre, Juan, del que decían rebajaba el temperamento feroz y artero, embrujándolo con brebajes.

Que las sorgiñas[4] de Zugarramurdi le enviaban el caldo alucinógeno, compuesto de glándulas de sapo, adormidera de amapolas reales, flores de estramonio y perejil lobuno, semillas de beleño y granos de centeno, revuelto demoníaco que servía, en ciertas dosis, para curar a quienes se cuidaba y, en otras, para matar a los que estorbaban.

Que así de revueltas estaban tensas en el reino... ¡Si hasta llegó mosén Pierres de Peralta a la desfachatez de asesinar al

---

4    Sorgiñas: brujas. Euskara.

bueno de Nicolás de Echavarri, obispo de Pamplona y conse-
jero de Leonor!

Y no temblaron las montañas ni se quebraron los cielos por
semejante deshonor, ni nadie juzgó el crimen afrentoso, como
si la sucesión de asesinatos de los príncipes de Nabarra, Blanca
y Carlos continuara su marcha infernal, haciéndose lícita; venciendo Caín sobre Abel.

Por encima de sus cabezas aleteaban los antojos de los hombres de Beaumont y Agramont, de reyes como Juan, que consideraba que el mundo debía ser de su hijo Fernando, y en
cierto modo lo era, pues era rey y señor de Aragón, Provenza,
Sicilia, Nápoles, Génova, Rosellón, Cerdeña y Cataluña…, y
casado con Isabel, vigilaba la gobernanza de Castilla. Como si
eso no le bastara, tenía el antojo de Nabarra para sí.

Tales cataclismos sucedían a su alrededor en aquel tiempo
feroz, pero en cuanto sonaban el txistu y el tamboril en la
plaza, ella salía corriendo a mover sus pies sobre el barro, ali-
gerado el espíritu por esa alegría interior que le proporcionaba
la música. Se sentía liberada de sus trabajos cotidianos, de
cuanto era pesaroso, para entrar en el reino del alborozo.

En esos bailoteos conoció a Johannes. Regentaba la posada
de su abuelo con acierto. Se vio a sí misma dueña de la hostería, con doncellas a su disposición, buena comida y camas hol-
gadas y calientes; y era, además, hombre de físico agradable,
buen bailarín y de talante simpático.

En Nabarra, pese a las tragedias dinásticas y a los hombres
de la guerra que se cebaban con ellas, había riqueza, festejos
lúdicos con fuegos de artificio, bailes y banquetes en el castillo
real de Olite, grandes rebaños de ovejas, extensos cultivos de
cereales y viñedos en la ribera sur.

Era la tierra de la leche y la miel, cuyos extremos se extendía
desde la ciudad agramontesa de Bedaxune, a orillas del río
Bidouze, hasta el sur, por donde discurría el caudaloso Ebro,
frontera con Aragón, en la que se alzaba la vigilante Tudela.

Montada a caballo sobre los Pirineos, era un reino de grandes proporciones y variados paisajes.

—Aquel tiempo fue mejor —meditó Eulalia, entrando en la cocina—, aunque ya nos fueron expoliando el reino: Alaba, Bizkaia y Gipuzkoa invadidas por Castilla, Laburdi y el país del Soule por Francia.

"Nos arrebataron las tierras y nos quitaron la salida al mar, quedándonos sin ese bien civilizador", rumiaban los ancianos reunidos en Batzarre,[5] bajo el roble añoso del pueblo, cerca de la iglesia de Notre Dame du Bou du Pont, contando historias que no estaban escritas, sino grabadas en la memoria de muchas generaciones. "Y mientras crecían Francia, Castilla y Aragón en población e importancia militar, nosotros, el antiguo reino pirenaico, menguamos. Hasta nos entró la maldita convicción, que socavó nuestra moral, de que solos no podemos sobrevivir como reino. Que la opción es Castilla o Francia, nunca Nabarra".

Eulalia sacudió la cabeza, espantando los turbios pensamientos, y caminó a paso vivo hacia los fogones, ordenando que se prendieran los leños de las chimeneas de las habitaciones. Debían estar caldeadas para cuando llegaran los reyes de Nabarra y su comitiva.

\*\*\*

Por la puerta del rey, acceso a la ciudad, se escuchó el redoble de tambores que anunciaban la llegada del cortejo. Peio salió de la posada con sus calzas verdes y su caperuza de piel de cordero que formaba como una orla sobre sus hombros y cabeza, protegiéndole de la fina lluvia que caía persistente desde un cielo emplomado.

---

5    Batzarre: reunión. Euskara.

Al silenciarse los tambores, comenzó a tocar la txirula, que se escuchó nítida y armoniosa, dominando el ruido bronco del séquito que avanzaba por la rúa, acallando los silbidos de los halcones domesticados que revolaban sobre sus cabezas, el resoplido de los caballos cansados por el peso trajinado, el ladrido de los perros ansiosos.

Se entremezcló con el del batir de las olas suaves del río, con el duro rugir del viento del norte que aullaba por el bosque, con su aliento de hielo. Fue como una campana de fino cristal resonando por los resquicios de la villa pirenaica en bienvenida a sus reyes por coronar en Pamplona.

Primero se allegaron los servidores de la guardia, trajeados con sus túnicas coloridas y sus calzas de lana parda, portando en sus manos enguantadas los escudos estampados con las insignias de las casas de Nabarra y Foix, disponiéndose en fila cerrada en la entrada.

Tras ellos llegaron los lanceros de Foix, con sus lanzas en alto, sus sombreros de ala ancha con plumas de garza y sus altas botas de cuero. Como habían cubierto el suelo con hojas de pino recién cortadas, al pisarlas, exhalaron el aroma penetrante de su picante resina.

Del primer carromato, tirado por bueyes blancos, bajó madame Magdalena, la madre de la reina, cubierta con un capote de piel de zorro, así que apenas pudieron distinguir la belleza de sus cabellos castaños, con hebras de plata, o la de su piel blanca, o el azul de sus ojos, aunque sí percibieron la apostura de su cuerpo, esa gracia sutil de los franceses que no necesitan ser bellos ni agraciados, sino que resultan simplemente elegantes.

Con voz melodiosa, la mujer exclamó en francés:

—Me place allegarme a Donibane, llave de mi reino.

Jadeaba ligeramente y para caminar se apoyaba en una joven alta, morena, vestida sobriamente de estameña gris, cubierta con un capote del mismo color, que se dirigió sonriente a

Eulalia en un euskara melodioso, traduciendo las palabras de su señora y añadiendo que se encontraba fatigada y que deseaba retirarse; que no pretendía ser descortés, sino que su salud le exigía inmediato reposo.

Eulalia las dirigió sin demora, portando su candil de cera perfumada con esencias de espliego, al cuarto reservado para ella. La joven aguantaba el peso de madame con suavidad y firmeza, ayudándola a subir las escaleras y a sentarse en la blanda cama, con movimientos diestros.

Ambas miraron con gusto el fuego que chisporroteaba alegremente en la chimenea y que entibiaba e iluminaba la habitación. La joven se dirigió, sin titubeos, al aguamanil para asear a su señora y, mientras lo disponía en el suelo, se volvió hacia Eulalia, clavando en ella unos relucientes ojos negros.

—Me llamo Otxanda.[6] Soy de Aoitz.

—¿Eres su doncella? —preguntó Eulalia afablemente.

—Confía en mí —replicó la joven con sequedad.

Con modales suaves, retiró el capote del cuerpo de su señora, que permanecía quieta y con los ojos cerrados, sentada sobre la cama, y desabrochó los botones de madreperlas que sostenían su corpiño de lana y retiró las faldas del pesado traje de terciopelo, despojándola finalmente de los zuecos de madera.

Tras eso, con habilidad y ternura, le colocó una capa de lana sobre los hombros y procedió a ir desenvolviendo de las piernas hasta la cadera unas apretadas y gruesas vendas de lana. Eulalia observó con horror la hinchazón de las extremidades. Las venas azules, amarradas como nudos siniestros, palpitaban.

Otxanda se dio a la tarea de masajear suavemente las piernas doloridas con aceite de rosas, llevaba prendido de la cintura el frasco de cristal con el oloroso contenido, lo que hizo emitir a la mujer un suspiro de alivio, para luego ir cubriéndolas nueva-

---

6    Otxanda. Diminutivo, Lobita. Euskara.

mente con unos lienzos limpios de algodón blanco, calzando finalmente los pies con unas babuchas de terciopelo azulón.

Ayudó a madame a recostarse sobre los almohadones de la cama, quien, cerrados los ojos y en silencio, ajena a la presencia de la posadera, de vez en cuando profería un hondo suspiro.

—¿Qué querrá comer? —preguntó Eulalia en voz baja, mirando compasivamente a la postrada princesa de Viana.

Parecía demasiado vieja como para haber protagonizado, dirigido y logrado las treguas que habían calmado las agitaciones del reino en varias ocasiones; demasiado débil como para haber negado la mano de Catalina al hijo de la prepotente Isabel de Castilla y del artero Fernando de Aragón; demasiado atosigada como para oponerse a su cuñado, el insaciable duque de Narbona, a apoderarse del trono de Nabarra; demasiado anciana como para proteger a su hija de los males que se cernían sobre su cabeza.

La gobernadora le recordaba a su madre, rebajada por los trabajos de hilandería, retorcidos los dedos por la artritis, vencida por sus múltiples maternidades. Sintió piedad por la mujer que respiraba entrecortadamente, como si la corona de Nabarra le apretara no la frente, sino la garganta, hasta dejársela seca.

—Debo probar cuanto coma, posadera, pues en la familia Foix han sucedido envenenamientos y teme uno para sí. Una sopa de caldo y verduras con un chorro de vino le sentará bien. Nada de sal, que se la tiene prohibida su físico, Isaak, en el que tiene absoluta confianza, por lo que jamás le desobedece. Cuando acabe de disponerla, bajaré a la cocina.

Dio por terminada la conversación, pues el trabajo de atender a su señora le llevaría mucho tiempo aún.

\*\*\*

Eulalia las dejó, corriendo hacia la entrada, donde ya estaban los reyes de Nabarra y el grupo de cortesanos que le acompañaban. Aunque los capotes, de los que no se desprendían, les cubrían, se podía adivinar su juventud por los movimientos briosos y las risas despreocupadas en sus bulliciosas conversaciones.

Catalina entró la primera y a paso vivo en el comedor, dispuesta a comer y beber. Juan corroboró su deseo con entusiasmo, lo cual motivó que el gentío irrumpiera con estruendo en la habitación, abalanzándose sobre los platos que contenían los quesos y embutidos, cortados en finas rebanadas, comenzando a servirse el vino ellos mismos.

Catalina reía alegremente y musitaba en varias lenguas, entre ellas, el euskara, la lengua del reino, su agradecimiento por la bienvenida y la música, por el fuego y las viandas. Su voz era fina, y sus movimientos, graciosos y seguros, pese a notársele el embarazo.

Eulalia observó el sudor que corría por la frente de su hijo. Peio, que tocaba su txirula sin desmayo, y justamente cuando su cansancio fue evidente, los príncipes y sus acompañantes decidieron subir a los aposentos.

Anunciaron que no cenarían, que el ágape había sido suficiente para saciar su apetito, y anunciaron que al día siguiente harían un desayuno fuerte, que largo viaje les faltaba todavía para acceder a su ciudad capital de Pamplona, la del alma vascona.

*** 

Otxanda bajó con unos platos de cristal y unos cubiertos de plata, propios de madame Magdalena, depositados en una bandeja de plata repujada. Entró en la cocina y se detuvo ante Peio, que limpiaba la txirula, abstraído en sus pensamientos.

—¿Eres el músico? —En su voz había un acento de alegría.

—Eso dicen —replicó él, mirándola con sus ojos tan azules como dos zafiros.

—A mi señora le gustó tu concierto —exclamó vivazmente la joven, mientras se sentaba a la mesa y esperaba que Eulalia le ofreciera las viandas que habría de probar y luego llevar a madame. Inquirió con familiaridad—: ¿Vives en la posada?

—Soy el tardano[7] de mis padres, los posaderos.

—También soy la última de mis padres, aunque fui la primera. Madre murió al darme a luz y padre se casó otra vez. Cuando empezaron a venir los demás hijos, resulté un estorbo. Madame, que pernoctaba en la ciudad agramontesa de Aoitz, devenida de Zaragoza por Lumbier y Zangotza, por el asunto de la tregua de ese tiempo, quiso una persona de confianza, pues su doncella murió en el camino. Mi padre me envió. Tenía diez años… —en la voz animada de Otxanda hubo una inflexión triste, pero culminó el relato con aire festivo—: A veces, semeja una madre para mí.

—Te trata bien —advirtió Peio.

—No puedo quejarme. Duermo caliente aunque sea a los pies de su cama y pruebo su comida, que siempre es la mejor. Me regala sus ropas… Para una mujer como yo, sin dote ni beneficio alguno, es suficiente.

Eulalia interrumpió la conversación poniendo sobre la mesa la cazuela de barro con el caldo. Otxanda, con mano firme, probó con una cuchara de madera la comida, mascó el sabroso pan recién horneado y, tras beber el vino, echó un buen chorro en la sopa.

Al cabo de un rato, cuando ningún síntoma extraño se presentó, lo dispuso en la bandeja de plata, con maestría y rapidez, pues debía subir a la habitación para calmar el hambre y la sed de madame; restaurarle sus fuerzas.

Peio se le acercó, asegurándole en voz baja:

---

7    Se dice en Nabarra del hijo llegado a edad tardía.

—Nadie os hará daño en esta posada. Somos partidarios de la coronación de los reyes.

Ella rió y sus relucientes ojos negros se clavaron como dos flechas en el corazón del joven.

—No corren tiempos para fiarnos de nadie, juglar. Ahí fuera y aquí dentro están dos bandos enfrentados con las espadas en alto, pese a los desvelos de madame. Ella ha hecho mucho por la paz de los nabarros, pero no deja de ser una extranjera en nuestro reino: es hermana del rey francés.

—¿Podré verte mañana? —preguntó con urgencia Peio, desoyendo las noticias funestas de traiciones y amenazas.

—Bajaré a prepararle el desayuno. Le gustan los huevos duros, el jamón de Baiona entre pan y pan, untado en aceite de oliva. Y de beber…, leche recién ordeñada con miel —aseguró ella, sonriente.

—Estaré aquí —prometió el músico, y agregó—: Me alegrará el corazón verte otra vez.

Otxanda lo miró con asombro. No estaba acostumbrada a frases amables ni a que hombre alguno la cortejara. Su cometido con madame era exigente; le ocupaba el día y la noche, pues solía dormir mal y aborrecía estar sola al despertar de sus pesadillas.

—Toca la txirula después del amanecer, pues si la despiertas antes se pondrá de humor agrio. Puedes cantarle canciones románticas. Desciende de una reina de Aquitania llamada Leonor, que inventó el asunto de las cortes de amor, donde los juglares eran más importantes que los soldados y una poesía valía más que una batalla; donde un hombre y una mujer podían amarse sin trabas… y el aire era dulce como los melocotones maduros, y se vivía en paz como en el paraíso —Otxanda alzó sus hombros para añadir con voz apagada—: Dudo que tal tiempo existiera. O que Nabarra lo conociera.

—La encantaré —prometió él con una sonrisa que iluminó su rostro de arcángel—. Quizá te devuelva la fe en ese reino perdido.

Otxanda asintió con un movimiento enérgico de su cabeza y sus rizos morenos se movieron alrededor de su rostro hermoso, apretó los jugosos labios en una sonrisa pícara y, aferrando la bandeja, se dirigió a paso firme a la habitación de madame.

\*\*\*

Amaneció un día claro, sin lluvia, despejado por una brisa que provenía del sur. Suaves rayos de sol cubrían las piedras rosas de las casas de la vieja Donibane, relucía el azul acerado del Errobi y bruñía las piedras grises de su puente. Las campanas de la iglesia de Nuestra Señora iban dando las horas, así como las de Santa Eulalia.

Los carros de la comitiva real estaban aparcados en las calles adyacentes a la posada, con lo cual nadie podía penetrar en ellas, resguardando el sueño y la seguridad de los viajeros reales.

Eulalia y Johannes apenas si durmieron, debido al ajetreo de mantener encendidos los fuegos, tibia el agua de las palanganas con que habían de asearse los huéspedes, dispuestos los desayunos; incluso las planchas de hierro estaban preparadas por si alguna de las damas necesitaba alisar su ropa o repasar sus cuellos bordados.

Peio, sentado sobre un taburete, cerca de los fogones, cantaba con su voz dulce una canción amatoria:

—*Goazen lagun, goazen zen lagun/ Goazen Donibanera/ Urzo xuri bat yalgitzenomen da/ Donibaneko plazara/ Hura nahi/ nuke bildu/ neure sareetara/ neure saretara…*[8]

---

8      Azkue, Resurrección Ma. Del Cancionero Popular Vasco. Hasparren. La localidad es Artizane. Dice: *Vamos, amigo, vamos, vamos amigo a Atizane/ Dicen que sale una paloma blanca a la plaza de Atizane/ Quisiera cogerla en mis redes, en mis redes…*

Madame, apoyada en Otxanda, se quedó detenida en la entrada del comedor, embrujada por la canción. Se adelantó con curiosidad hacia el juglar y le preguntó, mirándole directamente a los azules ojos:

—¿Quién te ha enseñado a cantar así?

—Los pájaros —respondió el mozo, levantándose de un salto y haciendo una reverencia que, sin ser servil, resultó respetuosa y encantadora. Tuvo el movimiento donoso de un baile cortesano.

—Te han enseñado bien, para mi gozo. Hablas mi lengua —observó, curiosa.

—Sí, mi señora. Platico la lengua de los vascones y la de los reinos de Francia y Castilla. Y la de los pueblos germanos. Estamos en el camino de Santiago y por aquí desfilan todos los habitantes de Europa. Me gusta saludar a cada quien en su lengua materna, porque eso siempre regocija el corazón de los romeros.

—Hace años, crucé esta ciudad en mi campaña en procura de la paz —musitó Magdalena en tono nostálgico, con la mirada perdida en la distancia—. En Aoitz, me detuve, y el conde de Lerín, simulando caer del caballo y anunciando dañada su salud, tuvo excusa para regresar y tomar Pamplona. Pedí un músico en aquella noche triste, en que el aire olía a traición, pero nadie se presentó. Era diciembre y, como hoy, hacía frío.

—No se atrevieron a ningún festejo en aquella hora en que, en vez de conseguir la paz, retornamos al horror de la guerra civil, mi señora —intervino Otxanda con delicadeza, defendiendo a los de su pueblo.

Magdalena sonrió y su rostro apagado recobró algo de vida, suspiró y replicó con calma:

—Leonor de Aquitania, mi antepasada, urgía música para animar el alma a las cosas buenas, inclinar el espíritu a la bienaventuranza. Toca para mí tu txirula, mozo, en esta mañana de Donibane..., que por primera vez en diez años creo que podremos coronar a mi niña Catalina.

—Si nuestros dirigentes pusieran en eso tanto afán como vos, mi señora, estaríamos mejor —musitó Otxanda, sobrecogida.

—Eres inocente —Y madame Magdalena le deslizó con ternura su mano temblorosa por las mejillas lozanas— y no puedes percatarte de la maldad que rebulle en el corazón de Lerín y sus partidarios. El primer conde Lerín murió en Madrid, hace ya años, haciendo vasallaje a Enrique, rey de Castilla, y de eso no han rebajado nada los de su estirpe. No les importa Nabarra. Solo quieren engrosar sus bolsillos y dar rienda suelta a su ambición. Y matar, matar, matar. Ah, eso sí que les gusta..., matar. No entiendo la apatía del corazón de las mujeres que aceptamos esos crímenes... Cuando murió mi hijo, sufrí todo el dolor posible que pueda ser sufrido en el mundo, y mis intentos de paz están dirigidos a evitar que semejante duelo recaiga en otro corazón humano.

Su voz se hizo tan tenue que costaba entenderle.

—¿Por qué se les permite seguir en esta refriega? —preguntó directamente Peio, rompiendo el silencio que siguió a las palabras de la princesa de Viana.

Ella sonrió; la pregunta le pareció demasiado cándida y bastante imprudente, pero contestó con gentileza y suavidad, aunque hablaba de cosas hirientes:

—No sirve extraditarlos. Aragón y Castilla y Francia abrirían gustosas sus puertas para recibirlos, pues les servirían de puntero para invadirnos... Resultamos molestos para la expansión de sus fronteras. Aunque Lerín es distinto, pues creo que el único amo que reconoce, pese a su afiliación a Fernando, es a sí mismo. Su semblante feroz le delata —Magdalena reprimió un escalofrío al evocarlo y se arrebujó en su mantón de pieles, buscando protección contra el horrendo fantasma mentado—. No retrocede ante crimen alguno si es para lograr sus propósitos. Incendia los campos, dejando sin cosecha a los campesinos y los ve muertos de hambre con alegría, porque así cuenta con menos enemigos. Atormenta a sus prisioneros como si fuera un inquisidor, pues goza con la vejación ajena. Le temo a él más que a Fernando, aunque Fernando logrará más gracias a él.

La voz de madame se convirtió en un murmullo lastimero. Cubrió su rostro pálido con sus manos surcadas por venas azules y palpitantes, y se estuvo así largo rato, encorvada sobre sí misma.

Otxanda la dejó tranquila, sin intentar calmarla, porque sabía que para esos ramalazos de dolor que la conmovían no había cura alguna, ni gesto que los paliara, ni canción que los rebajara.

\*\*\*

Unos fuertes graznidos de grullas, semejantes al tronar de miles de desafinadas trompetas, parecieron brotar del mismo centro de la posada, y todos corrieron a las ventanas. Las grandes aves habían descendido, inesperadamente, atraídas por el río, y desfilaban por la ribera.

Se advertía un gran agotamiento en los machos, que exhibían sus hermosos copetes rojos, y en las hembras, con sus plumas blanquinegras, que formaban un corro apretado, hincando sus picos en la ribera lodosa, buscando insectos.

Magdalena se acercó a la ventana para contemplarlas y exclamó con envidia:

—Benditas criaturas que saben volar y a las que nadie hace daño, porque no sirven para comer.

Johannes aclaró, con voz contenida:

—Vi, hace unas horas, cómo se pelearon en pleno vuelo y la bandada se disgregó. No fueron capaces de acertar con un dirigente y posiblemente sean estos los rebeldes perdedores. A ver si pueden remontar y encontrar el rumbo otra vez.

No se sabía si hablaba de la convulsa Nabarra o de las grullas aulladoras.

# Capítulo 2. La noche de Navidad

## Posada Lizarraga, Egues, 1493

Nevaba de modo intermitente y empezaba a cuajar sobre los campos, los árboles desnudos de hojas, por la angosta trocha de barro por la que transitaba penosamente la comitiva real, escoltada por gentiles lanceros de Foix y gallardos agramonteses.

De pronto, una violenta ráfaga de viento dispersó los copos del aire helado de diciembre, como asustados de los sucesos imprevistos que, en la mitad de la noche, protagonizaron los beamonteses.

Aparecieron los hombres, cual siniestros y feroces fantasmas negros, en medio de la borrasca de nieve y viento, partiéndola en dos, y ordenando a gritos perentorios, sobre la grupa de sus caballos excitados por la marcha forzada, que se detuvieran por orden del condestable Lerín.

Exhibían, amenazadores, lanzas, puñales y azkonas[9] para rebajar cualquier ánimo de réplica, y eran doblados en número a los guardianes y lanceros que acompañaban a Catalina y Juan. La caravana, amedrentada, se detuvo a los gritos perentorios de los guías.

---

9    Azkona: hacha de doble filo, arma vascona detallada por crónicas romanas.

El mensajero de Lerín se adelantó al pelotón que le respaldaba, después de que sus tamborileros convocaran la atención, y con voz colérica y sin desmontarse de su enorme caballo negro leyó a gritos la orden del condestable que decretaba, hasta nuevo aviso, que las puertas de Pamplona estaban cerradas a la caravana real, e indicaba que debían alojarse en las posadas del valle de Egues.

—Arreglaros como podáis —espetó el hombre, arrogante, tirando el papel conminatorio a los pies del capitán de los lanceros, añadiendo de su propia enjundia que el conde estaba indignado por tanta parafernalia agramontesa en la comitiva real.

Y escupió sobre la tierra nevada para demostrar su desprecio a la facción banderiza que escoltaba a la reina de Nabarra, a su consorte Juan y a su madre Magdalena, la princesa de Viana.

Tras esto, él y los suyos picaron con sus espuelas el vientre de los caballos y desaparecieron en la oscuridad blanquecina de la noche, que se volvió a cerrar sobre ellos, dejando atribulados a los lanceros de Foix, pues lo suyo era la lid de los torneos y esto semejaba una emboscada.

\*\*\*

Los posaderos de Egues, abrumados por la cantidad extraordinaria de personas que buscaban alojamiento, corrían de un lado a otro, sin coordinación. Si apenas daban abasto con los peregrinos ordinarios de la rúa de Santiago, ¿cómo iban a cumplir con esta emergencia?

Los poblados de Elkano, Ibiriku y Egues consistían en agrupaciones de casas de labranza, custodiadas por hermosas iglesias de piedra con altas torres que semejaban fortalezas y desde las que tocaban las campanas a rebato, anunciando el inesperado acontecimiento a los habitantes del disperso valle.

Los reyes y madame decidieron, tras una breve deliberación, alojarse en la posada Lizarraga, en Egues, pues Ana, la que la regía, resultaba cuñada de Johannes Hiribarne, el posadero de Donibane, lo cual les daba una pauta de seguridad en medio de la incertidumbre.

Ana ordenó a los estupefactos criados, espabilándolos a gritos, que prendieran velas para iluminar el comedor y la cocina; que encendieran los fuegos de las chimeneas, pues el frío arreciaba; que dispusieran de las mejores camas con colchones de plumas para los personajes reales y estores con paja en el establo para los criados; y corrió a la cocina para elaborar comida.

La risa de Catalina resonaba como un cascabel en aquella noche insólita de Egues. No parecía fatigada ni preocupada. Descendió del carruaje con agilidad y ordenó a sus doncellas que dispusieran piedras calientes para calentarse los pies y las apuró a que le sirvieran vino con miel, que traían con ellos, y luego se sentó frente al fuego del salón de la posada, al parecer, sosegada.

—Quiero migas de pastor... *Artzainaren puxka ogia* —repetía en romance y euskara, con su suave acento bearnés—. Es lo que me provoca en este momento.

Su esposo Juan, más inquieto y menos hambriento, se reunió con su suegra en una alcoba adjunta a la sala comedor.

—¿Está usted bien, señora mía? —preguntó con su habitual afabilidad, mientras la mujer, apoyada en Otxanda, daba pasos vacilantes hacia un butacón recubierto con pieles de cordero. De no ser por la muchacha, casi se desploma en él. Lucía pálida y temblorosa.

—Claro que no, hijo mío. El viaje me tiene cansada, y los acontecimientos, preocupada. El viejo enemigo Lerín vuelve a las andadas y, pese a nuestra generosidad en las capitulaciones, da tabarra en la hora última.

—Hemos llegado hasta aquí gracias a vuestra ayuda, señora —musitó Juan de Albret, cabizbajo, mesándose la barba castaña que le orlaba el rostro rubicundo.

Era un hombre alto y garboso, de facciones correctas e impecables modales cortesanos, hábil en la danza y de hablar educado, pero resultaba demasiado joven y vulnerable, meditó madame, con pesar, observándolo a través de sus párpados entrecerrados, como para enfrentarse a un rival tan temible como Lerín, avezado en luchas, conspiraciones y crímenes.

Juan había sido educado con esmero y apenas entrado en la adolescencia, mediante arduas conversaciones, pactos y dimes y diretes, ella logró matrimoniar a este atractivo bearnés con su vivaz y preciosa Catalina.

Magdalena nunca se negó a sí misma su clara tendencia por Juan de Albret, inclinado a la corona y a la cultura de Francia, de las que ella formaba parte. Le gustó por ser más cortesano que soldado, hombre leído y que recitaba poemas.

Y por la dote de cien mil escudos de oro que su padre Alano aportó junto a la herencia de sus señoríos de Tartas, Lannes, Bordelesado, Perigord y Limousin, que doblaban la extensión de los estados de Foix, añadiendo, como si eso fuese poco, cinco mil libras sobre otros territorios suyos.

Eso inclinó, definitivamente, la balanza a su favor.

En el barajeo de posibilidades para el matrimonio de Catalina, tuvo en cuenta también lo que le dijeron sus emisarios en la corte de Castilla: que siendo Isabel mujer inteligente y saludable, como lo era Fernando, sus hijas y su heredero, Juan, demostraban una extraña debilidad física y mental. Le recordaron que la madre de Isabel, Isabel de Portugal, murió loca de remate.

La locura, insistieron sus embajadores, es cosa que se hereda en mayor medida que la belleza y la prudencia, y no era bueno entregar a la sana Catalina a un joven sujeto a semejante tara ni enviarla a los páramos de Castilla a quien se crió cerca de las fuentes de agua del Pirineo. No se debía llegar a semejante sacrificio, opinaron en voz alta lo que ella pensaba en voz baja en su corazón maternal.

Juan fue, pues, el elegido, aunque, debido a su edad y temperamento cortesano, delegó de inmediato el gobierno del reino a su padre, Alano, tan entrometido como veleidoso, que le dio disgustos de los que aún no se reponía Magdalena. Entre otras cosas, Alano no tenía claro que Nabarra era un reino soberano, lo cual hería su condición de princesa de Viana.

Era curioso que ella, hija y hermana de reyes de Francia, hubiera trabajado con tanto denuedo por la supremacía del reino pirenaico. Quizá fuese porque conocía el escenario donde se movían los tires y aflojes de la política europea; los enredos dinásticos y familiares; las ambiciones desmedidas de hombres y mujeres por el poder.

Interrumpió sus pensamientos la melodiosa voz de Juan, convocándola a regresar a la urgente realidad que padecían.

—Señora... ¿Os parece que enviemos una comisión, conminando al condestable a que cese en su rebeldía?

—Lerín hará lo que le dé la gana, Juan. Siempre ha sido así —recalcó Magdalena con amargura. Arrugó el entrecejo y la piel de su frente pareció partirse en mil finos pedazos, y cerró los ojos para musitar con un hilo de voz y con la sabiduría acumulada en sus tiempos de regente—: Me ayudó, en aquel entonces, sin compasión de enfrentamiento, Juan de Jassu, conocedor de la frontera oriental, pues allí tiene su castillo, que dicen se construyó antes del tiempo de Carlo Magno, defendiendo él y sus antepasados el reino de Nabarra con lealtad. Es señor de la frontera, pero a más un letrado egresado de la Universidad de Boloña.

—Señora, con su consejo y ayuda contamos —interrumpió Juan con vehemencia.

—En el tiempo de la coronación de mi hijo, Francisco Febo, hace más de diez años, pactamos la tregua de Aoitz, que celebré ilusa como el fin de la guerra civil de treinta años padecida en Nabarra. Le concedí a Lerín prebendas económicas desmesuradas, aunque sabía y sigo sabiendo que así le diéramos el castillo de Olite relleno de monedas y piedras preciosas de las bodegas a las bóvedas sería cosa insuficiente para calmarlo.

Juan sonrió y añadió con sarcasmo:

—De nada serviría regalarle, además, la biblioteca del príncipe Carlos de Viana, el gran bien de Olite. No sabe leer. O no se entretiene en el ejercicio de la lectura.

Magdalena asintió con un gesto cansado y siguió hablando con los ojos cerrados:

—Contaba entonces yo con la fidelidad de la Merindad de Ultrapuertos, mi Baja Nabarra, y los consejos de mi cuñado Pedro, hábil diplomático, que desempeñaba el cargo de virrey. Traje a Francisco a ser coronado en Pamplona, según Fuero, abriéndome finalmente el condestable las puertas de la ciudad, aunque luego volvió a cerrarlas de un golpazo. Me negué al matrimonio de mi hermoso hijo con Juana, la hija de Isabel y Fernando, pues me alertaron que, como sus hermanos, tenía tara mental, ni quise tampoco para mi hermoso Francisco a la princesa Juana, llamada La Beltraneja, pues le doblaba en edad. Por protegerlo mejor, me lo llevé a Pau, donde en el tiempo que tuvo de vida leyó libros, tocó música y bailó danzas. Me reprocharon secuestrarlo del reino…, pero yo lo que quería era salvaguardarlo para contrarrestar la avalancha que nos quiere arrollar por el sur y por el norte. ¡Han pasado diez años y todo parece seguir igual, querido Juan!

El ácido dolor por la pérdida de su hermoso primogénito, tocando su flauta de plata, hizo que madame hipara ligeramente. Aceptó el vaso de agua que le tendió, solícita, Otxanda, que permanecía en un rincón, encubierta en las sombras de la habitación, para continuar explicando:

—Tras su muerte, me apresuré a que las cortes de Pamplona juraran acatamiento a Catalina, a más de los estados de

Bearne, Foix y Bigorri, pese a que mi cuñado Foix, sin consideración por mi dolor, empezó a esgrimir su derecho a ser rey. A esa traición se unían las pendencias de Lerín… Hay veces que pienso que fue él quien mandó envenenar la flauta de plata que mi hijo se llevó a los labios para tocar su última balada, y que Dios me perdone el pensamiento, porque carezco de pruebas —Madame, en desagravio, se hizo la señal de la cruz en la frente, los labios y el pecho.

—Lerín es hombre aborrecible —dictaminó Juan con desprecio.

—Es determinado, peligroso y astuto. Como un veneno de víbora contenido en un frasquito de plomo. Menuda y desmerecida es su persona, pero si uno le mira a los ojos detecta en ellos la reciedumbre de un depredador.

—No me quieren en Pamplona. Me consideran francés —argumentó Juan, asombrado de semejante despropósito. Los reyes nunca nacían del pueblo al cual gobernaban, sino de la amalgama de matrimonios de linajes, enredados entre sí, con ese punto divino que la Iglesia pregonaba y ungía.

—Creo que los nabarros no quieren otra cosa que su Fuero, aunque están haciendo lo posible por aniquilarlo —suspiró cansadamente la mujer, añadiendo, fiel a sus recuerdos—: Al fin logré que Lerín aceptara vuestra coronación.

—De eso hace ya diez años y, en todo este tiempo, no nos hemos atrevido a cruzar el Pirineo, mi señora —recordó Juan, con el ceño fruncido.

—Las tropas castellanas, azuzadas por Lerín, deambulaban a su antojo por el sur de las fronteras del reino, considerándolas protectorado castellano. Era capitán general, por entonces, Juan de Ribera, que también lo era de Alaba, Bizkaia y Gipuzkoa. La situación resultaba insostenible. ¡Si todos querían ser reyes de Nabarra, por el amor de Dios! ¡Qué desenfreno!

—Su situación geográfica es envidiable, madame. A caballo en los Pirineos, con puertos cantábricos. Continental y peninsular a la vez. Nabarra es rica, aunque carece de la abundante población de Castilla o Francia.

—Han pasado estos años en un sí y en un no, con los tratados de Pau y Pamplona de por medio, que parecían resolver y no lo hacían, los conflictos creados por Lerín, hasta la capitulación de Orthez, en estos días de primeros de diciembre, que ratificó la de Pamplona del 7 de noviembre, firmada por Lerín. No era el mejor tiempo para emprender el viaje, pero era la oportunidad, la única, en diez años. Y ese hombre nos vuelve a injuriar, cerrándonos las puertas de Pamplona, con el argumento de que traemos agramonteses en el séquito. Hay que aclararle que vienen nabarros, dispuestos a celebrar la coronación de sus reyes en Pamplona.

—Exige que nos escolten castellanos a la entrada de la ciudad, si es que decide abrirnos las puertas —recalcó Juan, con irritación en su voz bien timbrada.

—Lerín es un soldado audaz, empeñado, perjuro y asesino. Creo que lo que quiere es ser rey y lo que está haciendo es una campaña que incluye una guerra civil que ocupa tres generaciones para acceder al solio.

—Es parte de su herencia —afirmó Juan con pesadumbre, mesándose con su mano larga y fina su recortada barba.

No entendía a los hombres de la guerra, sudorosos bajo sus armazones de metal, montados a lomo de sus caballos guerreros, sedientos de sexo rápido, poseídos de codicia insaciable.

Él amaba la lectura de los libros, los juegos de azar, las representaciones de teatro, los elegantes devaneos de la corte. Quería ser rey en base a la legalidad de su origen o de su matrimonio, nunca por un enfrentamiento bélico.

Interrumpió sus pensamientos la voz de madame, fatigada, aunque contumaz en su recordatorio:

—¡Me duele el corazón al pensar en estos hechos contrarios a la paz y a la felicidad del reino! Por favor, Otxanda, dame friegas en los pies. Y te advierto que, aunque la posadera Ana parece buena mujer, cuides de la comida y de la bebida. Nunca fiando... Nos pueden colocar estramonio en la sopa y hacer arder adormidera en los leños de las chimeneas, con la intención de confundirnos el entendimiento.

Un amago de sonrisa encendió su rostro marchito, que en su juventud tuvo el esplendor y la belleza tersa de los pétalos de los lirios. Sus labios, que una vez se compararon a golosas cerezas maduras, estaban marchitos, agrietados y sin color. Juan de Albret se retiró, haciendo una cortés reverencia y no sin mirar con cierta avidez a Otxanda.

—A veces me pregunto —se dijo madame para sí, observando a su yerno desaparecer por la estrecha puerta de la alcoba— si hice bien en obcecarme con este hombre para mi hija. Me gustó su apostura y valoré su educación, pero su carácter no es del temple que exigen los tiempos. Es como un cordero lechal en medio de una jauría de lobos hambrientos.

—Ahora mismo le refriego los pies con el aceite de rosa y se sentirá mejor, madame —dijo Otxanda con voz animosa, apartándola de sus amargas meditaciones.

La mujer sonrió con afecto a la joven esbelta que portaba en las manos el frasco del aceite floral. Al abrirlo, la oscura alcoba pareció oler como un amplio vergel de rosales en flor, como si estuvieran en medio del campo en primavera y no acosados en una oscura habitación de una posada en la aldehuela de Egues.

—Extraño los cantares del joven de Donibane —confesó Magdalena—. Algo en él ha removido en mi corazón el espíritu de mi Francisco. Su flauta era de sonido tan dulce como la de mi malogrado hijo.

—Su madre se negó a que nos acompañara —replicó la joven en tono apagado—, aunque, de saber que recalaríamos en la posada familiar de Egues, hubiera dado consentimiento.

—No quiere que su hijo se implique en uno de los bandos. Algo así quise para mi Francisco, pero no lo salvé.

—Esta guerra nos tiene perjudicados, seamos reinas o doncellas.

Magdalena miró a la joven con curiosidad, pues pocas veces expresaba sus pensamientos recónditos. Asumía su papel de criada con eficacia y lealtad; resultaba algo remota, pero jamás servil. Aprovechó la oportunidad para preguntarle a bocajarro:

—¿Te has enamorado de él?

—No sé lo que es el amor, madame —fue la evasiva respuesta. La joven permanecía arrodillada, con la cabeza baja, empeñada en la tarea de masajearle las piernas palpitantes.

—Eso nadie lo sabe hasta que llega, querida niña. A veces aparece como un rayo en la distancia, avisando la tormenta, o como un sonido de flauta en la noche de luna llena.

—La txirula de Peio sonaba hermosa en Donibane, fiel a sus reyes; aquí, a las puertas cerradas de Pamplona, resultaría preocupante.

—¿Prefieres ni tenerle, ni olerle, ni verle con tal de que esté seguro?

—Sí, madame —respondió en voz tan baja que ella tuvo que inclinar la cabeza para escucharla.

Magdalena sonrió y dijo con voz clara:

—Entonces dictamino que te ha hechizado el juglar de los rizos de oro; así lo hubiera hecho mi antepasada Leonor en su corte de amor.

—¿En qué cambiaría las cosas, madame? Él solo sabe de música, y yo, de servir. Carecemos de dote y hacienda, cosas importantes para vivir y decidir.

En el rostro de Magdalena cruzó una ráfaga de preocupación. Por un instante, alargó su mano hacia la oscura cabeza de la joven, como queriendo acariciarla. Reprimió el gesto y musitó con severidad:

—Sois libres de amaros, niña, y eso es algo que los reyes no podemos hacer. Resultamos piezas de ajedrez en un tablero en el que se resuelve de quién nacemos y a quiénes hemos de pertenecer, con la obligación de procrearnos —Entrecerró los ojos, recordando tristemente—: Sin aprender a saltar a la cuerda ni cansarme de jugar al escondite entre los pasillos del palacio, decidieron casarme con Ladislao, rey de Hungría. El arzobispo de ese remoto reino de praderas salvajes acudió a la dulce Francia en plan de mensajero matrimonial, rodeado de una cohorte de setecientos caballeros de tez cobriza y ojos rayados, de pelos negros y lacios, altivos y guerreros que se exhibían sobre la grupa de sus extraños caballos, portando el retrato del hombre que había de ser mi marido y mi rey.

—¿Así, sin más? —preguntó Otxanda, ahora con la cabeza levantada y clavado sus ávidos ojos negros en los claros de Magdalena.

—Sin más, pequeña. No me hablaron de su carácter ni mencionaron sus inclinaciones, ni manifestaron sus gustos, ni tan siquiera me dijeron si era alto o bajo, delgado o robusto, aunque sí me aclararon que tenía una hermosa cabellera rizada del color del trigo maduro y que había llegado a ser rey de Hungría gracias al valor de su madre y al suyo después —recalcó Magdalena, sonriendo, añadiendo con ironía—: Permanecía aterrada de tener que partir a un país lejano y en conflicto. Un alivio fue que, mientras se celebraban los festejos preliminares al enlace, muriera Ladislao de un síncope. Me casaron enseguida con Gastón de Foix, más próximo, aunque también desconocido. No podía rechazar a nadie; no era una mujer, sino una dinastía. Tú sí puedes hacerlo.

Otxanda, terminada la tarea de masajearle los pies, los fue recubriendo con los vendajes de lana, acostumbrada a escuchar a la anciana, que solía bucear en sus recuerdos y repetirlos, y que musitaba ahora con dulzura, disculpándose:

—Hay veces que mi cabeza vacila; regresa al pasado cuando creía, joven e ignorante como era, que podría conseguir un poco de amor para calmar las ansias de mi corazón. Pero de eso carecemos los príncipes, y más las princesas: de amor, y quizá por eso, mal gobernamos. Por hurtarnos algo tan primordial, nos colocan coronas de perlas y piedras preciosas en la cabeza; nos penden collares de oro en el cuello y revisten nuestros cuerpos de mantos de armiño: para disfrazar nuestra soledad e incapacidad —suspiró cansadamente, y con la mano apartó los fantasmas de su pasado, que parecían revivir en la posada de Egues en aquella noche de Navidad, y con voz ya autoritaria, comandó—: Dile a la posadera que necesito un sopicaldo con un buen chorro de vino.

—Sí, madame —contestó Otxanda, acostumbrada a sus cambios de humor.

—Que trate bien a mis lanceros de Foix. Son nuestra única guardia fiable. ¿Ninguno de esos mozos te gusta, niña? Están en el esplendor de su masculinidad.

—No —replicó la joven con aspereza, ya presta a partir a la cocina.

Madame era demasiado exigente, aunque no fuera consciente, como para que ella pudiera reunirse en la noche con los lanceros como lo hacían las doncellas de Catalina, que libraban en las horas que los príncipes se retiraban a sus lechos y, junto a las fogatas, cantaban canciones y hacían requiebros de amor.

***

Ana era una mujer robusta y animosa, con los carnosos labios abiertos en una sonrisa afable que había aprendido a exhibir como parte de su oficio, aunque sus ojos, oscuros y vivaces, estaban empañados por la preocupación que le producía el evento inesperado.

Se dirigió a Otxanda con un gesto familiar, casi cómplice. Ninguna de las dos formaba parte de la nobleza desplegada en Egues aquella noche de Navidad.

—¿Cómo puedo cumplir con estas gentes reales si carezco de pan, jamón, leche y vino como para satisfacer a todos? —preguntó con desmayo.

—Madame se conformará con un calducho, pues tiene pocos dientes y le sangran las encías —replicó Otxanda con celeridad, advirtiéndole después, con calma, que ella debía probar su comida, y culminó con amabilidad para consolarle la aflicción—: Ana, es verdad que llevamos varios días de viaje y que pensábamos hospedarnos y cenar en Pamplona. Hoy es una fecha importante a celebrar: el nacimiento del Niño Dios, y se iba a hacer con misa, en la catedral. Como también se rebajará esa formalidad, se conformarán con migas y sopas de ajo; con lo que haya.

Ana se alzó de hombros y detalló las tareas emprendidas en alta voz para animarse a sí misma.

—Dos corderos se están asando. Dispongo de provisión de embutidos de la matatxerri[10] de San Martín y de queso, castañas y manzanas para asar. Hay bellotas de roble machacadas, cosa que ha caído en desuso en el yantar... ¿Por qué no habrán venido en la primavera, cuando hay corderos lechales, mamilla y queso fresco, y tiernas cerezas y dulces ciruelas, y apetitosas manzanas? Hasta hubiera dispuesto de un ramo de rosas rojas para obsequiar a madame y a la reina.

—Que los reyes y madame, sobre todo madame, duerman en buena cama es importante. Si continuamos el viaje es para celebrar una ceremonia de coronación, y deben estar descansados.

—Nadie sabe qué va a resultar de esto. Lerín, si triunfa en sus propósitos, podrá acusarnos de traición por pertenecer a la

---

10     Matanza del cerdo. Euskara.

facción agramontesa. Sería un desastre para mí, que mantengo esta posada a duras penas y gracias a los peregrinos de la rúa, que este año han rebajado su asistencia a Compostela.

—Nadie osa deambular por caminos inseguros —aseguró Otxanda.

—Recibí la posada de mi esposo Martin, el hermano menor de Johannes Hiribarne, que murió de fiebres hace un año. Era un buen hombre. Nunca me pegó.

Se restregó los ojos, emocionada por el amable recuerdo del esposo muerto, y se afanó en revolver la cazuela donde hervía el caldo de gallina. Por indicación de Otxanda, echó un buen chorro de vino casero —Tenían una viña en la parte trasera del huerto— y agregó leche, mantequilla, trozos de pan y un ramo de romero.

Cuando estuvo listo, Otxanda, soplando, lo probó, sintiéndose bien con ese calor reconfortante que entraba en su estómago, animándole el cuerpo aterido. Luego, sabía lo que tenía que hacer: esperar un rato hasta ver si las cosas iban bien y llevar la vianda en la bandeja de plata a madame.

—¿Llevas bien eso de probar la comida? —preguntó Ana con abierta curiosidad y algo de admiración—. Se come tres veces al día y, cada vez, debes pensar si han puesto cicuta en el manjar. Amiga, que te juegas la vida tres veces al día.

—Es parte de mi quehacer.

—Arriesgas tu vida por la de esa extranjera francesa —musitó como si fuera algo vejatorio, cuidando bajar la voz.

—Es una buena mujer que se ha desvelado por pacificar Nabarra. Nació hija de rey, es hermana de rey, fue esposa de rey, pues casó con el de Nabarra, y es madre de dos reyes. Pertenece a una especie distinta a nosotras —aseguró Otxanda, defendiendo a su patrona con acento decidido.

—Que yo sepa, conciben, nacen y mueren del mismo modo... Terminan siendo un montón de huesos, como nosotros —Y Ana se alzó de hombros, en señal de desprecio.

—En el entremedio de esas cosas, viven mejor —apuntó Otxanda con humor.

La posadera se rió del aserto y le palmeó los hombros, mientras se servía a sí misma un poco de sopa con su chorro abundante del áspero vino casero.

*** 

El abad de Olatz, hombre untuoso que no miraba a los ojos a nadie, pues llevaba siempre los párpados entornados en razón de su importancia, se acercó a la posada, trajeado con sus mejores galas, acompañado por los párrocos y sacerdotes de los pueblos vecinos, pues querían celebrar con los reyes la fiesta de Navidad.

Aunque Catalina, Juan y Magdalena traían sus sacerdotes, no pusieron objeción ninguna, y terminaron hablando en la sala de la posada Lizarraga con cordialidad antes y después de los oficios religiosos.

No se trasladaron a ninguna de las iglesias cercanas, pues madame se encontraba desfallecida, aunque anunció que el calducho de la posadera Ana le había reconfortado lo suficiente como para acceder a la conferencia con los prelados, asistiendo a la celebración que se improvisó en el comedor, apoyada en el brazo de Otxanda.

Rezó al Señor, desde lo profundo de su apenado y cansado corazón, en aquella noche de ventisca de Egues, por que redujera la naturaleza salvaje y traicionera del conde Lerín y la artera de Fernando, hombres de codicia exagerada y condición malvada que anhelaban Nabarra para sí.

Suplicó por que los rebaños fueran pastoreados nuevamente en las montañas, que las cosechas fueran recogidas con provecho y que los hombres y mujeres y niños y ancianos del reino de Nabarra conocieran el beneficio que impone la bonanza y la tranquilidad que procura la paz.

Y suplicó también por que pudiera ver la coronación de su hija Catalina y su esposo, Juan, los reyes de Nabarra, en la catedral de Pamplona, y gozar reyes y súbditos del apaciguamiento del reino.

Fuera, el cielo estaba encapotado y los copos de nieve cuajaron sobre los árboles del bosque frondoso que cubría las laderas de los montes del valle de Egues. Su río Urbi, que bordeaba las aldeas, recibía la nevada, pausada, serena y benéfica sobre sus aguas.

# Capítulo 3. Coronación

## Posada Iturralde, Pamplona, 12 de enero de 1494

Matías Iturralde era un hombre obeso y tranquilo que dirigía con acierto su posada del barrio de la Nabarreria, en Pamplona. Su mujer, Andrea, sobrina de Johannes Hiribarne, le propuso, al casarse, montar el negocio que bien conocía, y para eso contaron con la casa de su madre, una mansión de piedra de dos pisos que tenía la particularidad de poseer chimeneas en todas las alcobas. Como no era lo usual, añadía a la posada un aire de confort e inusitada elegancia.

Al principio se detuvieron en ella, además de los peregrinos de la rúa, los mercantes de lana de Castilla, aumentado luego el tráfico con gipuzkoanos que vendían sus pescados salados y aceite de ballena, y con judíos y árabes que comerciaban con los exquisitos géneros del al-Ándalus.

Las contiendas guerreras y la consiguiente depresión económica lograban que unos se volvieran desesperadamente pobres mientras otros, ominosamente ricos, adquirían las apreciadas sedas, joyas, especias y perfumes orientales, pese a la reprobación de la Iglesia.

Matías y Andrea, ante el flujo de clientela, ampliaron el granero de la primitiva fundación de la casa; lo cobijaron con techo de tejas, otro dispendio, para poner a buen recaudo los animales de los arrieros y sus carromatos repletos de provisiones valiosas.

Si se conocía que la posada era segura, más asiduos accederían con fluidez a ella. En el heno limpio y renovado para las bestias solían dormir también los mozos que acompañaban la comitiva de los mercaderes.

Andrea, además, dotó la vivienda de toques elegantes. Colocó cortinas de algodón en las ventanas, dispuso en las camas confortables colchones de plumas, las habitaciones se ornaron con arcones, bargueños, mesas y sillas, y pulieron los suelos de cedro con perfumada cera de abeja. No era extraño que los comerciantes ricos la prefirieran a las demás posadas de Pamplona.

Andrea destacó como cocinera. Su bacalao, proveniente de Pasaia, limpio de salazón en su baño de agua y leche durante días, frito en aceite de oliva con ajos rotos como guarnición, era celebrado por los arrieros, así como sus tortillas de cebolla y sus pasteles de manzana, en los que introdujo el sabor de la canela.

Ante el anuncio de que la reina Catalina acudía, al fin, a coronarse a Pamplona, junto a su consorte, Albret, una multitud devenida de todo el reino se allegó a la ciudad, buscando alojamiento.

Iturralde recibió gustoso a una compañía de titiriteros germanos, a unos juglares de Provenza y, sobre todo, al mercader judío, Isaak Lópiz, que también operaba de físico y que, además de portar sedas, joyas y bálsamos, traía noticias frescas de los sucedidos de Granada.

Isaak, una vez dispuestas sus mulas plateadas en el pesebre y su carga en el establo, se sentó frente al fuego del salón, estirados sus pies calzados con babuchas de terciopelo escarlata, luciendo sobre los hombros un mantón de brocado púrpura con un hermoso diseño de flores bordadas con hilos de oro, manufacturado en el lejano imperio de los hombres amarillos.

Aprovechaba la ocasión para exhibirlo por a si alguien de la posada, viéndolo, le apetecía y lo compraba. En general, Isaak resultaba austero en su indumentaria, compuesta de bragas ajustadas, camisola holgada de hilo, calzón y jubón de lana color cobre, más al modo cristiano que al oriental.

Era un hombre de alta estatura, delgado y de tez macilenta, modales cautos y grata conversación. Sus ojos eran pardos y brillaba en ellos la luz de la inteligencia, y sus labios hablaban varios idiomas, entre ellos y con soltura, el de los nabarros, que se aseguraba era difícil de aprender. En esta lengua platicaba con Matías.

—Los reyes de Castilla y Aragón son dueños de al-Ándalus. Los ricos comerciantes árabes han huido a África. A Marruecos —especificó con honda tristeza—. Por eso no han concurrido a Pamplona por estas señaladas fechas.

—Tiempo llevaban empeñados los cristianos en esa guerra de reconquista —aseveró Matías, con un dejo de tristeza, mientras llenaba con cerveza un vaso de cristal verde que el judío reservaba para sí. Aborrecía del vino y eso era cosa de recordar por un buen posadero. Añadió con suavidad—: La toma de Granada, aunque lo suyo costó, fue celebrada por la cristiandad desde Roma hasta la brumosa Inglaterra, y nosotros también lo hicimos. El último bastión musulmán se quebró ante la fuerza de los reyes cristianos, benditos por la Gracia de Dios.

—¿De qué Dios, Matías? ¿Del judío, del cristiano, del musulmán? —preguntó Isaak fatigosamente y, tras una pausa que aprovechó para beber un poco de cerveza, relató—: Granada fue tomada tras un sitio de diez años y arduas negociaciones, tras la muerte de miles de hombres y la miseria de otros miles. Pero Isabel, sin sentir pena por esos decesos, deambuló vestida de blanco y con zapatillas de raso por la ciudad arruinada y por los jardines sin flor de la rosada Alhambra, señora propietaria del reino nazarí —Esto lo masculló con desagrado, como si relatara una profanación. Con un gesto nervioso de su mano, alisó la larga barba entrecana y sus ojos líquidos, quizá por las lágrimas, bordeados por bolsas violáceas, se fijaron en el fuego de la chimenea, como si le representaran el horror de lo vivido. Carraspeó antes de culminar sosegadamente—: Castilla planificó bien sus fuerzas, uniendo su nobleza con las ciudades. Cien mil hombres, entre caballeros, infantes y peones, conquistaron el reino nazarí. Los casi seiscientos mil hombres de Boabdil fueron insuficientes para retenerlo. Granada es ahora castellana. Y quieren hacerla cristiana.

—¿Fernando de Aragón no ha tomado parte? —preguntó el posadero, interesado.

—¡Oh, sí! Colaboró con una importante fuerza naval, exhibiendo en su pecho una cruz de plata que, aseguran los clérigos, está bendita por su Dios y su apóstol Santiago. Fue a él a quien el rey destronado, Boabdil, entregó las llaves de Granada —aseveró el judío con un leve sarcasmo, aunque bajando la voz cautelosamente.

—Parece estar en todas partes —observó Matías con perplejidad—. En Nabarra, en Granada, en Nápoles... No descansa.

—Al afeminado Boabdil, que unas veces negoció y otras guerreó, y al final se rindió por unas monedas de plata y un señorío en las Alpujarras, no le quedó otro remedio que entregar su reino para terminar en África, de donde una vez, hace ochocientos años, vinieron sus antecesores. Se dice que su aguerrida madre, Aixa, que le apoyó en el asunto de quitarle el reino a su padre, le dijo algo así como: "Llora como mujer lo que no supiste defender como hombre".

—Es cruel que una madre profiera semejantes palabras —afirmó Matías, mientras disponía en una bandeja trozos de queso y pan de centeno. Añadió el siguiente comentario—: Míralo de este modo: el suceso podría serte provechoso, pues el volumen de comercio podrá ser mayor para ti, eliminados los árabes.

—Hemos convivido en paz con ellos durante siglos, sin estorbarnos —replicó con rapidez Isaak, para aclarar con pesar, entrecerrando los ojos y con el ceño fruncido—: Afirman que Isabel de Castilla es obcecada en cosas de religión, adoctrinada por su confesor, el inquisidor general de Castilla y Aragón, Tomás de Torquemada, quien, pese a su origen judío, le indujo a publicar el Edicto de Proscripción de los judíos del reino nazarí. Quien no se bautiza, mal lo tiene. Y bien sabes que es poco cristiano eso de comerciar... Lo cierto es que cualquier excusa es válida ante el tribunal del Santo Oficio, y los judíos parecen destinados a ser tostados en la hoguera; eso sí, expoliados antes sus bienes.

—Conquista militar y evangelización religiosa —se pronunció Matías, meneando la cabeza con reprobación, mientras un escalofrío le recorría el cuerpo.

—Cerré mis casas de Córdoba y de Granada antes de que me las confiscaran —E Isaak mostró al posadero dos gruesas llaves de hierro que colgaban de su cintura— hasta ver cómo se aquietaban las cosas, aunque mi casa de Granada, tan querida por mí, al poco fue incendiada, con su imprenta dentro y mis cántaros de aceite de oliva, mis valiosos bulbos de azafrán, mis maravillosos gusanos de seda. Casi cien años había vivido en ella mi familia y estaba bien provista, Matías. Ardió en unas pocas horas —La voz de Isaak semejó un lamento, pero se rehizo para agregar—: Tengo pensado instalarme en Estella, que ahí tengo casa comprada, con mi hijo Daniel. Confío que mis paños de lana y seda, joyas y perfumes se vendan bien. La coronación de los reyes, y si instalan su corte en Pamplona, puede favorecer ese comercio. De hecho, traigo un importante encargo para madame Magdalena.

—Fernando no descansa en sus propósitos de quedarse con Nabarra, y bandas suyas rondan por la parte sur del reino a su antojo, con el beneplácito del condestable Lerín. Su objetivo es debilitarnos lo suficiente como para devorarnos. Llevamos medio siglo de guerra civil. Hay familias desgarradas, viudas y huérfanos por doquier... Los campos no se cultivan... ¿Para qué? Si lo que siembras agachando la espalda te lo queman los hombres de la guerra con sus teas —Matías se interrumpió, pues, aunque confiaba en Isaak, era peligroso expresar tales ideas en voz alta. Su integridad física y su negocio podrían sufrir con ello; en eso no había demasiada diferencia con el judío—. Tuya es la habitación que siempre usas, la que da al huerto; podrás mantener vigilancia sobre tu carro en todo momento.

—No lo he traído conmigo. Era demasiado vistoso para recorrer los caminos en estos tiempos de guerra —suspiró el anciano con fatiga. Y tuvo la visión de su carro azul devorado por las llamas, y el corazón se le sobresaltó de la pena.

—¿Cómo has portado tus mercancías, Isaak? —preguntó extrañado Matías.

—En mis mulas, Argenta y Afrodita, pero Daniel dormirá en el pesebre, cerca de ellas, posadero, y no habrá mejor guardián para las mercancías ni para los animales que él, aunque no le he educado para la guerra, sino para la paz.

\*\*\*

En las calles de Iruña, fundada antes del tiempo de la invasión romana, que la convirtió en Pamplona en honor a su conquistador, Pompeyo, había jolgorio. Los titiriteros ensayaban sus números, otros ejecutaban espectaculares volatines y los había que echaban fuego por la boca. La gente palmeaba con la ilusión de presenciar algo semejante a un milagro.

Como las tardes invernales eran cortas y frías, encendieron hachones de aceite de ballena, que olían mal, pero otorgaban luz, es decir, seguridad, y se montaron teatros con muñecos que narraban el último suceso, grato a los beamonteses: la toma de Granada como un bien para Castilla y un refuerzo para el prestigio militar de Fernando.

Los juglares exhibían carteles en los que estaba pintada la ciudad rosa y relataban el hecho de que, tras ardua lucha de reconquista —diez años— al final era cristiana. Recalcaban el apoyo del apóstol Santiago en la culminación feliz de aquella cruzada apostólica, haciendo incidencia en que Dios descendió de los reinos celestiales a celebrar el evento de la reconquista, sentándose en el trono, junto a los reyes de Castilla y Aragón, y su inquisidor, Torquemada.

Entretanto, vendedores ambulantes se deslizaban entre la multitud, ofreciendo pasteles de carne, castañas asadas y vino caliente azucarado, pues el frío era inclemente; como un manto de hielo, se deslizaba para cubrir los espacios de la ciudad amurallada.

El gentío, animado por el alcohol abundante y barato, con mayor libertad que la habitual, recorría las calles, tomados de la mano, cantando en el idioma popular del reino:

—*Labrit eta erregel Aita, seme didaret/ Condestable Jauna/ Arbizate anaye.*[11]

Expresaban sus simpatías a la facción agramontesa, consecuente con sus raíces vasconas, pero sin definirse, pues temían la ferocidad sin tregua de Lerín, y se esperaba que, a última hora, hiciera una de las suyas. Llevaban tiempo de guerras intestinas, con el duelo de sus muertos y pérdidas económicas, y la ceremonia de la coronación les ofrecía un desquite emocional.

Al campaneo de las iglesias de San Cernín y de San Nicolás, que más que iglesias semejaban fortalezas militares, le acompañaban los de las once de la remozada catedral de Santa María, enclavada en el alto del burgo de la Nabarreria. Resonaban en

---

11    Labrit y el rey/ padre e hijo son/ El señor condestable/ tomadlo como hermano.

el ámbito de un mundo festivo por una vez, dando los cuartos y las horas, y, de vez en cuando, tocando a rebato.

El condestable, a principios del año, accedió malhumorado a abrir las puertas de la ciudad a los reyes detenidos en la aldehuela de Egues. Entraron en la ciudad, Catalina y Juan, custodiados por los embajadores de Castilla, el capitán Juan de Ribera y sus hijos Juan y Pedro, el plenipotenciario Ontañón y los embajadores franceses Estissac y Duras. Detrás iban los lanceros de Foix y los caballeros del Bearn, en sus monturas adornadas con gualdrapas de colores.

Para el domingo, día del Señor, 13 de enero, se fijó la coronación. El desfile de los reyes hasta la catedral fue impresionante, pues cada caballero y dama de la corte se compuso con las mejores galas y las joyas familiares expuestas sin rubor pregonaban su importancia, pese a que la muchedumbre apretujada en las callejas se cubría con pieles de cordero para protegerse del frío glacial.

Los picos de las montañas que rodeaban Pamplona estaban cubiertos de nieve y, de vez en cuando, como si fuera lluvia menuda, caían pequeñas gotas de hielo desde el cielo acerado.

Los hombres de Agramont y Beaumont lucían capas de terciopelo brillante y gorros con plumas de garza coloridas, y llevaban, posados al hombro, sus espléndidos halcones de caza. Montaban caballos de raza árabe, de magnífica estampa, revestidos con tapaderas, con los colores de cada facción. Sus lebreles eran conducidos por criados que ondeaban banderines coloridos, otorgando algazara al desfile.

Tamborileros y flautistas tocaban, incansables y animosos, sus instrumentos. Tremolaban las banderas del reino: la roja de Nabarra con sus cadenas doradas; la de la casa de Foix con sus cuatro rayas verticales amarillas y tres rojas.

Diputados de las villas del reino se presentaron, así como prelados y altos cargos eclesiásticos, luciendo sus más pomposos atuendos. Era un desfile de gran colorido y de suma importancia.

Juan y Catalina, tras la noche de vigilia guardando armas, desfilaron y empatizaron con la multitud que les aclamaba, aunque no se sabía si era por el festejo que les procuraba una distracción de sus vidas convulsionadas por la guerra civil o por la ceremonia grandiosa de la coronación de unos reyes que descendían de Carlos III, cuya memoria veneraban, porque impulsó la unión y la paz del reino.

Desde el Palacio de San Pedro, en el altozano de la ciudad y en el barrio de la Nabarreria, los reyes a coronar desfilaron hacia la catedral, ornamentados con magníficas vestimentas, saludando con la gracia que les era propia y que encantó tanto que hasta logró rebajar la áspera animosidad de los Beaumont.

El condestable, cuya principal función era presidir el brazo de los caballeros o militar de las cortes de Nabarra, y a quien muchos esperaban ver en el cortejo, fue el gran ausente.

Se negó a presenciar una ceremonia que reprobaba, pues seguía rumiando su resentimiento de que Catalina no se hubiese casado con el heredero de Castilla y Aragón, o que Fernando no fuera el rey coronado, o que no fuese él mismo el portador de la corona y llevara en sus manos el cetro del poder, y que sus hombros enjutos no fueran orlados por el mantón ceremonial. Destemplado y rabioso, partió a Lerín a aleccionar a los bandoleros aragoneses que irrumpían por la frontera sur, con la esperanza de que desestabilizaran, de una vez, la paz del reino, que no se daba por vencido.

Entretanto, los jóvenes Catalina y Juan, aclamados por la multitud, entraron a la catedral, en cuyo centro reposaba el soberbio sepulcro de mármol de Carlos III el Noble y de Leonor de Castilla, su esposa, yacentes ambos para la eternidad con sus manos en posición de rezo.

Los sacerdotes que encabezaban el séquito se detuvieron a sahumar el sepulcro y, luego, a la pareja real, que hizo una gentil reverencia al antepasado común para luego dirigirse al altar mayor, donde la imagen sedente de Santa María la Real, chapada en plata, iluminada con cientos de velas, iba a presidir la ceremonia, según era costumbre.

El obispo de la ciudad, Juan de Egia, prior de Roncesvalles, con su alta mitra resplandeciente en la cabeza y recubierto con una casulla de satén blanco bordada con hilos de oro, los esperaba, solemne y autoritario, al pie del altar.

Dos tronos tenían dispuestos para sentarse Catalina y Juan, aunque hubieron de permanecer de pie mientras el obispo declamaba ampulosamente su alocución, larga y confusa en sus términos, apoyada en gestos solemnes, y que finalmente terminó con las preguntas tradicionales:

—Muy excelentes príncipes, ¿queréis ser nuestros reyes y señores?

Catalina[12] y Juan asintieron por tres veces que sí, por lo cual el obispo, conforme, añadió:

—En siendo así, antes de proceder al sacramento de la santa unción y coronación dichosa, es necesario que vuestras altezas hagan al pueblo el juramento que vuestros predecesores acostumbraron hacer, y que, asimismo, el pueblo os haga el acostumbrado juramento.

Catalina y Juan juraron sobre la Cruz y los Evangelios guardar y mantener los fueros, costumbres y franquicias del reino, nunca aminorándolas y sí acrecentándolas.

Juan de Bakedano, protonotario apostólico, leyó la extensa fórmula tradicional del juramento real, al que se añadió la voluntad de los nuevos reyes de corregir los abusos y contrafueros cometidos por sus oficiales, mantener por doce años la moneda que habían ordenado acuñar y promover los cargos del reino a nabarros de nacimiento y residentes, cuidando que

---

12     El juramento fue más largo. Se hizo hincapié en que Catalina era la reina propietaria de Nabarra.

ningún extranjero pudiera detentarlos, así como el de las fortalezas que custodiaban las fronteras.

Residirían los reyes en Nabarra, donde sería educado el heredero, con los hijos de la tierra, hablando la lengua de estos. Tras las formulaciones estrictas sobre quién habría de heredar el reino en caso de fallecimiento de Catalina, su heredera natural, quedó claro que si faltaban a su palabra, Nabarra y sus cortes podrían desligarlos de su reinado.

Juan de Jassu, alcalde primero de la Corte Mayor, por ausencia del canciller del reino, recibió el juramento de las cortes, que estribaba en guardar lealtad a los soberanos, y luego, los obispos de Baiona y Dax, Juan de Barrería y Bernard de Boyérs, juraron lealtad, no estando presentes los obispos de Calahorra, Tarazona y el abad de Montearagón.

Un coro formado por gentes del reino, con fama de voces insignes, entonó himnos de acción de gracias en latín, mientras los reyes entraban en la sacristía de la catedral para cambiarse de vestiduras. Reaparecieron trajeados de damasco azul forrado de blanco armiño, jóvenes y hermosos, pero vulnerables para cuanto se esperaba de ellos.

Una nube de espeso incienso los ocultó de los ojos ávidos, codiciosos, amigos y enemigos que les rodeaban, y se hizo un silencio expectante y ominoso en la catedral, como si concurriesen, enredados en las finas volutas cenicientas, los viejos espíritus de los reyes pirenaicos que forjaron y fraguaron el reino vascón, y advirtiesen de su posible destrucción.

El obispo de Cousserans, que suplía al de Pamplona, hizo las unciones de rigor. Volvieron los reyes a entrar en la sacristía para cambiar de vestiduras, compuestos ahora con las apropiadas para la última fase de la coronación. En lo alto del altar, sobre un refajo de terciopelo, permanecían la espada, dos coronas y esferas de oro, y dos cetros de piedras preciosas.

Catalina y Juan se coronaron a sí mismos. Sostuvieron en sus manos derechas el cetro y en las izquierdas las esferas, colocándose Juan, en el cinto, la espada. Estaban listos para acceder al último paso de la coronación, el que siempre habían realizado los reyes vascones.

En un pavés, que ostentaba las armas de Nabarra, asido por doce ricohombres de las ciento veintitrés villas del reino, fueron alzados Juan y Catalina, a los gritos de: "¡Real! ¡Real! ¡Real!", símbolo de su entronización.

Así fueron jurados reyes, según lo determinaba el fuero de los nabarros, y ellos, a su vez, juraban obediencia a este y a los Santos Evangelios, como reyes católicos que eran, uniendo en sus personas un conjunto de señoríos caóticos, cuyas lenguas y costumbres diferían.

Catalina poseía Bearn, Bigorre, Foix, parte de Cominges, Marsán, Toursán, Gabardán, Andorra y Castelbon, además de ser la propietaria natural del reino. Juan aportaba Las Landas, el condado de Gaure, el país de Albret y varios señoríos de Perigord, Limousin y Bordelesado. Se aseguraba la posesión de Nabarra sobre esos territorios, mediante la persona de ambos reyes.

El Te Deum lo entonó el obispo Cousserans, y se inició la misa oficiada por el procurador fiscal, Miguel de Espinal, en la que, en el momento de las ofrendas, los reyes donaron ricas telas de púrpura y monedas de plata y oro.

Terminados los actos protocolarios, Catalina y Juan salieron por una puerta privada, en donde él montó en su soberbio caballo blanco, y Catalina, fatigada por su embarazo y la larga ceremonia, se tendió sobre una litera. Con las coronas sobre las cabezas, fueron paseados por las calles de la capital del reino, aclamados por la multitud, a la que echaron monedas de plata recién acuñadas.

Los reyes coronados pudieron al fin retirarse a descansar, pero la algazara iba a continuar con banquetes durante varias semanas. La ciudad olía a asados y hervidos, a pan tierno y vino con especias.

Aunque en ciertas zonas oscuras, a las que no llegaba el sol, Juan de Esparza, vicario de la iglesia de San Cernín, y Antonio Agerre, cabecillas beaumonteses, persistían en sus conspiraciones para derrocar a los reyes que traían con ellos el aire, la cortesía y la galanura de Francia, único mal que podían reprocharles.

***

Magdalena, en su alcoba del palacio real, cómodamente reclinada sobre su lecho relleno de almohadones de plumas, culminaba la misión de su vida, que comenzó con la coronación de su hijo Francisco, muerto prematuramente cuando tocaba su flauta de plata, y ahora con la de su otra hija, Catalina.

Asegurada quedaba la sucesión, pues el matrimonio resultaba fértil, demasiado para su gusto, pues Catalina acumulaba embarazo tras embarazo, llegados a buen término. Ella temía por la salud de su hija, pues cada preñez era un riesgo, pero como nada grave había pasado hasta entonces, podía respirar tranquila, pensaba, y morir en paz, ya que la vida se le estaba yendo, y aunque hubiera preferido expirar en su castillo de Pau o de Marsan, no estaba mal hacerlo en Pamplona, la capital del reino que rigió como reina consorte y gobernadora, ostentando el título de princesa de Viana.

Tocó con cierta precipitación, para espantar sus pensamientos derrotistas, la campanilla de plata que siempre llevaba consigo, y al momento apareció Otxanda, como era habitual en ella. La había educado para servirla con esmero desde que se la entregó su padre en Aoitz y la muchacha cumplía eficientemente sus obligaciones.

Preguntó con comedida curiosidad:

—¿Cómo está la ciudad?

—Rebulle de alborozo, mi señora —aseguró Otxanda con voz vibrante.

Magdalena sonrió satisfecha por la noticia y, en tono de mando, aunque no dejaba de ser su voz suave y persuasiva, que en eso tenía cuidado fuese con reyes o servidores, ordenó:

—Así debe ser. Ahora, ve a la posada Iturralde y dile a Isaak Lópiz que quiero verle.

Otxanda salió presta y, al poco rato, se presentó acompañada del anciano judío, engullido en una usada capa de lana marrón, con los cabellos recogidos bajo un turbantillo de seda ocre. Una bolsa de cuero colgaba de su hombro.

Ágil pese a su edad, se arrodilló con pleitesía ante madame, le besó con unción la mano que esta le tendió con languidez, permaneciendo en esa actitud servil, hasta que ella le señaló que se sentara en una silla dispuesta frente a ella. Era al único mercader al que permitía tal familiaridad.

—Hablemos, viejo amigo. Han venido bien tus hermosas telas de Damasco para la ofrenda de los reyes en la catedral... Han quedado agradados los prelados, cosa que no suele ser corriente. Muéstrame tus chucherías y hablemos de Granada, que ardo de impaciencia por saber.

El hombre asintió con un movimiento de cabeza. Escurrió de su flaco hombro la alforja de cuero, la abrió, y con mano segura y movimientos ceremoniosos, extrajo un grueso cilindro de terciopelo negro sobre una mesa portátil que Otxanda dispuso enseguida para tal fin, desplegando cuidadosamente sus alhajas.

Allí había de todo: diademas adornadas con gemas preciosas de los colores del arco iris, prendedores con incrustaciones de aljófares, almandinas, carbunclos, cuarzos rosas y verdes, granates y amatistas; dijes de formas caprichosas: caballos alados tallados en azabache y dragones manufacturados con perlas barrocas, camafeos de nácar, ónice y ágata, fíbulas de oro con cabeza de coral tallado, guardapelos de alabastro, lapislázuli y marfil; anillos que exhibían cuentas de ágatas, esmeraldas, ópalos y ojos de gato, relicarios de plata repujada cordobesa, perendengues y zarcillos de perlas y zafiros, cadenas, gargantillas, brazaletes y pulseras de oro de gruesos eslabones que llevaban ensartadas bolas de brillante nácar de Madagascar y lágrimas de ámbar dorado del Báltico.

La mujer miró con apetencia aquellos estupendos objetos y le costó elegir alguno entre todos. Al fin se decidió por un camafeo que tenía incrustado en su centro un enorme rubí tallado en cabujón. La piedra echaba destellos púrpura a la luz de las velas y destacaba en el medallón de oro como si poseyera vida propia, tal como si latiera.

Magdalena acarició la joya con los dedos, extrañándose de que la gema no le quemara las yemas, que no expidiera fuego verdadero. Preguntó suavemente:

—¿Es una piedra preciosa? Nunca la he visto antes.

—Proviene de la India remota, del reino de los marajás que domestican a los grandes elefantes blancos. Los camelleros que cruzaron los desiertos de Gobi, Palestina y Egipto la trajeron a Granada en sus alforjas, en los tiempos de Abu Said, y sirvió de derrama a Pedro el Cruel de Castilla, sin lograr salvarle la vida. Más tarde, valió como tributo al Príncipe Negro por su ayuda en la batalla de Nájera.

—¿Cómo ha llegado entonces hasta ti? Debería estar en Inglaterra —exclamó la regente, desconfiada, aunque prendada de la belleza rojiza y destellante de la piedra.

—Abu Said no ofrendó la verdadera, madame. La vendió y ha estado en las manos de mi abuelo, mi padre y las mías, tesoro inigualable y exquisito que jamás hemos querido transferir, pero los tiempos apremian y quisiera que la tuviera en su poder alguien como vos —Isaak pasó un paño sobre el lomo de la piedra, resaltando su encendido color, y añadió con voz persuasiva—: Sus propiedades son insuperables: mejora el estado de ánimo y dinamiza la alegría de vivir. No debe ser propiedad de un conquistador, sino de una dama como vos, que buscó y obtuvo la paz de su reino; que evitó las matanzas.

La voz de Isaak se hizo temblorosa por una emoción profunda y sincera, más honda que su adulador espíritu de mercader.

—La compraré —confirmó madame con rotundidad, poco segura de la historia, pero enamorada de la regia pieza, para asegurar después con curiosidad—: Trajinas caminos y ves las cosas con espíritu abierto —No pareció darse cuenta del rubor que encendió el rostro del hombre, y continuó con voz suave como el terciopelo—: Dicen que un hombre de tu raza, llamado Colón, ha navegado por el ancho mar tenebroso, accediendo a las Indias, de donde es tu rubí, así que puede haber llegado el fin del desfile de las caravanas de camellos por los desiertos. Vendrán por mar las especias, que importan más que las piedras preciosas. Cuentan que otro hombre, Johannes Gutenberg, adaptando una prensa de vino, ha inventado un artilugio que permite reproducir libros de modo mecánico. Viene también acabado el tiempo de los copistas a mano.

—Enterada estáis, señora —replicó el judío untuosamente, resplandecientes sus ojos del color del ámbar—. Colón, en nombre de Isabel, ha puesto pie en unas tierras de leche y miel, y eso aumentará la riqueza de los señores de Castilla por unos siglos. Más importante me parece la invención de Gutenberg, porque será la riqueza cultural a la que accederá todo hombre o mujer, el bien de la lectura; la comprensión del pensamiento.

—Aclárame cómo se ve el libro impreso de esa forma —urgió Magdalena con un mohín—; no me hago idea del asunto.

—Es una novedad en toda regla. Dentro de poco no se van a necesitar amplios espacios para almacenar los libros ni será necesario encadenarlos a los estantes como ocurre en algunos monasterios por temor al robo, porque se van a achicar en tamaño y abaratar el precio. El nuevo libro es pequeño y cómodo de manejar, con el texto descargado de alineación más alargada, de letra romana, fácil de leer, manufacturado en papel, material más manejable que el pergamino y más económico, aunque sus cubiertas de protección podrán ser de pergamino o de telas como la seda y el terciopelo, incrustados con metal y piedras preciosas, del mismo modo que los antiguos.

—Entonces hay quienes siguen creyendo que los libros son artículos de lujo como los jarrones o los tapices, para exponerlos en las estanterías —advirtió la regente, con los ojos brillantes de ironía.

Isaak asintió, continuando con embeleso la relación de la novedad impresora:

—Las hojas van plegadas en dos o más, según el tamaño que se quiera para el formato, y van luego pegadas con cola en las guardas, dorándose los cantos e imprimiendo en el canal, si uno quiere, su nombre. Han publicado una Biblia.

Señaló esto con orgullo, pues era el bien cultural y religioso que tenían en común.

Magdalena lo miraba con desorbitado interés; apenas se atrevía a respirar ante el anuncio de un invento que reproduciría hasta el infinito los valores de la sabiduría humana. Isaak sonrió, contemplando su mirada ensimismada, y acabó diciendo lentamente:

—En Maguncia, compré una prensa portátil con su caja de letras, un saco de punzones y papel y tinta para mi uso, por si decae el comercio de las telas y joyas. Veo a mi hijo Daniel más interesado en producir libros en la imprenta que en la venta de aderezos, aunque es con la venta de estas cosas con lo que he podido proporcionarle una educación.

—Es buena novedad la que me cuentas, Isaak, porque pienso que una de las cosas que debe conocer todo hombre y mujer es leer y escribir, pero resulta costoso si no se es príncipe. Cuando me entregaron a Otxanda a mi servicio, le enseñé, además de modales refinados y ciertas formas de higiene, letras. Me lee mi *Libro de Horas* cada mañana, porque mis ojos se cansan en el ejercicio de la lectura y mis manos tiemblan con el peso del volumen... —Su voz se empapó de melancolía por el tiempo de su pasada juventud, consumido entre tantas responsabilidades gravosas, y añadió con ternura—: Otxanda escribe mis cartas y ha accedido a los libros de la biblioteca de mi yerno. Resulta placentero ver cómo ha florecido su espíritu gracias a esas enseñanzas.

—Con este invento será fácil adquirir, divulgar y adquirir cultura —aseveró Isaak, mesándose la barba espesa con su flaca mano, pero añadió respetuosamente, aunque en voz muy baja—: Otxanda ha tenido suerte de teneros como tutora, señora mía. Vuestro espíritu es flexible y armonioso; vuestra palabra es ágil, y vuestro entendimiento, sutil.

Magdalena fingió no escuchar las halagadoras palabras de Isaak, aunque le llegaron al corazón, y siguió diciendo, con la mirada fija en el brillante rubí:

—Todo se sabrá con esa divulgación portentosa, no como ahora, que la gente ignorante y, por tanto, temerosa, se alimenta de chismes, calumnias o medias verdades, expedidas desde los púlpitos. En eso, Lerín es un artista. Sabe engañar y nadie es capaz de desmentirle, porque él es más veloz y feroz que la verdad con su mentira —Quedó quieta, con los párpados cubriéndole los ojos apagados, atormentada por el recuerdo del hombre aborrecible. Musitó al fin, cambiando de tema y con un hilo de voz—: ¿Tienes esencia de amapolas? Me estoy muriendo, Isaak, y necesito mitigar mis fuertes dolores.

Isaak la miró con pesadumbre, pero sus avisados ojos de hombre que practicaban la medicina le advirtieron que, por desgracia, ella no mentía, ni tan siquiera exageraba. Estaba demasiado consumida, demasiado pálida, demasiado agotada. Envejecida prematuramente. Era como el espectro de sí misma.

—Vendrá Daniel, que sabe de medicina más que yo, y os procurará la dosis precisa. Os calmará el dolor sin menguar vuestra conciencia —aseguró con voz tensa Isaak cuando pudo soltar las palabras de su boca sin que le temblara.

Ella, tranquilizada, se arrellanó en los almohadones con cierta indolencia y preguntó con curiosidad:

—Dime, viejo amigo…, ¿tu hijo sabe de la lengua vascona? Todos la hablan, hermosamente el honorable señor de Jassu, menos los reyes y yo. Difícil debe ser aprenderla, aunque ya que hablamos de la divulgación de libros a gran escala…, se podrán imprimir diccionarios que nos alumbren sobre cada vocablo que expresan las gentes del reino. Sabiendo su lengua, conoceremos mejor su corazón.

—Se la enseñé en memoria de su madre, la vascongada Aniana, quien murió poco después de darlo a luz, madame, como bien sabéis —El anciano se interrumpió, carraspeó para aclararse la garganta, porque el recuerdo, pese a los años, le mordía fieramente el corazón, y concluyó con tristeza—: He criado a Daniel lo mejor que he podido: es experto también en árabe y en lenguas romances. Ha estudiado las *Etimologías*, de San Isidoro, y la materia médica de Dioscórides, Galeno, Esculapio y Avicena.

—¿Le han enseñado que lo primero es no hacer daño? —interrumpió Magdalena, que había escogido a Isaak entre los físicos de su entorno por sus manos, delicadas como la seda, sus palabras reconstituyentes como el mejor de los tónicos, su sonrisa apacible como la esperanza y sus voz musical como la de una lira.

—Sí. Es el mandato de Esculapio, señora.

—¿Y a tener compasión, misericordia y paciencia? Eso no lo dicen los grandes hombres de ciencia —comentó, irónica, la mujer.

—Es más difícil de enseñar y aprender.

Ambos se rieron e Isaak continuó diciendo con su voz melodiosa:

—Sin importarme el precio, compré los textos que los sabios portaban en sus mochilas tras la caída de Constantinopla, cuando recalaron en Venecia y Génov de su huida pavorosa. Adquirí cuantas obras ilustres de la Biblioteca de Alejandría pude y las besé, una a una, antes de entregarlas a mi hijo. Han sido alimento de su espíritu y las he traído conmigo, en buena hora, madame, pues hubieran ardido en el fuego que consumió mi casa de Granada... —Y la voz de Isaak se convirtió en un lamento doloroso que hizo que Magdalena se incorporase, pero añadió con calma, con un gesto tranquilizador—: Es la primera vez que Daniel me acompaña en un viaje comercial.

—Has hecho por él más que muchos padres y reyes —respondió ella, conmovida.

El anciano miró con reverencia a la señora, tan hermosa para él en su decaimiento como cuando la conoció en Burdeos, tantos años atrás, en el esplendor de su juventud, en el día de su boda con Gastón de Foix, el primogénito de la reina propietaria de Nabarra, la funesta Leonor.

Magdalena lucía juvenil, animosa y resuelta, con sus cabellos sueltos y brillantes sobre los hombros, sus vestidos de seda azul y sus zapatos de brocado escarlata, danzando bailes franceses al son de las flautas, encantando a los presentes con su gentileza y risa cristalina.

Él se enamoró apenas verla, y aquel amor imposible se consolidó con el tiempo como una especie de encandilamiento, como el de una mariposa incrustada en una gota de ámbar, sin jamás alentar el deseo de posesión carnal, por otra parte, imposible, dadas las enormes diferencias que les separaban y de las que Isaak era consciente.

Pese a permanecer juntos muchas horas y sin vigilancia en el entretenimiento de las ventas de las joyas y tapices, jamás se rozaron sus dedos. Lo curioso es que a él le bastaba verla, oírla, olerla y saber que ella estaba cómoda en su compañía. Sentía orgullo por gozar de su confianza, contento de conversar con ella de todos los temas, porque ambos amaban la paz y ensalzaban el conocimiento.

—Otro favor os pido, amigo mío —exclamó Magdalena con voz fatigada, interrumpiendo sus divagaciones—. Decid en la posada de Iturralde que quiero que Peio, el hijo del posadero Hiribarne, venga a tocar su txirula para mí.

—Lo haré, señora.

—Me recuerda a mi Francisco. También tocaba la flauta. Tú perdiste una mujer amada, pero yo perdí a mi esposo, cargué con su responsabilidad de gobierno, me comprometí con la paz y vi morir a mi hijo, tan joven y prometedor como era. Eso tienen los viejos amigos, Isaak, que comparten penas, lloran dolores comunes y se despiden sin saber si mañana habrán de verse otra vez.

Sintieron el tamborileo de una lluvia fina que caía sobre la ciudad, suavemente, como arrullándola. Isaak se levantó, porque comprendió que ya más nada podían decirse, pero, antes de marcharse, preguntó:

—¿Os dejo el relicario de la piedra de sangre?

—Os lo pagaré junto a las amapolas, viejo amigo —respondió ella, con una sonrisa que iluminó el azul claro de sus ojos y floreció en sus labios que, de pronto, se colorearon, como sus mejillas, de un encendido color rosa, como en el tiempo de su juventud.

\*\*\*

Daniel era un mozo alto, de buena planta, de abundante cabello castaño, surcado prematuramente con hebras de plata y atado con una cinta sobre la nunca. Sus ojos grandes eran de color indefinido: podían ser verdes, castaños o azules, según expresaran sus sentimientos, dominando un rostro afilado, de nariz y quijada prominentes. Sus modales eran desenvueltos y sus andares, firmes, impropios de un judío.

También vestía de manera diferente a los de su raza. No llevaba túnica, sino unas bragas ajustadas de lana negra, una camisa blanca de hilo con cordones para fruncirla en cuello y mangas, y un jubón acolchado, también negro.

Cargaba sobre sus anchos hombros un costoso albornoz de lana merina sin teñir, forrado de piel de cordero; sus botas de media caña eran de flexible cuero de ciervo y se cubría la cabeza con un bonete de terciopelo verde oscuro.

De ánimo observador y espíritu reconcentrado, solía permanecer callado en las conversaciones, excepto con sus pacientes, para los que estaba dispuesto al diálogo. Muchos de los padecimientos estaban más allá del palpitar de las venas y de las sienes, del color de la lengua y del interior de los ojos. Yacían en la mente y había que ser sagaz y descubrirlos entre el borbotón de palabras o el acceso de silencios.

Llegó a la habitación de madame portando su caja de marfil con las esencias curadoras, que depositó cuidadosamente en la mesa portátil. Revisó a la enferma con suma delicadeza: tocó la palma de su mano, suave y respetuosamente; palpó su frente ardiente y el pálpito de su corazón en las muñecas hinchadas; observó su lengua rasposa y, tras todo eso, preguntó con suavidad:

—¿Qué os duele, mi señora?

—Desde la planta de mis pies hasta lo alto de mi cabeza, joven; es decir, todo —contestó Magdalena con desenfado, mientras, entornando los ojos, estudió con disimulo al hijo de Isaak.

Le recordó a su padre en su juventud, cuando ella le conoció en ocasión de su boda, eligiéndolo entre los otros mercaderes no solo para comprarle algunas alhajas que apetecía, sino por el placer que le causaba su compañía, pues era hombre de espíritu despierto y ánimo templado.

Tenía Daniel su misma complexión y gracia, aunque en él había algo más completo, más acabado, más determinante.

Quizá toda aquella educación impartida, la acumulación de sabiduría y humanidad que había recibido, y que ella sabía que podía proporcionar Isaak, más la liberación del oficio de mercader, que no dejaba de ser servil, le otorgaban seguridad y prestancia.

Otxanda entró en la habitación y Daniel, sin mirarla, pues estaba concentrado en la inspección de madame, le ordenó, contra toda indicación médica habitual para los casos de calentura, que trajera con urgencia paños limpios y un cuenco con agua de lluvia fría, cosa que, ante una inclinación de la cabeza de su señora, ella se apresuró a cumplir, sin disimular su sorpresa.

Al poco rato —subió y bajó escaleras, y atravesó patios resbaladizos por la escarcha—, regresó con lienzos inmaculados y un pocillo rebosante de agua, posados sobre una bandeja de plata. Se los entregó a Daniel con una reverencia.

El joven, con gesto grave, humedeció el paño en el agua cristalina, posándolo con suavidad sobre el rostro de madame, que, con los ojos cerrados, agradeció la impresión de frescor sobre su frente ardiente por la fiebre.

—Hay que repetir este proceso, mi señora, hasta rebajar la calentura y despejar el malestar que os aqueja. Si no os molesta, y perdonad el atrevimiento, sería bueno que vuestra doncella lo aplicara también en vuestras partes íntimas.

Ella, sin asomo de rubor, accedió con un movimiento de cabeza, repitiéndoselo a Otxanda para que estuviera pendiente de la indicación médica, y luego se sumió en su sueño reparador con la mano del joven entre las suyas, como si el contacto con aquella piel cobriza y fuerte y joven relajara la inquietud y aliviara el estado febril.

Mucho después, Daniel retiró su mano de las ya frescas de madame con infinito cuidado para no despertarla del sueño reparador, dejando a las dos mujeres en la estancia, profundamente perturbado por haberlas conocido. Para entonces, Daniel ya se había fijado en Otxanda.

Al sentirse mejor, debido a los paños de lluvia, Magdalena deseó incorporarse en el lecho, cambiarse la camisola y las medias de lana, cepillarse los cabellos aplastados por el sudor de la fiebre. Otxanda se apresuró a cumplir las órdenes: cambió las sábanas y ahuecó los almohadones para que estuviera cómoda, alegrándose de su resurrección.

Madame, satisfecha, tras ajustarse la cofia de puntillas sobre los cabellos esponjosos por el cepillado enérgico, y como si lo que fuera a hacer o decir fuera la última cosa importante de su vida, aferró la mano de la joven y colocó en ella el relicario del rubí.

—Otxanda, quiero regalarte antes algo que he comprado, criatura que me has servido con fidelidad. Esta piedra del color de la sangre proviene de un mundo lejano y posiblemente tan cruel como el nuestro, pero ojalá sirva para hacerte bien, porque te lo mereces —Aquí la voz de la anciana se quebró, suspiró profundamente y añadió en plan de advertencia—: Vale mucho. Véndela con cautela si te es necesario en el futuro, pero mientras la mantengas contigo, piensa que es una especie de recompensa por haber probado mis comidas y arropado mi cuerpo, por las beneficiosas friegas, por la lectura del *Libro de las Horas*… Por los doce años de entrega a mi servicio.

—Dios la bendiga, madame —musitó la joven suavemente, inclinándose y besándole la mano, mientras guardaba el relicario en el pecho. La luz roja de la piedra iluminó, por un instante, el rostro de ambas, procurándoles un encendido rosado.

\*\*\*

Daniel —y lo esperaba con impaciencia— fue reclamado por madame nuevamente, pues, aunque parecía recobrarse de su desfallecimiento, aplacada la fiebre, seguía empeñada en el presentimiento de su muerte. Los dolores internos no se calmaban, decía lamentosa, ni se le iba la melancolía del espíritu. Urgía por el consuelo de las amapolas.

Mientras escuchaba las detalladas razones del malestar de madame, Daniel contempló por el rabillo del ojo a la joven asistente con un sentimiento de creciente asombro. Era demasiado vivaz como para estar enquistada en la etiqueta cortesana.

Vestía una sencilla camisola de lana blanca, que resaltaba sus pechos erguidos. Un cinto de flexible cuero le marcaba la fineza de su cintura y realzaba las caderas poderosas. Iba calzada con unas babuchas rojas, lo único estridente en su persona. A su cabello largo y espeso, negro como el ébano, lo llevaba recogido en un moño, en lo alto de la cabeza, a la manera griega.

Era una joven proporcionada en sus formas, agradable en sus maneras, de voz armoniosa y con aquellos oscuros ojos chispeantes de vivaz inteligencia. Resultaba especialmente atractiva.

Daniel se preguntó de quién sería amante en aquella corte trashumante, rica y ociosa de los reyes, encerrada en los fríos muros del palacio. El primer sentimiento que le sacudió fue el dolor de saber que una mujer así, aunque fuera criada de Magdalena, no podía ser para él, hijo de un mercader judío que deambulaba por los pueblos cristianos vendiendo mercancías o prestando dinero con usura. No, esa mujer no podía ser para él, y menos como él la quería: absolutamente suya, que alentara y viviera exclusivamente para él, como decían que su madre cristiana había hecho con su padre Isaak.

Aún así, en ese torbellino demoledor de deseos incipientes, de dudas y recelos novedosos, la convocó por su nombre, esperando que su voz no la resquebrajara o que al simple conjuro no desapareciera aquella criatura asombrosa en el aire frío del palacio de San Pedro.

Tal cosa no sucedió, y ella le clavó los ojos ardientes, atendiendo cortésmente al llamado. Daniel, recompuesto, le indicó con ademanes absolutamente profesionales de físico que trajera una escudilla de agua caliente para diluir el remedio que iba a procurar a madame para alivio de sus males.

Otxanda frunció el entrecejo y con voz suave, pero enérgica, objetó:

—Debemos avisar a la reina Catalina.

—Razón tienes, niña, pero mientras le avisas, que no detenga Daniel la infusión, que sigo siendo la princesa de Viana —replicó Magdalena con autoridad en la voz, como en sus tiempos de gobernadora, cuando apaciguaba las guerras civiles— y no por vieja dejo de tener juicio.

Otxanda, con una leve inclinación de cabeza y un revoleo de sus faldas, partió a cumplir su cometido.

Daniel se quedó mirando a la joven, embelesado con su figura graciosa, embobado por su andar ágil, reteniendo en su interior el timbre sonoro de su voz de cristal. No se dio cuenta, en su abstracción, de que los ojos agudos de madame, encapsulados en las bolsas violáceas de sus párpados hinchados, le observaban con astucia.

Al cabo de un rato, Magdalena dijo en voz alta, como si hablara consigo misma:

—Cuando ríe es como si se rompieran burbujas de agua en el aire.

\*\*\*

Pamplona retornó a su vida normal. Los titiriteros, juglares y vendedores ambulantes abandonaron la capital para emprender otros derroteros, aunque no estaban ciertos de si iban a presenciar alguna otra vez una ceremonia como aquella, enraizada en tiempos remotos y con unos soberanos tan jóvenes y fascinantes.

Habían hecho buen negocio en Pamplona y ninguno de ellos, al retirarse de la ciudad amurallada cercada por sus montañas, dirigió sus pasos hacia el sur, pues las cosas no estaban allí seguras para el comercio.

Los castellanos habían implantado en Granada un férreo orden militar y religioso para rematar su conquista. Los judíos y los árabes, aunque algunos lograron escapar con capital líquido en sus alforjas, fueron desposeídos de sus bienes inmuebles, que quedaron en manos de los vencedores, súbitamente acaudalados.

Ignoraron, con el alborozo causado por el rico botín obtenido por su guerra y conquista, el mensaje de los judíos expulsados de Sefarad: la advertencia de que el vigor comercial habido quedaba roto por siempre jamás.

Los vencidos, agobiados por el peso de un exilio que habría de durar más que el de Egipto, vaticinaron los días del hambre y la necesidad que sobrevendrían al reino nazarí, recitando el salmo 90 de su libro santo: "En la mañana florece y crece; a la tarde es cortada y se seca…".

No lo tuvieron en cuenta, entre otras cosas, porque las Indias recién descubiertas podían ser una provisión excelente e inagotable de especias y metales preciosos. Hasta el navegante Colón se excedió en ello al decir que el oro de las Indias sería más abundante para Castilla que el fierro que les procuraba Bizkaia.

# Capítulo 4.
## Defunción, matrimonio y duelo

## Posada Iturralde, Pamplona/Iruña, enero de 1495

Catalina admitió que a su madre se le procurara la infusión de amapolas sin tener que probarla antes Otxanda, pues tal cosa la inutilizaría y eso sí resultaría gravoso para ella, expresó sin comedimiento.

Confiaba en Isaak, que no era como los otros físicos, unos pesados que nunca le rebajaban los dolores del parto ni le amortiguaban el de los entuertos; ni tenían conversación agradable, modales suaves y mirada inteligente; ni un hijo tan guapo como Daniel.

Visitaba a su madre a lapsos cortos, confiando en Otxanda para el día y la noche, aunque, percatándose del trabajo, le procuró la ayuda de una huérfana, Sara, encontrada de bebé en el pórtico de la catedral, envuelta en lienzos de factura costosa, lo que hizo suponer que provenía de casa rica.

La enclenque niña sobrevivió para asombro del párroco que la recogió y de las monjas que la criaron. Cuando Catalina solicitó una huérfana para su servicio de doncellas, se la ofrecieron sin dudar, porque de aquel bebé moribundo había florecido una esplendida joven que, aparte de su belleza física, era de carácter pacífico, modales flexibles y voz delicada.

—Canta como un ángel —aseguraron las religiosas, encantadas de poder traspasarla a la reina— y jamás ha roto un plato.

Sara no era alta, pero su constitución resultaba armoniosa: la cabeza de rizos rubios se apoyaba en unos hombros cuadrados y erguidos, y en un cuerpo de poco busto y escasas caderas, aunque tanto sus piernas como sus brazos resultaban robustos. Los dedos de sus manos, flexibles y nerviosos, trenzaban juncos de las orillas del Arga con maestría.

—Las cestas que fabrica Sara son una obra de arte —agregaron las monjas, que querían a la muchacha y pensaban que en la corte de la reina iba a encontrar un buen hueco para su futuro, tan incierto.

En Sara llamaban la atención el color de sus ojos, de una tonalidad verde ambarina, y su mirada franca, con un punto de insolencia. Sus densas pestañas oscuras se encargaban de suavizar su expresión y su sonrisa cordial disipaba la sensación de extrañamiento que producía.

Otxanda le enseñó las cosas necesarias para el laborioso cuidado de Magdalena: cubrirle la frente, las axilas y sus partes pudendas con el lienzo empapado en agua de lluvia, que se recogía en el patio, en una tinaja especial de loza blanca que llevaba impreso el sello real.

Había, a más, que masajearle continuamente los doloridos pies, las hinchadas piernas y las palpitantes manos, y estimularla a beber agua, aunque ella exigía vino, y a comer sopas de pan y ajo, lo único que le apetecía y podía digerir con facilidad.

—Se va muriendo —confió Otxanda con tristeza a una silenciosa Sara que la seguía devotamente a todas partes— y debemos suavizarle sus últimas horas, como ella procuró suavizar la guerra civil de los nabarros con sus trabajos a favor de la paz. A esta mujer, Sara, le debemos los pocos momentos buenos que hemos logrado en este reino nuestro en cincuenta años.

Pero, incapaz de mantener por mucho tiempo la tristeza en su espíritu, Otxanda reseñó con cierto regocijo:

—Va a venir un músico de Donibane por el que mostró especial aprecio, cuya música puede apaciguarle el ánimo. Le recuerda a su hijo Francisco y su flauta de plata.

No confesó que, cada tarde, iba a la posada Iturralde con la esperanza de ver aparecer al juglar de los rizos de oro y de su frustración por no verle. Solía, en cambio, encontrarse con Daniel, que se ocupaba de los negocios de su padre, pues este padecía una indisposición.

La recibía con alegría manifiesta, buscando su conversación, y luego volvían a encontrarse a las tardes en el palacio, mientras auscultaba a madame y disponía la tisana sedante. Daniel siempre traía flores frescas, así fuesen manzanillas, para madame y para ella. Las colocaba en un jarro de cristal y lograban espabilar la tristeza agobiante de la alcoba.

Magdalena sonreía al verlas, pues le recordaban a sus campos de Francia y Aquitania, los días de su niñez gloriosa y despreocupada, cuando corría entre los terrones de tierra de sus castillos, imaginando que era un pájaro libre. O quizás una mariposa.

Al ver las florecillas diminutas, con su pompón amarillo y sus pétalos blancos, rememoraba el día de su matrimonio con Gastón de Foix, el victorioso del nacimiento de su primogénito, Francisco, los días sombríos de la muerte de ambos, y clamaba por la presencia constante de Catalina. Urgía por darle consejos y advertencias finales.

—Lucha por tu reino, niña mía, que tienes a tu lado al digno señor de Jassu —urgía a las sombras que le atormentaban en su lecho de muerte.

Catalina, que siempre llegaba corriendo, con las mejillas arreboladas, le besaba en la frente y le murmuraba al oído:

—Mi señora madre, esté tranquila, que conservaremos este reino por el que usted ha hecho tanto bien.

Y se iba deprisa, revoleando sus faldas de seda, con la toca de gasa auroleando sus cabellos castaños, la risa presta a salirle de los labios jóvenes. Quería vivir y huía de la muerte que se aposentaba en la alcoba maternal.

Se agravó la noche del 20 de enero. Su jadeo se hizo angustioso, y aunque Daniel, tras consultarlo con su padre, aumentó la dosis del polvo de amapolas, no logró remitir los síntomas perversos que anunciaban el fin.

Los reyes fueron convocados urgentemente y penetraron ambos en la cámara donde yacía en su lecho de muerte la mujer a la que le debían la corona, y Catalina, a más, la vida.

Al verlos, Magdalena tuvo una mejoría, e incorporándose, con la ayuda de Otxanda, sobre los almohadones de satén, apenas cubierta con su camisola de hilo y encaje, pues la fiebre la tenía acalorada y sudorosa, recobró su lucidez, aunque su voz sonaba quebrantaba. Exhortó, una vez más, por la pacificación de las fronteras y por la conciliación de las facciones que liquidaban el alma hermosa y antigua de Nabarra.

—Cuidad de la pretensión de Fernando de que seamos un protectorado de sus reinos, a los que, juntándolos, llamará España. Andad con tiento con el reino de Francia, porque también quiere expropiarnos. Beaumont por Castilla y Aragón, Agramont por Francia os dejarán sin aliento.

Tosió hasta parecer que se quebraba en dos, pese a los esfuerzos de Otxanda por mantenerla derecha y el apremio de Daniel por que bebiera el zumo de las amapolas para aliviarle la congestión. Ella se rehizo, apartó de sí la taza de porcelana que le tendía el joven y continuó:

—No puedo recriminaros los tratados que habéis logrado con el aragonés, porque los juró en vuestro nombre nuestro fiable embajador, Juan de Jassu. Yo también hube de firmar tratados que no fueron del acuerdo de mi corazón, sino de mi mente. Tened cuidado con vuestra preciosa hija, mi adorable nieta, que, al enviarla a Castilla como prometida de un príncipe no nacido, terminará como rehén de Fernando.

Madame volvió a toser con desosiego. Daniel se acercó nuevamente con el cuenco que contenía una infusión de amapola, menta y anís, y esta vez sí que ella lo aspiró con anhelo, pero no bebió, y con voz inaudible continuó su exordio, que era como un testamento, aunque ya lo tenía escrito en su lengua bearnesa desde hacía meses:

—Importante es que cumpláis con las cláusulas que impiden el tráfico de tropas de Castilla o Aragón por nuestras fronteras. No alteréis la neutralidad de Nabarra; se os va en ello la vida y la vida del reino. No descuidéis la labor de los infanzones que se reúnen en Obanos y que tienen como lema "Hombres libres en patria libre", y como misión, el despejar las fronteras de forajidos, que muchos son los que nos invaden. Dios os bendiga y que vuestros hijos y los hijos de vuestros hijos reinen en Nabarra por siempre.

Agotada tras estas advertencias políticas, reclinó la cabeza sobre el pecho, cual una paloma herida, pero se recobró de pronto, como recordando algo importante; la alzó y reclamó a Otxanda, que permanecía de pie en un rincón de la habitación; la atrajo hacia sí con un tembloroso ademán de su mano y dictó una sentencia que asombró a los presentes:

—Otrosí, ordeno para mi leal Otxanda su matrimonio con Daniel, el hijo de mi fiel físico Isaak Lópiz, dotándola para tal fin. Que se lleve con ella, para su servicio, a Sara. Quien ha inclinado su espalda ante mí, que la levante como esposa de un hombre que ejerce la medicina con acierto, pues me está ayudando a morir con dignidad.

Magdalena, finalmente, se desplomó sobre los cojines, cuyas sedas crujieron, y cerró los claros ojos, dejando escapar un estertor. Nadie escuchó el sorprendido quejido de Otxanda, pues entraron los sacerdotes con sus cánticos y sahumerios, con el obispo de Pamplona y el cardenal, y los párrocos de San

Cernín, San Nicolás y de la Catedral a la cabeza, en nutrida procesión, para imponer los Santos Óleos a la que fue gobernadora de Nabarra.

Magdalena murió al día siguiente, tras entrar en un sueño profundo del que no despertó. Pequeños copos blancos fueron cubriendo los techos de la vieja ciudad, sus pequeñas plazas ajardinadas, sus calles irregularmente empedradas, sus árboles, sus dentadas murallas.

El viejo palacio de San Pedro se arropó con el blanco manto de la nevada, que amortiguó los sonidos de la ciudad, que lloraba por la muerte de una reina extranjera, pero que había sido buena en el asunto de la paz, tratando de mitigar el dolor y el alcance funesto de la guerra civil.

El llanto de la reina Catalina, abultada por un nuevo embarazo, se escuchó en el ámbito de aquel universo desolado. Se despedía de una madre, de una princesa de Viana, de una consejera cuerda y sensible. Ahora quedaba ella sola frente a la trinchera de la vida y del reino. Ella sola.

Se organizaron de inmediato los actos de protocolo para celebrar su funeral regio, encabezados por un Juan de Albret resolutivo, que ordenó colgaran crespones de luto en las paredes de piedra del gélido palacio de San Pedro, convenida habitación para los reyes de Nabarra, aunque era tan destartalado como inhospitalario; y también cubrir los espejos.

Aderezaron a madame con sus mejores atavíos, mantuvieron sus finas manos unidas en actitud de rezo, con una cruz entre los dedos, descansando su cuerpo sobre un lecho almohadillado en rica seda marfil, embutida en un ataúd de madera de cedro y adornos de bronce.

El sueño de la muerte fue compasivo con ella, pues la rejuveneció, al alisarse la delicada piel de su rostro y distender sus agobiantes ojeras. Parecía descansar apaciblemente de sus grandes trabajos a favor de la paz.

Se acalló la música profana y cualquier conversación en voz alta. El coro catedralicio se apersonó en el palacio para entonar el Salmo de difuntos, dirigiendo rezos continuos seguidos por la familia y por los cortesanos.

Doblaron a muerte las campanas de las tres iglesias de Iruña, mientras los ciudadanos iban caminando con la cabeza gacha, sumidos en la tristeza. Sabían que con madame se iba el retazo de paz arrebatada de las garras avariciosas de las facciones banderizas.

Isaak, que participó en los sufragios regios e incluso acompañó a la comitiva fúnebre hasta la catedral, en un último lugar, pensó con tristeza que se acallaba el canto del ruiseñor en el reino de Nabarra y, aquella noche, quizá por el sufrimiento por perder a una mujer tan querida, murió de un colapso en el corazón, en su cama de la posada Iturralde.

Daniel lo encontró al amanecer, rígido en el lecho. Abrumado por el dolor y sin familia que pudiera atender a los protocolos del funeral judío, se ocupó como pudo de sus humildes exequias.

Lo amortajó con un lienzo blanco. Dejó sobre su pecho el cordón de cuero trenzado con las llaves de la casa de Córdoba que hubo de abandonar por los sucesos asesinos que la reina Isabel y su asesor Torquemada promovieron contra los judíos.

No podía trasladarle, ni siquiera en cenizas, al cementerio del Arrabal, si es que aún existía. Hizo copia de la llave y también de la de la casa de Granada, devorada por un incendio, para guardarlas para sí como recuerdo de otro tiempo más feliz.

No eran llaves que abrirían esas puertas nunca más; eran simplemente llaves de reminiscencia, valiosos testimonios de lo que se poseyó y amó; de lo que se perdió por la perfidia de los hombres de la guerra; de los fanáticos, de los malvados; de los codiciosos, de los envidiosos.

Matías Iturralde, considerado con su padecimiento, aconsejó con afectuosa gravedad que era mejor ocultar su condición de judío, no por el muerto, sino por el futuro de Daniel, y llevarlo a enterrar a extramuros, en un sitio reservado a los pobres, donde su familia sepultaba a sus muertos.

—Conviene ser cauto —le aconsejó al joven agobiado por el desconcierto y la amargura—, pues los tiempos son difíciles.

Matías, competente, se encargó del escaso papeleo que se debía realizar. Lo único que hizo Daniel, según los ritos judíos, fue instalarlo en una parihuela, encender una vela a la cabecera y acompañarlo en el carromato que dispuso Matías, tirado por la mula Argenta, hasta su última morada, rodeado de cruces cristianas. Cierto era que Isaak entre cristianos transcurrió su vida, aunque manteniendo su condición de judío.

El posadero se encaminó a la parte extrema del cementerio, hacia los pequeños monumentos funerarios redondeados de madera, que exhibían el símbolo vasco de la vida y de la muerte: el lauburu.

Como era enero, no podría asombrar el hecho de que no hubiera flores en la tumba recién estrenada, y así cumplía con la tradición judía, y, al regresar a la posada, Daniel tapó con un velo negro el espejo del cuarto. No podía guardar la *shiva*, semana del luto, porque recibió el extraordinario mensaje de la reina Catalina, anunciándole su propio matrimonio.

La reina fue expeditiva. Estaba decidida a cumplir el encargo de su madre, que no dejaba de extrañarla, pero resultaba inexorable, según añadió, taxativa. Le concedió unos minutos de entrevista para asunto tan primordial y se retiró de la cámara mortuoria, alegando otros compromisos, dejando a Daniel estupefacto, pese a su carácter sereno y a su ánimo controlado.

Lo menos que él deseaba era urgencia en un asunto que debía llevar su tiempo, pero nadie podía rechazar una orden real, menos cuando esta convenía al corazón y facilitaba el camino de la unión matrimonial, que había dado por imposible.

Estaba prendado absolutamente de la joven morena de ojos vivaces, carácter resuelto y risa de cascabel. Solo pensaba en ella, se recreaba en ella, cerraba los ojos y, aún abriéndolos, solo la veía a ella.

Pero sabía que Otxanda tenía su corazón prendido de entusiasmo en un músico de Donibane Garatzi, sobrino de Matías, según había comentado Andrea, un joven de extraña belleza que conoció en ocasión del viaje de los reyes a la coronación de Pamplona.

—Pregunta por él cada mañana y cada tarde —aseguró la mujer con rotundidad—. Aunque cierto es que lo reclamaba madame Magdalena, que quería escuchar música de flauta, tal como lo hacía su hijo, no ha podido venir por las nevadas.

Hubiera dado la vida por que inquiriera por él con la misma expectación que pudo observar. Los ojos de Otxanda brillaban, sus labios se movían trémulos, su voz se quebraba... Parecía que cada nervio de su cuerpo estallaba en la premonición de una fiesta de amor.

Otxanda, entretanto, compungida y extenuada por los días del duelo, por la ausencia de una mujer a la que había servido devota e íntimamente durante doce años, y que le dejaba un gran vacío, se asombró de que la reina tomara al pie de la letra la decisión última de su madre.

Con los ojos llorosos, cubierta la cabeza con una toca de luto, la reina se presentó inesperadamente en los aposentos de la difunta, comandando a Otxanda a ordenar las pertenencias de madame, recoger las suyas y celebrar sus esponsales con Daniel sin pérdida de tiempo. Todo de una vez.

Afirmó, observando el desconcierto de Otxanda, que madame la había casado con Juan de Albret, desdeñando cuantos pretendientes imaginaban para ella uno y otro bando en litigio, y aquel era el día en que no se arrepentía de la materna decisión.

Madame Magdalena, afirmó la reina, frunciendo su frente y sus labios finos, fue sabia en el conocimiento del corazón y la mente de las gentes, así que no cabía más que hacerle caso, culminó con un ademán imperioso.

Capituló la dote de modo generoso, ya que madame no la había establecido, y estuvo de acuerdo en que se llevara a la diligente Sara para su servicio.

—Fuiste buena con madame, por eso te bendigo, y lo serás con Daniel, el hijo del difunto Isaak, a quien tanto estimaba mi madre y yo misma. No es solo un hombre valioso, con un oficio bueno, sino que es guapo a rabiar, Otxanda, asunto que tiene su importancia —esto lo dijo con un punto de humor, y luego anunció rotundamente, con la autoridad de reina de la que estaba investida—: Celebraremos la boda en este palacio de San Pedro, que da más para funerales que para festejos, pero es lo que hay. Te avisaré.

Ni por un momento la reina se detuvo a pensar que Daniel era judío, que eso podía implicar complicaciones. Tenía muchas cosas en que reparar en esos días, entre ellas, su embarazo, y quería rematar la voluntad de su madre y acabar con ese asunto de una vez.

Pasó un tiempo, sin embargo, en el que Otxanda, sin auténtico alivio para su propia sorpresa, pensó que la reina había olvidado su decisión, y se entregó a la tarea de guardar en arcones los abultados trajes ceremoniales de la princesa de Viana, que cepillo y planchó, aunque su uso en el futuro era difuso. Quemó las vendas con que recubriera sus piernas. Algunas tenían manchas de sangre por las llagas que había sufrido Magdalena.

Recogió en una arqueta de marfil sus joyas: los hermosos collares que ella le puso en el cuello marchito, los zarcillos de oro que colgaron de sus orejas flácidas, los anillos de piedras preciosas que adornaron sus dedos retorcidos; la cruz de brillantes topacios que Isaak le había procurado en uno de sus viajes por Palestina; de la misma Jerusalén se la trajo, según afirmó el mercader, y transitó con ella por el camino del Gólgota, lo cual la hacía más valiosa.

Catalina, una mañana de mayo, al empezar a florecer los manzanos en los huertos de Iruña, la reclamó a sus aposentos. La ceremonia de la boda se iba a realizar a las doce del mediodía, en la pequeña capilla de su alcoba. Le conminaba a vestirse con elegancia, cosa que la joven no sabía cómo hacer.

Sara rebuscó en los arcones ordenados de madame y escogió una capa de terciopelo dorado, advirtiendo que con ella en los hombros poco importaba lo que llevara debajo, y se ocupó de cepillarle y luego trenzarle los cabellos con mano firme.

—No hace falta bermellón para tus mejillas; están sonrosadas, Otxanda, y tus ojos brillan. Estás hermosa —aseguró Sara con resolución.

Al sonar las campanas de la Catedral, entraron en la alcoba real, y Catalina, sin preámbulos, le entregó a la estupefacta Otxanda una bolsa de monedas de oro, una kutxa[13] de sándalo a la que no devoraría nunca la polilla, según afirmó con convicción, con varios trajes en su interior, un par de zuecos y el magnífico *Libro de Horas* que tantas veces leyera a madame.

Era una copia del original de 1340, propiedad de María de Nabarra, esposa de Pedro el Ceremonioso de Castilla, realizada por el copista del Monasterio de Leire, de unas setecientas páginas policromadas, que contenía la liturgia a la que madame era afecta. Encuadernada en vitela púrpura, llevaba los escudos de Valois, Foix y Nabarra grabados en oro, en su portada.

Era un regalo valioso y un detalle exquisito, así que Otxanda, sin murmurar palabra alguna, dejó que las lágrimas de agra-

---

13    Kutxa: caja, baúl. Euskara.

decimiento le desbordaran los ojos oscuros y le empaparan las lozanas mejillas.

Daniel permanecía a su lado, anonadado, con los ojos oscurecidos por la pena de su luto y la expectación de la ceremonia a celebrar, sin saber muy bien qué cosa hacer y menos qué decir.

El confesor de Catalina, un hombre enteco, entró en la habitación, saludó con una inclinación de cabeza, procedió con prisa a los esponsales y se retiró sin más. Como la madre de Daniel era vascona y cristiana, asumió que el hijo había adoptado esa fe y él no lo negó, apremiado por una Catalina que quería evitar complicaciones.

La reina, aliviada de cumplir la voluntad última de su madre, se acercó a Otxanda, dándole un abrazo efusivo, poco real, pero humanamente sincero, para retirarse a su lecho, cercano a una chimenea que permanecía prendida pese al calor del día.

Se sentía indispuesta en el último tramo de su embarazo. A falta de la guía de su madre y por el desvalimiento de la preñez, se apoyaba en los criterios de su esposo Juan y en su suegro Alano, el virrey, gente de su confianza para la dirección de los asuntos del reino, aunque hablaban más de la cuenta, a su parecer, con el aragonés.

Parecían de acuerdo en expulsar de Nabarra al pendenciero conde de Lerín, expropiándole tierras, castillos y rebaños de ovejas, que en demasía tenía, aunque en esas conversaciones, y empujados por la ortodoxia católica de la que hacían gala Isabel y Fernando, debían dictaminar una expulsión de los judíos que no abjuraran de su fe, y eso afectaba a las ricas y populosas comunidades de Estella y Tudela, especialmente.

Por eso, animada por la vieja y profunda amistad de su madre con Isaak, actuó con presteza en el caso de Daniel, propiciando su matrimonio con una joven cristiana de la corte, excelente doncella de su madre, para evitarle problemas futuros. Daniel resultaba un físico experto y podía ayudarla a sobrellevar sus femeninas dolencias.

Sentía náuseas, padecía ardores estomacales, sufría vómitos, se le hinchaban los pies y las manos, le pesaban los pechos, sobrellevaba fatiga. Esperaba que este bebé a venir fuera varón, porque no deseaba para ninguna hija la agonía de gobernar un reino, y a más, junto a ese trabajo, el de gestar y parir hijos.

Ella quería danzar, ver teatro, reírse con los titiriteros, escuchar las canciones amatorias de los juglares provenzales, solazarse con la vida, que era demasiado breve como para que la amargara la nefanda violencia de Lerín, siempre enfurruñado, y que no deseaba otra música que la de los tambores de la guerra y el rasgado del aire que producían sus jabalinas.

Reclamó a Daniel, sin importarle que fuera la noche de sus esponsales, para que le proporcionara aceites balsámicos, cosa que su madre había solicitado en otros tiempos de Isaak, y de los que hablaba como de un gran beneficio. El fragante aceite de rosas con que frotaba Otxanda las piernas congestionadas de madame era receta suya.

El joven, que se presentó de inmediato, le rogó que convocara a sus doncellas, pues no podía ver a solas la desnudez de su reina. Catalina levantó los hombros con despreocupación y tocó la campanilla con brío, y al instante apareció una docena de jóvenes, riendo, con la gasa blanca ondulando sobre sus tocas y arrastrando las faldas de satén sobre la madera del suelo.

Daniel, rodeado por las jóvenes que reían tontamente, palpó el cuerpo rígido y doliente de la reina, frunció el ceño, preocupado, y ordenó que dispusieran un tonel de agua para sumergir en ella a la soberana. Hubo murmuraciones y sonrojos entre las doncellas.

Catalina se rió a carcajadas de su desconcierto.

—Que es para bien, txoriburuak.[14] Mi madre, a quien Dios tiene en su Gloria, afirmaba que eso de bañarse solo al nacer y al morir era cosa escasa.

Con alboroto, las jóvenes transportaron el tonel con agua caliente desde la cocina del palacio, en un soporte con ruedas, y lo colocaron cerca de la chimenea, prendida con robustos troncos de roble. Daniel echó en su interior un puñado de sales que olían a lirio y jazmín, a rosa, nardo y espliego, removiéndolo con tiento, con una larga cuchara de madera.

Cuando se aseguró de que estaba el baño dispuesto, Catalina, ayudada por sus doncellas, envuelta de la cabeza a los pies en unos lienzos de algodón, se introdujo en el barril y durante un buen rato permaneció sumergida, con los ojos cerrados, respirando suavemente, satisfecha y adormecida.

Se le notaba el descanso que le producía el agua tibia, el relajante efecto de las sales aromáticas, la distensión que procuraban a sus músculos entumecidos. Cuando el agua enfrió, las jóvenes la ayudaron a salir, le retiraron los lienzos húmedos y la secaron junto al fuego, que espabilaron al máximo, mientras una de las doncellas le cepillaba el espeso cabello castaño hasta dejarlo reluciente a la luz de las velas.

Luego, se tendió en la cama, y Daniel, que había permanecido alejado, se acercó con un unto de flores silvestres, en el que prevalecía el aceite de salvia y romero, y le fue refregando con infinita suavidad los pies escarnecidos, los dedos retorcidos, los tobillos hinchados, las piernas inflamadas, la espalda rígida y el cuello tumefacto.

La reina permanecía quieta, insólitamente callada, ya que era de natural impetuoso y dado a la conversa. Solamente cuando el joven acabó la delicada tarea, que tanto asombró a las damas, le preguntó con curiosidad:

—¿De quién habéis aprendido esta ciencia?

---

14    Txoriburuak: cabezas de pájaro. Euskara.

—De la mujer árabe que me crió.

—A madame le preocupaba que Isaak no volviera a casarse, aunque creo que estaba enamorado de ella. Yo apreciaba el resplandor del amor en sus ojos cada vez que miraba a su reina. Dime, Daniel..., ¿cómo se logra que un hombre te mire así?

—No hay ciencia ni conjuro para ello, mi señora Catalina, ni libro que lo lleve escrito en sus páginas, ni masaje que lo provoque, ni agua de lluvia que lo haga florecer —respondió Daniel con melancolía, preguntándose cómo conseguiría él que su reciente esposa lo envolviera alguna vez con una mirada semejante. Respiró hondo y añadió—: No os he curado; solamente he aliviado vuestra congestión.

—Bastante es —respondió ella en un agradecido murmullo, antes de sumirse en un sueño reparador.

***

En la posada Iturralde, Otxanda permanecía de pie frente al fuego, pasmada por las cosas que le habían sucedido. Era la esposa de un hombre que apenas conocía, diferente a ella en religión, hábitos y costumbres, y posiblemente en lenguaje materno. Pero no sabía si se sentía disgustada o contenta. Simplemente, permanecía perpleja por el cambio que eso suponía en su vida.

De doncella de una reina madre, con obligaciones extremas, se convertía en la esposa de un hombre y dueña de una pequeña fortuna. No era libre, pero al menos estaba asegurada, pensó, y era más de lo que nunca hubiera esperado.

Daniel se acercó a ella despaciosamente, todavía exhumando el aroma del unto de los lirios y las rosas, y, tras tomarle las manos y acariciarlas con infinito cuidado, musitó con dulce voz:

—No hace falta que me ames todavía. Creo que el amor que has despertado en mí bastará para los dos hasta la eternidad.

Acercó sus labios a los de la joven y depositó en ellos su primer beso de amor.

Fueron interrumpidos por Sara, que irrumpió en la estancia con apremio y se quedó mirándolos, pasmada al ver la perfecta pareja que formaban, tan jóvenes y guapos, y él, al menos, enamorado. Pensó la moza, en una fracción de segundo, si su nueva ama sería tan necia como para no prenderse de un hombre tan atractivo, afable y valioso como lo era Daniel.

Ambos, al escuchar sus pasos, se volvieron sobresaltados, y Sara, roto el hechizo, anunció con agitación:

—Mi señor Daniel, os reclama Matías. Un hombre de Agramont y otro de Beaumont están haciendo ruido en la posada.

Daniel asintió y de mala gana abrió los brazos para dejar a Otxanda y bajar rápidamente hacia el salón de la posada donde se realizaba la pendencia. Reconoció a cada quien por su forma de vestir y hablar, incluso por su físico.

El beaumontés, Luis Arrieta, era un hombre de corta estatura, fibroso, con un rostro de piel curtida, donde brillaban unos ojos negros como dos brasas de carbón. Iba trajeado con capa y calzas de lana oscuras, y mantenía en la mano una larga espada.

Expedía arrogancia en su gesto, prepotencia en su apostura, decisión palpable de atacar y matar. Reproducía el físico y la actitud de su señor, el condestable. Vestía como él. Posiblemente su naturaleza fuera igual de perversa, asumió Daniel, con desaliento.

El agramontés, Felipe Belzunce, era alto y llevaba un bonete de terciopelo carmesí adornado con plumas de garza, blancas y esponjosas. Vestía una capa de lana gris y calzaba botas de cuero. Su rostro era rosado; sus ojos, de un azul profundo; y su barba, rubia y espesa.

Se habían entretenido hasta hacía poco, pues eran de clase adinerada, en jugar a los naipes y en apostar en el juego de pelota local. Al parecer, no se conocían hasta esa tarde en que, tras esos menesteres lúdicos, recalaron en la posada y, en la conversa, encontraron la confrontación.

Daniel advirtió que habían bebido en demasía —les apestaba el aliento a alcohol— y comenzó a conversar en voz baja y suave, lo que logró el efecto de que los hombres enfrentados se calmaran y bajaran sus voces de inmediato. Apaciguados los tonos, se rebajaron los insultos que estuvieron a punto de provocar un duelo.

Indicó a Matías que trajera pan, queso y embutidos, para ayudarles a digerir el alcohol ingerido, e instó a los hombres a sentarse con él y resolver sus diferencias, aunque eso le llevó su tiempo, pues ambos se observaban con animosidad y repugnancia. Habían aprendido a mirarse de ese modo desde la infancia.

La riña surgió porque el beaumontés aseguró que madame Magdalena había favorecido al bando agramontés, ya que era francesa, y había desposado a la reina con un hombre de Bearn, que era el que en realidad reinaba, junto a su padre, pues Catalina, la reina propietaria, se recluía de los asuntos gubernamentales, debido a sus constantes embarazos.

—...aunque hijos tuvo Isabel de Castilla y tomó Granada —terminó farfullando Luis Arrieta, con un destello de admiración en los ojos renegridos por la mujer guerrera y ascética que durante años prometió no cambiarse la camisa para conseguir el favor de Dios y ocupar en su Nombre el reino nazarí. Agregó con aspaviento—: Fernando ha recuperado en el Mediterráneo reinos para la corona de Aragón, y de buena fuente puedo decir que está organizando una Liga Santa con el Papa que impida a Francia ocupar Nápoles. Con el aragonés, seríamos grandes.

—Lo que haga Aragón no nos incumbe —protestó Felipe Belzunce con acritud, mientras devoraba vorazmente queso fresco y pan tierno.

—Ni los asuntos de Francia son nuestros —replicó el otro belicosamente, llevándose la mano a la espada.

Daniel atajó la impertinencia con ademán imperioso y los hombres siguieron comiendo las viandas, al parecer, tranquilizados. Trató de desviar el tema, pero una y otra vez volvían a su pendencia: la tenían enquistada en sus almas violentas, confusamente revuelta con sus emociones más primitivas, por lo que eran incapaces de tender un puente de entendimiento con el otro.

Vivían enfrascados en sus causas, agotando las energías de su juventud en la dinámica política que teñía, cual pintura roja, el lienzo del asunto dinástico. Sin otro oficio que el militar en el bando en el que nacían, estaban preparados solo para batallar. Les estaba prohibido dialogar.

No sabían leer ni escribir, pues desde la infancia habían sido instruidos en las armas como pajes de sus señores. Montaban a caballo con excelencia, aguantaban pocas horas de sueño, eran capaces de mantener jornadas de marcha sin quejarse y diestros resultaban en el uso de la espada. Sabían obedecer a sus señores, pero odiaban al señor de los demás. Y a los demás.

Permanecían recluidos en un círculo de egoísmo y perversidad. Matar era su profesión y para ello habían sido educados, endureciéndoles el corazón, dogmatizándolos desde la infancia en unos valores mínimos, advirtiendo enemigos en todos aquellos que no pensaran como ellos.

Daniel, creyendo que lo peor de la reyerta había pasado, se levantó para hablar con Matías, que seguía expectante el suceso, cuando, sin dar apenas un paso, los dos hombres a sus espaldas se engancharon en un nuevo enfrentamiento. Esta vez, el beaumontés, rápido, sacó a relucir su espada toledana.

A la tenue luz de los velones del comedor, el acero de la espada relució como una flecha de plata, surcando el aire denso por la humareda de la chimenea y encajándose en el pecho del agramontés. Le desgarró los pulmones y le acertó en el corazón. Felipe Belzunce se derrumbó, profiriendo un gemido, muerto al instante.

Daniel corrió hacia el hombre caído, incapaz de atajar, desprevenido como estaba, la segunda afrenta de Arrieta, que empuñó su puñal, introduciéndolo en su espalda. Antes de perder la conciencia, escuchó decir al hombre:

—Así deben terminar los traidores. *Beaumont, Beaumont, Beaumont.*

En la espesa nebulosa en la que se hundió Daniel, pudo percibir el sonido metálico que produjo Arrieta al envainarse la espada, retirada del cuerpo inerte de Felipe, y el puñal que quitó de su espalda... y los pasos del asesino resonando en el suelo de madera, perdiéndose en la lejanía.

Antes de perder el sentido, se preguntó Daniel: "¿Quiénes son los traidores?".

—Lo estamos perdiendo —escuchó decir a Otxanda, a lo lejos.

La suave voz de su amada desgarró el espeso velo de ese universo particular y aterrador en el que yacía anclado, y en el que, a lo lejos, a una distancia imposible de recorrer, brillaba una luz poderosa a la que quería acceder sin saber cómo, sin fuerzas para determinar su camino.

No veía rostros; apenas entendía lo que decían las voces que le rodeaban y que le llegaban de modo deformado, tal como si resonaran dentro de un túnel. Percibía, de manera remota, que le rociaban la frente con agua fresca, que dedos hábiles le abrían la boca para escanciarle gotas de un líquido ardiente que rebotaban benignas en el interior de su reseca garganta.

No podía abrir la boca ni hablar. Ni abrir los ojos, ni mirar. Tenía perdida la facultad de dominar las acciones de su cuerpo. Quería morir y no podía. Quería vivir y tampoco podía. Era como residir en el limbo cristiano.

El puñal avieso de Arrieta se le había clavado en la espalda, cerca del corazón, y la pérdida de sangre había sido notable.

Otxanda, urgida por salvarle, recurrió a sus manuales médicos, entrando en la habitación de Daniel, rebuscando en sus pertenencias con ánimo medroso, recordándose a sí misma, para darse autoridad, que era su esposa y que el afán que la motivaba era encontrar aquello que lo pudiera curar.

El libro que localizó estaba escrito en hebreo, pero tenía anexo, en papel, las notas médicas traducidas al romance, posiblemente por Daniel. Describía los partos y las heridas de los campos de batalla, y aseguraba que la limpieza de estas era parte fundamental de la curación, evitando los procesos febriles y la fatal infección. Así que se dedicó a enjuagar la herida que dejó el puñal en su espalda, con agua hervida, repasándola con lienzos suaves, una y otra vez, hasta que dejó de emanar el apestoso pus, comenzando la cicatrización.

La fiebre, que lo mantenía envuelto en sudor, menguó hasta desaparecer mediante el tratamiento extraordinario de los trapos empapados en agua. Los colocaba en su frente, axilas y partes viriles. También aquí debió recordar que era su esposo, que solo su apuro por curarle le procuraba el conocimiento de su físico en integridad.

Estaban a finales de mayo. Habían florecido los manzanos, cerezos y ciruelos, y al viento del norte, helador como un cuchillo, le sucedieron vientos del sur, templados y perfumados.

Los robles y las encinas se fueron poblando de hojas verdes y el cielo lucía de un límpido azul, aunque una última e inesperada nevada cubrió por unas horas las huertas, y las mariposas doradas y los ruiseñores cantores quedaron estáticos, asombrados por el suceso; pero eso le permitió recoger agua limpia para los trapos sanadores.

Otxanda no se apartó de Daniel. Dormía en una litera a los pies de su cama, rezando a Dios por la curación. Mientras le frotaba el cuerpo desmayado con su ungüento herbal, se fue dando cuenta de lo hermoso que era. Sus cabellos oscuros parecían hilos de seda reluciente en los que las hebras de plata resplandecían, y los ojos, que a veces se abrían sin ver, eran un mosaico de colores acristalados.

Tenía fibrosos los músculos, prieta la piel de color ambarino, delgadas las manos, largos los dedos, estrechas las caderas, flexibles las piernas. Y ese hombre, en la flor de la edad y de su potencia, que se estaba muriendo por el estúpido altercado de un violento, era su esposo.

Le pertenecía por orden de madame y de la reina, según el precepto de su Iglesia, se decía, mientras le frotaba los pies con su aceite aromático de hierbabuena y menta, temerosa de que perdieran la facultad de andar, debido al largo tiempo de su amodorramiento.

Cuando Daniel emergió del oscuro limbo donde permaneció durante un mes, abrió con dificultad sus ojos y no vio el rostro de su amada ni sus ojos negros y brillantes, que adoraba, ni esos labios generosos que aún sumido en su somnolencia extrañaba... Tenía delante a la reina de Nabarra, recubierta con una capa oscura.

—Bienvenido a la vida, Daniel, hijo de Isaak —exclamó alegremente Catalina, y dando palmadas procedió a dar voces, reclamando la urgente presencia de Matías, Andrea y Sara.

Él preguntó con torpeza —se dio cuenta con sorpresa de que había recuperado la facultad de hablar—, pese a que sentía la boca agrietada y las palabras resonaban como piedrecillas pequeñas por el ámbito de su boca reseca:

—¿Otxanda?

—Te ha cuidado fielmente, amigo mío. Ahora, descansa. Me ha cedido el turno.

—¿Otxanda? —volvió a repetir Daniel.

En su voz rasposa había algo de súplica, de añoranza..., de intenso sufrimiento. Semejaba el débil gemido de un animal herido. Catalina le miró con preocupación y rápidamente alzó su voz y reclamó:

—Mi buen Matías…, trae un buen caldo de gallina con un chorrete de vino para este huésped que nos regresa del limbo; que hizo falta que Catalina de Nabarra se apersonara para lograr el milagro de la resurrección.

La reina, para reanimarse ante el espectáculo de aquel hombre tan donoso, pero tan desmayado y vulnerable, se sirvió una copa de hidromiel, mientras ordenaba a Sara, cuyos ojos verdes se clavaban consternados en el joven, que renovara de la frente del enfermo los paños humedecidos de la bendita agua de la última nevada providencial.

Reanimada, Catalina, de modo desenfadado y confidencial al tiempo, que logró rasgar la niebla que envolvía a Daniel, le comunicó:

—Me has hecho falta para mi último parto, aunque Otxanda ha sabido dirigir el asunto de los baños en el tonel, pues en tus libros tienes notas precisas sobre la salud. Buena cosa es saber leer y escribir, pero más buena es ver obras de teatro. Con tu enfermedad, me has traído al lugar exacto donde pienso instalar un corral…

La reina seguía conversando sobre su proyecto, entusiasmada y locuaz, mientras, penetrando por la gruesa ventana de cristal emplomado, o ascendiendo desde el suelo encerado, o atravesando las paredes de piedra, o proveniente del cielo raso, Daniel no pudo precisarlo, escuchó el tono de una txirula.

Las notas musicales, suaves y delicadas, cual canto de ruiseñor, se percibían en todo el ambiente, y aun acallaban las palabras de la reina. Una angustia que tenía que ver con la sensación de pérdida volvió a reclamar a Daniel al diáfano limbo donde no se padecía dolor, porque perderla a ella era peor que perder su vida.

# Capítulo 5. Palacio de los Sebastianes

## Sangüesa/Zangotza, abril de 1503

Catalina gimió mientras sentía las sacudidas apremiantes e intensas de las contracciones del parto. Exhausta, agradeció que Daniel volviera a renovar los lienzos frescos sobre su frente perlada de sudor, y empapar con ello sus labios crispados y agrietados, además de sus partes íntimas desgarradas.

—No vale nada ser reina; una pare como cualquier campesina —afirmó, atribulada, y añadió con pesar—: Y con más dolor que una vaca.

Se alegraba de que Daniel permaneciera con ella para asistirla; que se hubiera trasladado con celeridad de Viana a Zangotza, ciudad que controlaba la frontera con Aragón, situada en la parte oriental del reino, adicta a los reyes, con asiento en las cortes por el brazo de las universidades y capital de la Merindad, aunque sufría desbordamientos del río Aragón, tras los deshielos.

Era abril y Catalina esperó que tal calamidad no ocurriera, porque lo terrible había ya sucedido y no fue una inundación: su precioso hijo, el infante Andrés Febo, el príncipe de Viana, el heredero jurado de la corona de Nabarra, acababa de morir, hacía unos días, el lunes 17 de este mes lluvioso, ventoso y desapacible.

Acabaron con él, que apenas tenía un año, seis meses y tres días, que ella los fue contando en la noche del duelo interminable, unas fiebres repentinas y malignas, y lo que era movimiento y dulzura, alegría y candor, quedó preso de la muerte como un pajarillo en una jaula. Tieso e inanimado.

Ella lo meció con dolor, queriendo trasmitirle el calor de su cuerpo, el vigor de la otra vida que en ella se gestaba y que estaba a punto de irrumpir, pero el niño, pese a tanto fuego sagrado de amor, con los ojos y la boquita abiertos, exhaló un último suspiro. Así murió su otro hijo, Juan, no tanto tiempo atrás, y el corazón no daba abasto con tanto dolor acumulado.

Juan, demudado, pero expedito, ordenó que transportaran el cuerpecito de su hijo, embutido en su caja blanca, al monasterio de San Salvador de Leire para su reposo eterno junto a sus antepasados, los reyes de Nabarra, aquellos rudos vascones que forjaron el reino.

Ella hubo de quedarse en Zangotza, sin poder acompañar a su hijo, el príncipe de Viana, a su última morada, porque los síntomas del parto se presentaron.

—Ojalá este niño por venir sea varón —se dijo, atribulada, pues aunque no reemplazaría en su corazón a los otros hijos muertos, al menos serviría para consolidar la monarquía. Se necesitaba un nuevo príncipe de Viana.

De entre los físicos que se aprestaban para ayudarla, el único fiable era Daniel, pues sus métodos delicados lograban procurarle cierto bienestar. Mientras los otros le proponían sangrías con sanguijuelas, cosa que aborrecía, o le urgían a beber infusiones repugnantes, Daniel le reconfortaba con sus masajes calmantes y la promesa de su baño de agua tibia y fragante en el tonel.

La comadrona, una mujer agria, de aspecto viril, le comandaba resistir en el proceso propio de toda mujer, sin procurarle alivio alguno, excepto el de unas plumas de pajarraco hediondas que dispuso bajo su almohada, asegurándole le ayudarían en el trance. No notó ninguna relajación.

Las sorgiñas de Zugarramurdi expidieron a su reina, a través de una de sus doncellas que era de aquella tierra montañosa, unas pócimas bienhechoras, hechas con hierbas crecidas al borde del arroyo del infierno, donde, a veces, pastaba Akerbeltz,[15] el fauno protector de la hermandad femenina. Agregaron un licor de bayas que tenía poder desinfectante, pues en el proceso del parto y después eso podía auxiliar.

Trataban de acogerse a la benevolencia de su reina, pues los tiempos comenzaban a cernirse de modo espantoso sobre ellas, mujeres que sabían de ungüentos para paliar las enfermedades que padecía la humanidad, aunque no lograban salvarla, solo remediarla.

Los clérigos poderosos de Europa, guerreros y potentes, apuraban a los Papas, también con ansias de prepotencia, a lincharlas y tostarlas. Les estorbaba el beneficio físico inmediato que procuraban, pues ellos se contentaban con augurar el paraíso tras la muerte... a los demás.

Ellas, mujeres que sabían de hierbas curativas, se aferraban a la esperanza de que una reina que sabía reír en el corral de las comedias de Iruña y llorar en los partos bien podría ser su salvadora en esta época oscura, donde el fuego de la hoguera amenazaba con su exterminio.

Catalina quería beber patxaran de la tierra, obtenido de las ciruelas salvajes de los matorrales que crecían en los barrancos de las cañadas. Eran frutas pequeñas y ácidas, pero destilaban, en el abundante alcohol en el que se sumergían durante un año, un grato aroma agriculce. Fue bebido con entusiasmo en la corte de su antepasado, Carlos III.

Ser madre implicaba un ejercicio agotador. Ella amaba a Juan y él era, pese a su robustez, un buen amante. Cada vez que yacían resultaba una nueva hija: Ana, Magdalena, Catalina, Juana, Quiteria... Llegaron los varones, Juan y Andrés

---

15    Macho cabrío. Euskara.

Febo, que hubieron de morir cuando era urgente que vivieran. No la consolaban ni un poco las monsergas de los curas de que era mandato de Dios.

Una reina deja de ser madre un vez que ha parido, meditó acremente, y en los momentos políticos que se vivían, con el reino amenazado en sus cuatro fronteras, hubo que enviar a su preciosa hijita Magdalena a Sevilla para ser desposada con el único hijo varón de sus tíos, los Reyes Católicos, celebrado su advenimiento como el de un Mesías y heredero de los reinos de Castilla y Aragón. O, en su defecto, para un nieto de esos reyes, que no se precisaba bien la naturaleza del enlace matrimonial, porque de Dios estaba la salud y vida de los humanos, así fuesen príncipes ungidos con óleos sagrados y rociados con aguas del Jordán.

Alejandro VI, que resultaba amistoso con la Casa Real de Nabarra, ya que su hijo favorito, César, estaba matrimoniado con su cuñada, Carlota de Foix, agradecía, sin embargo y con calor, a Fernando e Isabel sus servicios a favor de la cristiandad, entre los que se contaban la toma de Granada, la impuesta de la Inquisición y la expulsión de los judíos y de los moros, cuando no su quema en la hoguera si se mostraban reticentes al bautismo.

En el extremo de su agradecimiento por semejantes acciones cristianas, les concedió mediante bula el título de *Reyes Católicos*, lo cual los tenía, como era natural, engolados y pretenciosos, con mayor poder aún en el reino de Nabarra, pues la gente religiosa veía en ese tratamiento excelso un especial favor de Dios. Alejandro era su embajador en la Tierra, a no olvidar.

Juan y Alano, su suegro, cohibidos ante los relumbrantes obsequios papales a los católicos reyes, pactaron con Fernando una tregua de la que fue, entre otras cosas, botín su amada Magdalena, a la que enviaron a la soleada pero remota ciudad de Sevilla. Al conde de Lerín le quitaron tierras y prebendas de Nabarra, marginándolo en Castilla, aunque protegido por Fernando, quien, a quienes bien quería, bien sabía festejarles.

—Lerín está enfermo, aunque no hay mal que acabe con ese hombre, que es como la serpiente, que lleva el veneno en sus colmillos… No le afecta, pero si muerde, mata —meditaba la reina en el descanso de su contracción.

Juan andaba en esos negocios políticos, que quito aquí y pongo allí, mientras ella, la reina propietaria de Nabarra, tenía que sufrir este aspaviento de su parto. Escuchó a las damas susurrar entre sí. Llevaban horas en la espera y seguramente estaban cansadas. Pues más lo estaba ella.

—Que aguanten —se dijo irritada, y con la mano negó la entrada de un sacerdote que, cada cierto tiempo, otorgaba una bendición a la reina parturienta. Quería padecer su parto en silencio, pero dejó que Daniel se acercase y aceptó el agua bendita sobre la frente. Aferrando su mano, preguntó:

—¿Dónde está Otxanda?

—En Viana, mi señora. Recordad que allí, por vuestro consejo y generosidad en cedernos la casa, hemos de montar una hospedería donde instalar un corral de comedias. Mi botica está en el subsuelo.

—Es mujer de buen temple, Daniel, y, sin embargo, no habéis tenido un hijo.

Daniel alzó las cejas, sorprendido de la advertencia, y musitó:

—Todo a su tiempo, mi señora.

Mientras a Catalina la sacudía una nueva contracción, Daniel tuvo tiempo de recordar los últimos años. No habían sido fáciles para Nabarra ni para los judíos; tampoco para él.

Seguía amando a Otxanda con esa mezcla de deseo desesperado y ansia rabiosa que le provocó la primera vez que la vio, enturbiado por los celos enfermizos que ya entonces había padecido y la renuncia penosa que se impuso debido a ellos.

Le costaba perdonarle que a la hora de su regreso de la muerte ella estuviera con el juglar de los rizos de oro, quien se presentó con la primavera, como los pájaros cantores, posándose en el alero de la posada Iturralde.

Andrea lo recibió como a un hijo, a falta de propios, y, advirtiendo que su música encantaba a los huéspedes y amansaba a las bestias del corral, le comandó tocar su txirula y cantar canciones de amor, que procuraban festejo. Parecía que el genio de la música, pagano, encantador y peligroso, se había adueñado de la pensión Iturralde.

Pero el disgusto de Daniel por esta cuestión retrasó su curación y, pese a los sustanciosos caldos que le procuraron, le costó ponerse en pie y caminar. Le fallaba la alegría de vivir y eso entorpecía las ganas de andar.

Otxanda, pese los devaneos musicales, dormía cada noche en la litera, a sus pies, infatigable en sus servicios de atención: le lavaba y frotaba con ungimientos la frente, las manos y los pies; le servía agua fresca; y, a falta de otra lectura, le leía el *Libro de las Horas* de madame.

Su voz, de timbre sonoro, recorría las liturgias descritas con facilidad y a él le sirvieron para adentrarse en el vericueto del credo cristiano, aunque no tan a fondo, pues mientras ella leía iba estudiando el perfil de su rostro, los ojos renegridos y expresivos, los labios rojos y esponjosos, el cuello grácil, los hombros erectos y el nacimiento de los pechos generosos.

—¡Qué hermosa es, pero no es mía! —pensaba con dolorosa amargura, reconcomido el corazón por los celos atroces.

Cuando mejoró lo suficiente como para bajar al huerto, recluido bajo la sombra de la higuera, pudo contemplar al juglar de hermosura afrentosa, expandiendo la música hechicera de su txirula en el entorno del vergel, encantando a la reina, que acudía a las tertulias con asiduidad y que ordenaba al juglar de los rizos de oro y ojos de cielo cantar canciones populares de Nabarra, tan melodiosas como singulares.

Y la música del juglar magnetizaba a su esposa y a los posaderos y a los huéspedes y a la reina Catalina. Reían a coro sus gracias, discretas y oportunas; aplaudían su música, delicada y deleitosa; se enternecían hasta las lágrimas por sus canciones amatorias; y, en tamaño delirio artístico, tramaron una especie de comedia, cosa que a Catalina le pareció sublime.

Imitando a su esposa, Juan y otros miembros de la corte se reunían en la posada Iturralde para celebrar esos eventos, aprovechando el verano cálido con sus largos días y sus noches frescas, embrujados por la música y animados por las jarras de vino que se distribuían sin mesura. Matías y Andrea estaban satisfechos del éxito que aumentaba sus arcas y daba extraordinario renombre a su posada.

Él, mientras entraba el otoño con sus ráfagas de frío y el acortamiento de la luz y del calor, y los higos fueron madurando hasta convertirse en sabrosos y dulces frutos, mejoró, recuperando la energía suficiente para retomar el control de su vida.

Había perdido a Otxanda antes de hacerla suya, estaba convencido, y su rival tenía recursos de los que él carecía. No era capaz de entonar una canción; su euskara era dificultoso, no aquella melodía placentera que resultaba en los labios pulposos del juglar; y su condición de judío jugaba contra él. ¿Quién, que no fuese madame Magdalena, trataba bien a un judío en un reino cristiano?

Peio, para colmo, era natural de Donibane, *la llave del reino*, la ciudad de las casas de piedra rosa, predilecta de los reyes de Nabarra, la ciudad vascona por excelencia de cuyas cercanías era natural, ni más, ni menos, que el poderoso, admirado, respetado y buen señor de Jassu, del que todos hacían alabanzas.

Él provenía de simples aunque audaces mercaderes de las caravanas que desde Chang'an, a través del desierto de Taklamakan, se habían allegado a Samarcanda y Bujara, cruzando los montes Zagros, bordeando las desembocaduras de los ríos Tigris y Éufrates, accediendo a Bagdad y Damasco, atravesando el desierto de Siria, recalando en Palmira y Petra, entrando finalmente en Alejandría y El Cairo, e instalándose en el reino de Granada con sus mercancías preciosas.

Y era, a más, mixtura de vascón por su madre, de la que solo conocía el nombre: Aniana Egia. No era un bastardo; simplemente era un mestizo, se decía compungido. No se merecía, pese al apremio de madame Magdalena y de la reina Catalina, una mujer como Otxanda, vascona cuya estirpe provenía del tiempo anterior a la memoria, descendiente de cristianos.

Decidió, tras amarga meditación y escamada amargura, librarla de sus votos y marchar a su casa de Estella para montar allí su negocio de botica, debido a que en la ciudad había hospitales para los peregrinos de la rúa, pero la reina Catalina, meneando la cabeza, poco convencida de sus medias razones —no se atrevió a confiarle su verdadera razón—, le hizo desistir de ello, porque no era lugar seguro, por el momento.

—Las huestes banderizas están removiendo un sentimiento inexistente en Nabarra hasta ahora, pero propicio para azuzar más aún el confortamiento civil: el odio a los judíos —comentó con una acidez rara en ella.

Según sabía por las charlas de Juan y su suegro, Alano, Estella sufría una grave depresión económica, pese a su rico pasado mercader, causada por la guerra civil, ya que el conde de Lerín y sus guerrilleros, incendiando los campos y acechando la seguridad exigida para el comercio, arrastraban a todos al colapso económico.

—Ningún peregrino, por mayor que sea la culpa que tenga que expiar, querrá allegarse a una ciudad donde, ni aún cargando el omóplato sagrado del apóstol Andrés sobre una mula blanca, te salvas de que te maten o de que te roben unos forajidos —añadió la reina con los ojos nublados de pesar y ese matiz de ironía que imponía en sus criterios—. Y nosotros, los reyes, no podemos impedir tal desafuero. No gobernamos como queremos, sino como podemos, pues tenemos a Aragón y Castilla, y Francia en nuestra contra, para no hablar del Papa de la cristiandad, uno de los soldados más bélicos que existen.

Le ofreció, a cambio y por un tiempo, mientras ordenaba sus confusos y tortuosos sentimientos, que Catalina adivinaba con perspicacia, una casa propiedad suya en Viana, en la parte sur del reino, de muros de piedra, techo de tejas y con huerto y pajar.

Le advirtió que era un favor que debía devolver en servicios: iba a necesitar su presencia si seguía con su ronda de embarazos. A la primera llamada, debía recorrer el camino de regreso a Pamplona o donde fuera que ella estuviera en el trance parturiento.

El precio del alquiler que exigía Catalina con una sonrisa afable, pero que no lograba disimular su decepción por la marcha de Daniel y el abandono implícito a Otxanda, era su presencia para que le rellenara el barril con la exacta cantidad de esencia de romero, lirio, flor de manzano y violetas silvestres que le procuraba tanto alivio.

Daniel no podía negarse al mandato de la reina. De todas formas, lo mismo daba una ciudad que otra del reino, aunque sabido era que hasta hacía unos años —y por eso había comprado allí casa su padre— la judería de Estella era un reducto potente, con familias de antiguo linaje.

En cuanto pudo montar a caballo, abandonó a su esposa, tras una despedida brusca, sin demasiadas explicaciones, que la dejó con los ojos y la boca abiertos de asombro, y se encaminó, sin mirar hacia atrás, a la hermosa ciudad del Ega.

Estella estaba rodeada de altas murallas y, una vez atravesadas, las callejas seguían repletas de tiendas, aunque con escasa mercancía expuesta, y gentes que acudían presurosas a misa, al urgente reclamo de las campanas. Se notaba no la algarabía comercial, sino la brusca hosquedad militar.

Su casa se levantaba en el centro del barrio judío y permanecía cerrada, sin daños que lamentar, pues algunas otras habían sufrido ataques e incendios. Con la llave de su padre, Isaak, abrió la puerta, echando una mirada a su interior, y advirtió el buen estado del techo y de las paredes, así como la abundancia de muebles, tapices y las hileras de tinajas con aceite de oliva.

Un vecino se le acercó para musitarle en voz baja y en tono angustiado:

—Ha crecido la animadversión hacia nosotros. Lo peor es que, cortadas las provisiones que traíamos del mundo nazarí, poco tenemos que ofrecer a nuestros clientes. Si vendiésemos lanzas y espadas, corazas y yelmos, podríamos hacer mejor negocio que con telas y joyas, perfumes y cremas de nardos. La gente no usa esas cosas en época de crisis ni con bandoleros deambulando con sus teas por los campos.

Asintió Daniel y, cabizbajo, cerró la puerta, y arreando su caballo y sus mulas, Argenta y Afrodita, partió a Viana, la ciudad fronteriza occidental del reino con Castilla, dentro de los límites de la Merindad de Estella.

Durante el trayecto, arreando las mulas del color de las cenizas de su padre, lágrimas amargas le quemaban las mejillas por cuanto llevaba perdido: su amada mujer y su hermosa casa de Estella.

Transitó así, desanimado y entristecido, por campos de cereales requemados, dormitó en viviendas abandonadas, sorteó animales que deambulaban sin dueño..., recordando el salmo 46 que recitaba su padre para dar ánimo a su espíritu alicaído: "Dios es nuestro amparo y fortaleza, nuestro pronto auxilio en las tribulaciones..., que hace cesar las guerras hasta los fines de la Tierra. Que quiebra el arco, corta la lanza y quema los carros en el fuego...".

En Viana, contempló con agrado la casa que le otorgaba la reina. Era una magnífica mansión de piedra con los techos de teja intactos, sin humedades en el interior. Sus muebles eran recios y sin polilla, ni tenía carcoma en las vigas de madera que sujetaban las paredes. Una habitación independiente, con acceso a la calle, serviría para instalar la botica.

Advirtió, tras una inspección, que no había ninguna otra en la villa, lo cual facilitaría su instalación y comercio. En el huerto abandonado florecía en abundancia, debido al clima seco de Viana, el tomillo sanjuanero, óptimo para elaborar infusiones benéficas para las afecciones de garganta y como ingrediente para la fabricación de pomadas con el fin de conservar el cutis femenino sin imperfecciones.

Recordó que la reina hablaba con pesar de las pigmentaciones que aparecían en la piel de su rostro tras cada embarazo y que permanecían, inalterables e insidiosas, oscureciendo la tez.

—De tantas pecas que tengo, dentro de poco pareceré una mora —declaraba Catalina con su festivo descaro.

En el huerto, protegido por un muro junto al que crecían unas viejas higueras, cuyo fruto pensaba macerar, pues era bueno para la impotencia masculina, abundaban, salvajes, la echinacea, que servía de remedio para afecciones de la garganta y que ayudaba en la cura de las llagas; saúco, cuyas flores eran buenas para decrecer la fiebre; y unos rosales o escaramujos que podrían procurarle receta para los muchos males causados por el embarazo y la lactancia.

Encontró también borraja, llamada la planta de la alegría por su acción animosa, y que resembró con cuidado, porque él la necesitaba, dado el dolor que sentía por la ausencia de Otxanda, así como el bendito perejil y la hermosa melisa, con su aroma a limón.

Lo que no podía era plantar azafrán, al menos por el momento, pues era planta de cuidado y recolección delicados, aunque él la amaba sobre todas las demás, pues le recordaba la casa de su padre en Granada; su niñez afortunada, pese a la carencia de la figura materna.

En la labor de limpieza y adecuación de la casa y la botica, en la preparación de los medicamentos, pasó largo tiempo. El pozo, en el centro del huerto, estaba construido sobre un manantial subterráneo. Despejó el bancal de matojos, favoreciendo el crecimiento y desarrollo de las plantas milagreras, al tiempo que se procuró panales de abejas para obtener la miel que endulzaría sus tisanas.

Al hacer esos trabajos al aire libre, distrajo su atormentada mente de sus pesarosos pensamientos, calmó sus furiosos celos y alivió su carcomido corazón, fortaleciendo su cuerpo y ganando peso, pues se había quedado en los huesos tras el accidente. Comenzó a sentirse mejor consigo mismo.

Se dejó crecer la barba y vistió con ropas elegantes, semejantes a las de los cristianos, cuidando sus ademanes y hablando en sus lenguas. Poco a poco, se fue convirtiendo, en apariencia, en uno de ellos, lo cual era bueno para su seguridad. El odio a los judíos arreciaba en medio de las luchas banderizas; había quienes les imputaban ser causantes de estas.

Una mañana, despertó de su sueño con un contundente golpe en la puerta principal. Bajó presuroso y, al abrir el portón, se encontró de frente con Otxanda, envuelta en una capa de viaje, acompañada por Sara, arreando dos mulas cargadas de mercancías y enseres.

—Aquí estoy, porque he venido… —exclamó Otxanda con voz altisonante, dirigiéndose hacia él con una extraña mirada en sus ojos renegridos, en la que cabían el recelo y la desconfianza; el temor a un recibimiento hostil.

Daniel, conmovido por la sorpresa, exclamó con voz enronquecida:

—¿Cómo has llegado a Viana, mujer? No están los tiempos para tal viaje. La Merindad es territorio rebelde a los reyes de Nabarra, gracias a los manejos de Lerín.

—Nos han acompañado los lanceros de Foix hasta la puerta de la ciudad, sin problemas. ¿Nos dejas entrar? Estamos rendidas de tanto montar estas mulas.

Él asintió con una sonrisa trémula, sin poder creer todavía que ella estuviera allí, y abrió la puerta de par en par, dejándolas pasar al zaguán umbrío. Sara rompió su hechizo, pidiendo con voz firme que le indicara dónde estaba el establo para llevar allí a los animales y darles de comer y beber, cosa que inmediatamente señaló Daniel.

El joven observó la fatiga estampada en el rostro de las mujeres y se puso a la tarea de calentar leche para endulzarla con la primera miel de su colmena, con su denso sabor a tomillo sanjuanero; cortó en trozos el pan tierno y sabroso, en cuyo interior había avellanas y nueces batidas con mantequilla, que acababa de hornear.

Ambas jóvenes probaron el manjar con efusión manifiesta y, ya saciada, Otxanda revisó la habitación con ojos curiosos, por lo que él se ofreció, con caballeroso agrado, a enseñarle la casa, nada seguro de lo que ella hacía allí.

Casi alargó la mano para tocarla, para saber con certeza, como el santo cristiano Tomás, que era cierto que permanecía a su lado; que estaba en su casa de Viana, real y palpable; que no era producto de su acalorada imaginación, que la había estado reclamando tanto tiempo, todos sus días y sus largas noches desde que partiera de Iruña.

Sara interrumpió su ensoñación, arrastrando ruidosamente la kutxa de sándalo donde portaban sus pertenencias, y preguntó con voz firme cuáles eran las habitaciones designadas a su ama y a ella, si se podían quedar, naturalmente, aunque fuese una noche.

Daniel, asintiendo con una amplia sonrisa, señaló dos grandes alcobas, próximas a la cocina, cuyas ventanas daban al huerto interior.

—Oleréis a flor de manzano cada primavera y la higuera os protegerá del sol en los veranos, y en los otoños os colmará de frutos dulces... Durante el invierno, os maravillará el florecer del cardo —aventuró con voz suave, aumentando el tiempo de la estancia de las damas a todas las estaciones, y añadiendo con ansiedad, mientras giraba su cabeza y clavaba sus ojos en los negros y expectantes de Otxanda—: La alcoba matrimonial está en la segunda planta.

—Quiero verla —exigió la joven, ruborizada, mientras Sara, aliviada de contar con una cama, comenzó a ocuparse de colocar los baúles en una de las habitaciones. Cerró la puerta tras sí, dejándolos solos.

—Tres son multitud —musitó en voz baja, con los verdes ojos brillantes de burlón regocijo.

Otxanda entró en la cámara nupcial casi en puntas de pie, asombrada por su austeridad y belleza. Un confortable colchón de plumas, cubierto con un mantón esponjoso de blanca piel de cordero, comportaba el lecho matrimonial, protegido con un dosel del que colgaban cortinas de damasco escarlata.

Las sábanas de hilo arrugadas parecían mantener el calor del cuerpo del hombre, despertado tan bruscamente de su sueño. Otxanda deseó repasar su mano sobre ellas para absorber su tibieza, su aroma masculino, pero continuó, conspicua, en la inspección de la habitación.

Las paredes estaban pulcramente encaladas, y la madera del suelo, pulida con cera de abejas, relucía a la luz del fuego de la chimenea, en la que ardían troncos de olivos viejos. Todo despedía el dulzor de la miel, el aroma de árboles bienhechores, la fragancia de los lirios y el tenue perfume de las violetas.

—La habitación de la reina en el palacio de San Pedro no es tan hermosa —musitó la joven estupefacta, y lo miró con aquellos negros ojos chispeantes e indagadores, como si quisiera penetrar en el interior de Daniel para percibir algo que le importaba mucho, pero de lo que no podía hablar, ni tan siquiera se atrevía a exponer.

—Nadie que duerma aquí pasará frío —agregó con voz temblorosa.

—Si tengo a mi reina en los brazos se podrá apagar la chimenea y sobrarán los pellejos de oveja —predijo él con audacia, mirándola con fijeza, con los ojos encendidos por el viejo deseo y el imperioso afán de hacerla suya.

Otxanda se sonrojó violentamente y salió de la alcoba con rapidez para ir a examinar la botica, mientras él la dirigía con premura, temeroso de haberla asustada y perdido, una vez más, la ocasión de acercamiento anhelada en todo ese largo tiempo de separación.

Le causó asombro a Otxanda el orden impecable de las estanterías de roble, donde los tarros de barro estaban alineados alfabéticamente, según las etiquetas de su contenido, escritas con letra de imprenta de tinta azul y capital dorado, invadido el ambiente por el aroma de las flores y de las hierbas benéficas que colgaban de las vigas del techo.

Sobre la mesa de madera de olivo, en el centro de la estancia, había una balanza, varios pocillos de loza azul y blanca, con sus mazos de madera para triturar, dos alambiques, uno de porcelana y otro de cobre, pequeños barriles con raíces para masticar, regaliz, menta y sacos de cáñamo repletos de nueces, zanahorias y cebollas frescas.

—Sus propiedades nutrientes para el cerebro, los ojos y el corazón son óptimas— reseñó Daniel.

Luego, le mostró un gran cesto colmado de ramas de sauce, cuyos extractos herbales servían para remediar dolores de cabeza y afecciones de garganta, para calmar la fiebre, relajar los músculos, aliviar el dolor.

—¿Cómo sabes todo eso? —preguntó Otxanda con un punto de admiración en la voz y en las pupilas brillantes.

—De los libros de los sabios árabes y judíos. Y algunas cosas, las he experimentado en mí mismo —aseguró el hombre en voz baja, pesaroso de revelar los secretos de su ciencia—. Hay quienes dicen que la sangre bombeada por el corazón nos recorre las venas y nos mantiene vivos. Por eso, siempre tomo el pulso de mis enfermos, que me delata cómo va su corazón. Pero es cosa que no podemos decir en voz alta, pues la Inquisición aborrece esa idea.

Dos cuadernos de notas estaban pulcramente dispuestos en un escritorio adjunto a la mesa, que contenía, además, el libro contable y el de recetas, encuadernados en terciopelo púrpura. Los pacientes tenían su ficha, y todos los medicamentos, sus ingredientes registrados.

—Has conseguido la perfección, Daniel —musitó Otxanda con veneración por su labor curandera, por su preocupación por la salud de los demás, por su dedicación para buscar el remedio al dolor que tanto afligía a la humanidad.

Él recibió el elogio con gratitud, controlado el ánimo turbulento, y comenzaba a sentirse venturoso por la presencia inesperada de la mujer amada cuando ella, con voz cantarina, aunque temerosa, mientras acariciaba con sus dedos trémulos un ramo de romero sanjuanero extendido sobre el mostrador de mármol blanco, anunció:

—La reina exige que te traslades a la corte. Espera otro bebé y no se ha repuesto del parto del príncipe de Viana.

—¿Solo por eso has venido? —indagó Daniel con amargor mal disimulado, con el ceño fruncido y los ojos transformados en dos monedas de cobre opaco.

—Debes cumplir con el contrato de arrendamiento; será por poco tiempo, y te envía un caballo veloz como el viento para que cubras el trayecto de ida y de vuelta, Daniel —replicó ella con parquedad, aunque añadió a modo de explicación—: Cree que, si te parece bien, dada la buena marcha de la botica, podríamos instalar una hospedería semejante a la de Iturralde, con su corral de comedias incluido, porque Catalina desea moverse por el reino de norte a sur, si cesa la guerra civil de una vez por todas.

—Me cedió esta casa con la condición de cumplir mis deberes de físico cuando esté de parto, verdad es —aclaró él con desengaño, frunciendo el ceño—. Importa poco lo que yo desee, lo que piense, lo que quiera decidir... —con una mueca de desoladora tristeza en sus labios gruesos, volvió a preguntar, con voz quebrada—: ¿Solo por eso has venido, Otxanda?

—Debes partir de inmediato, Daniel —advirtió ella, sin contestar a la pregunta y con un dejo de amargura en la voz—. Teme complicaciones. He dirigido los baños de inmersión en la tina, con sus hierbas aromáticas, le he dado friegas en las piernas, rebajado la sal de sus comidas, según tus consejos, pero no está bien. La partida de la pequeña Magdalena a Sevilla la tiene tan entristecida que hasta dejó de acudir a la posada Iturralde a presenciar las comedias. Asegura que no quiere reír nunca más.

—Eso no es de creer en Catalina —observó pausadamente Daniel, con un atisbo de ironía.

—No sé qué decir... Luce desolada —puntualizó Otxanda con un hilo de voz—. Los acontecimientos del reino son preocupantes y ella sale de un embarazo para entrar en otro. Afirma que así no puede gobernar como es debido, y su razón tiene.

—¿Has venido solo de mensajera, Otxanda? —preguntó nuevamente en voz baja Daniel, sin atreverse a poner su mano en la barbilla de la mujer y levantarla hacia él para bucear en la verdad, en sus ojos de terciopelo negro.

—No, solo por eso, no —negó ella con la cabeza, y el espeso cabello azabache revoloteó sobre su frente, arrugada por la preocupación, hurtando la mirada de sus ojos, pero no dijo nada más.

—Te pondré al corriente de la botica, pues tengo mucho clientes —aseguró Daniel, dándose por vencido ante la muralla infranqueable que ella interponía entre los dos.

—Los lanceros están a las puertas de la ciudad, esperándote, con una buena cabalgadura, Daniel —apremió Otxanda.

—Hay varias clientas que usan las cremas blanqueadoras de cutis, con su fórmula de tomillo sanjuanero. Son damas de cierta edad, algo irritantes, que creen que por untarse con el bálsamo recobrarán la lozanía de sus quince años... Quieren mantener a sus maridos o a sus amantes, y, sobre todo, verse en el espejo sin sobresaltos.

—Sabré cómo tratarlas. Fue mi largo oficio con madame —atajó Otxanda con acritud.

—Las fórmulas están anotadas por temas y orden alfabético en mi recetario. No añadas ni mengües la cantidad indicada de los ingredientes; de ser sanadores, pasarían a ser tóxicos.

—Sé leer. ¿Recuerdas?

Sí, claro que recordaba cómo ella le había entretenido las horas de su convalecencia leyendo el *Libro de las Horas*. Resonaba vívidamente en su interior el tono de su voz, fluido como una corriente de agua fresca, recorriendo el torrente del texto sagrado, y añoró durante esta larga y dolorosa ausencia volver a escucharla.

Otxanda parecía más madura y desenvuelta que cuando la dejara, pero igual de hermética. Parecía querer decir algo y parecía, al mismo tiempo, querer callar. Pero la emergencia de su cometido no les daba tiempo para ninguna explicación, por mayor importancia que esta tuviera para los dos.

—Sara me ayudará con la botica; es muy eficiente y le he enseñado a leer y escribir, a hacer sumas y restas —aseguró Otxanda en el momento mismo en que Daniel se aprestaba a partir, con su caja de medicinas al hombro. Añadió—: He hecho con ella el mismo trabajo que madame Magdalena conmigo.

Él miró a Sara, por primera vez, con atención, para calibrarla, pues iba a entrar en el santuario de sus remedios, a manipular las hierbas y raíces y flores que sembraba, recogía, maceraba. Iba a incursionar en su mundo privado y querido en el que había volcado su tribulación por el desamor de su esposa y toda la sabiduría que le otorgaba su educación.

La joven, que deambulaba por la cocina, traspasada la adolescencia, tenía buena talla y seguía siendo escasa de busto y caderas, aunque sus brazos y piernas se notaban corpulentos. Más semejaba un mozalbete que una mujer que se acercaba a la flor de sus veinte años.

Su rostro mantenía la tez nívea que para sí querían sus clientas maduras, y los ojos de aquel extraño y fulgurante verde ambarino, protegidos por oscuras y largas pestañas, seguían despidiendo esa mirada inquietante de desafío, pero su nariz respingona confería dulzura al conjunto facial, aunque la boca de labios finos mantenía un rictus casi acerbo.

Había altivez en sus modales, como si en vez de criada fuera una dama de la corte, y su conversación resultaba agradable y fluida. Si iba a ejercer de vendedora en la botica, parecía idónea para ello. Debía convencer, manipular, encajar el producto. Sobre todo, debía tener fe en que era bueno y que lo otorgaba como un don valioso y único a sus clientes.

Tranquilizado y sin aclarar nada con Otxanda, urgido por el mandato de la reina, Daniel partió a Zangotza, montado en su caballo de pura raza árabe y custodiado por los lanceros de Foix. Lo último que recomendó a su esposa, antes de partir al galope, fue:

—A mi mula Argenta le gusta el trébol. A Afrodita, le puedes dar hierbabuena.

***

Catalina emitió un sonido sordo y feroz en la última de sus contracciones, haciendo caso a la comadrona, que le dictaba empujar, y entonces la mujer pudo tocar la cabeza del bebé para ayudarlo a salir del canal de parto e introducirlo a la luz del mundo.

Lo alzó antes de cortar el cordón que lo unía a su madre y limpiar las excrecencias de su cuerpecillo tembloroso, con una sonrisa exaltada, y exclamó con festejo:

—Es un varón, mi señora.

Catalina, extenuada, miró a su hijo con la misma aprehensión que a los anteriores, temiendo amarlo antes de perderlo, y rogó a Dios que le diera a este aliento de vida. Esperaba que respirara fuerte y bien para beneficio del reino, para que su misión quedara cumplida en la Tierra tal como era el designio divino de su estirpe.

Apesadumbrada por el dolor físico y anímico que la aquejaba, reclamó a Daniel, que permanecía al pie de la cama, con voz apagada:

—Dame una cucharada de tu miel de tomillo sanjuanero, que necesito recuperar fuerzas, y cuando haya acabado con la expulsión de la placenta y mitigado el dolor de los entuertos, trastornos que me toca padecer, méteme en tu barril bienhechor de agua tibia con sales del mar Muerto, aceites de romero y pétalos de rosas..., y que no se te escurra ninguna espina, mi buen Daniel, que las tengo de sobra.

—Antes, con perdón de mi señora —y aquí Daniel bajó la voz, turbado—, debo limpiar sus partes con unto de azafrán de Granada, de la última recolección de la casa Lópiz, para aliviarle la congestión del alumbramiento.

—Es un remedio antiguo, Daniel. Dicen que viene de Egipto, cuando reinaba una faraona, que seguramente, en vez de hacer guerras, meditó sobre cómo hacer más fácil el parto —musitó la reina con los ojos entornados. Sufría, pero mantenía el control de su mente y de sus nervios, y una pizca de su buen humor.

—Sí, mi señora, así es. Lo sembrábamos en el huerto de nuestra casa —Y en la voz de Daniel cabía una infinita nostalgia, recordando aquel huerto florido, fértil y hermoso, ahora yermo por el incendio—. Mi padre decía que era una planta benéfica, además de bella.

—Isaak veía belleza en todas partes, sobre todo en la princesa de Viana —susurró Catalina con malicia—. A mí no me hacía demasiado caso.

Daniel sonrió y añadió con cautela:

—Luego, he de imponeros la pócima de las sorgiñas de Zugarramurdi.

—Lo harán mis doncellas, que no es cuestión de escandalizarlas con tanta refriega impúdica, dispuestas, por humana condición, a pensar mal, aun en medio de estos avatares, siendo como eres, joven y guapo, Daniel —aseguró ella con su viejo ánimo risueño, aunque una sombra de tristeza le ensombreció el hermoso rostro y enturbió los ojos claros, recordando la muere de hacía unos días de su último hijo. Se recuperó para afirmar—: Debo estar en forma para presentarle al rey su hijo, el nuevo heredero de Nabarra, nuevo príncipe de Viana, nuevo copríncipe de Andorra, conde de Foix, Perigord, Bigorre y Albret, vizconde de Bearn... ¡Ah, esto es importante! Que Bearn tenga su vizconde y no la desmantele Francia para desmantelar Nabarra. Es, además, nuevo vizconde de Tursan, Gabardan, Tartas y Limoges... ¡Cuántos títulos para una personita que no sabe ni reír, ni hablar, ni andar; que aún carece de nombre!

Y miró a su pequeña criatura con miedo y dolor. El gozo era mínimo.

\*\*\*

La casa de los Sebastianes era un palacio confortable. En aquel frío y lluvioso abril, mantenían prendidas sus chimeneas y fogones con buenos troncos de roble y haya, alterados los horarios y costumbres cotidianos, ante el imprevisto honor de ser cuna de un príncipe heredero de Nabarra, ya que había servido recientemente de ser catafalco de otro príncipe.

Los criados, intimidados, corrían de un lado a otro, tratando de atender las necesidades de la reina, su bebé real y los cortesanos. Los palafreneros y los mozos de cuadra cuidaban de los caballos y mulos del séquito; la cocinera y sus pinches, abrumados por el ingente trabajo que les caía encima, trataban de guisar y asar con acierto para mitigar el hambre y satisfacer el paladar de tan altos personajes como allí iban concurriendo.

Lo curioso era que la familia propietaria del palacio provenía de Aragón; mal presagio para el futuro rey de Nabarra, que ensayaba sus pulmones con fuerza, manifestando deseos de vivir.

Juan lo alzó en brazos, siguiendo el protocolo de reconocerlo ante sus cortesanos, conmovido por el nacimiento de su heredero, cansado de tantas féminas en su prole, agobiado por la reciente muerte de su otro pequeño, y le deseó larga vida.

Catalina no desistió de su empeño lúdico: detuvo a titiriteros lombardos, a músicos francos, a saltimbanquis bretones y a unos juglares provenzales que recorrían la rúa, vía Santiago de Compostela, y en la sala del palacio, con ella tumbada en una litera, los puso a cantar y a representar teatro, encantada de la fiesta que distraía su ánimo lacerado y su cuerpo trastocado.

A unos peregrinos germanos, pobres y honrados, les solicitaron que fueran los padrinos del bebé real, a lo que accedieron gustosos por el alto honor que eso significaba. Uno se llamaba Enrique, y el otro, Adán. Los reyes de Nabarra decidieron imponer el nombre de Enrique a su hijo, interrumpiendo la lista de Juanes y Franciscos y Carlos de las dinastías, y así se hizo.

Juan de Jassu Atondo, presidente del Real Consejo de Nabarra, se presentó, fiel y cumplido caballero como era, buen conversador, debido a la ciencia que le otorgaba ser graduado en Boloña, satisfecho de que la pareja real pudiera afianzarse en la gobernanza del reino con este nuevo heredero, bienvenido doblemente a causa de la muerte desgraciada del otro príncipe de Viana.

Era hombre de buena altura, fornido, con un cabello color castaño oscuro y abundante, y una nariz proporcionada, en un rostro cuya frente era amplia y cuadrada, signo de su clara inteligencia.

Sus vivaces ojos tenían una chispa de alegría comunicativa y su hablar era decidido y franco, como convenía a un hombre de condición decidida y franca, y que lucía cautelosamente, para no ofender, sus muchos conocimientos en arte y derecho.

Habló con la reina, en confianza, de sus aguerridos hijos Juan y Miguel; de sus hijas, a las que se preparaba para casar ventajosamente, pues eran bellas y alistadas; y de su briosa esposa, María de Azpilikueta, señora del castillo de Xabier, en las tierras fronterizas con Aragón, y del palacio de Azpilikueta, en tierras de Baztan.

Manifestó, con circunspección, pero sin rodeos, su inquietud por el movimiento de tropas castellanas y aragonesas en las fronteras del reino, en especial en las tierras del conde de Lerín, colindantes con Aragón.

—Hemos vivido unos años de bonanza; hasta parecía reducido el ánimo del conde de Lerín que, para nuestro asombro, llegó hasta platicar cordialmente con el rey Juan. Pero puede sobrevenir la siempre temida catástrofe de su rebelión, mi señora —Aquí bajó la voz para proseguir con mesura diplomática, con esa confianza que otorgaba Catalina y de cuyo juicio se fiaba más que en el de Juan y su padre, Alano—: Habrá que pensar, aunque no nos guste, en el enlace de este príncipe con una hija de los reyes herederos de Castilla, Juana y Felipe, pues la alianza fortalecería la soberanía de nuestro reino y lograría que Fernando desinfle sus propósitos sobre Nabarra. Podríamos ir enviando a nuestros embajadores para un tanteo. He pensado en Fernando de Egues, prior de Roncesvalles, en el capitán Juan de San Pablo y en el protonotario Martín de Jauregizar... Claro que no ha de faltar Ontañón por parte de los reyes de Castilla. Es un hombre hábil en el detalle diplomático y artero en sus cálculos.

—Si lo veis de tal modo, mi señor Jassu, tal cosa haremos, que de vuestro discernimiento me fío, aunque ahora lo único importante es lograr que este hijo aliente para poder casarlo algún día —exclamó Catalina con cortesía irónica, añadiendo, risueña—: Aseguran que el príncipe Felipe de Habsburgo es un hombre cordial y culto, de ánimo festivo y tolerante, que debe estar más aburrido que una estera en esa Castilla tostada por Torquemada, con esa Juana obcecada en amarle y celosa de que Felipe mire, aunque sea de medio lado, una estatua femenina.

—Parece que hace más que mirar, y no a estatuas, señora mía —replicó Juan de Jassu, con los ojos castaños relumbrando de picardía y mesándose la barba, sonriente.

Catalina se alzó de hombros con ligereza, y Jassu, que había actuado como su embajador en la corte de Castilla, hizo la siguiente reflexión, ya con seriedad:

—Un tratado de tal naturaleza favorecería nuestra amistad con los próximos reyes de Castilla, Juana y Felipe, con Inglaterra y con el Papa de Roma. Fernando, si Isabel muere, y dicen que está muy enferma, desdichada a causa de sus disgustos familiares, podría ser una estrella en declive, mi señora... Aunque no le veo claudicando —afirmó con preocupación.

—Se disgustará, mi buen señor de Jassu, y eso es bastante desquite para mí. Ya lo creo que sí. Se siente con derecho sobre Nabarra a causa de su padre y bisabuelo mío, Juan de Aragón. Pero ¿no veis? Si esto no es más que una irritante querella familiar.

—El rey de Francia se revolverá molesto contra nosotros; hay que tenerlo en cuenta. Disgustamos a todos, mi señora, por una causa u otra, por pretender seguir siendo reino de Nabarra.

Jassu hablaba el euskara de Donibane Garatzi, melódico y fluido, pero era experto en lenguas romances y solía departir y compartir con Juan de Albret libros de poesías, derecho y caballería. Que nada le era ajeno. Esperaba de la imprenta grandes progresos y quería llamar a un impresor al reino para divulgar las obras de la biblioteca de Olite.

Soñaba, a veces, con tener un hijo más parecido a él que los habidos con María de Azpilikueta; un varón que soñara con limpiar los legañosos ojos de los hombres y mujeres del mundo con una luz brillante, hermanada y sutil que iluminara los opacos corazones con grandeza divina; que con la palabra y no con las armas se buscara el concurso de la pacificación y la excelsa salvación de las almas.

—Después de todo —se dijo, ensoñador ante la presencia del bebé real—, quizá Dios quiera concederme ese hijo. Mi señora María y yo estamos en edad de procrear.

Alano de Albret, abuelo de la criatura, teniente general del ejército de guerra, se aproximó para rendir sus respetos al heredero y desear que prosperase en vida y salud, que en ello se iba la salud y vida del reino. También se allegaron en aquellas jornadas reales de Zangotza, con su aire festivo y promisorio, los representantes a cortes del brazo eclesiástico, del militar y de las universidades o villas.

El niño, fuerte y chillón, era de la raza de su padre: moreno, con nariz poderosa, labios finos y constitución robusta y gentil. Catalina exigió que trajeran flores de espino albar para colocarlas a los pies de su cuna, pues aseguraban era beneficiosa para la salud y espantaba a los demonios y el mal de ojo.

Hecha con raíces de un rosal, colocó la cruz cristiana bajo el almohadón donde descansaba la cabecita real.

Ordenó que bañaran al príncipe de Viana con aguas del río Errobi de Donibane Garatzi y de las impresionantes cataratas del pueblo de Uharte, en el valle de Egues; y del río Arga, que cruzaba la capital del reino; y del Ega, de la Merindad de Estella; y del Ebro, que demarcaba la frontera sur del territorio; y del arroyo del infierno de Zugarramurdi. Y que trajeran agua del mar de Hondarribia, porque había sido un mar nabarro, y ella no lo olvidaba. Que untaran el cuerpecito del heredero de Nabarra con aceite del tomillo sanjuanero de Viana, espliego de Lizarra, lirios trompeteros del valle de Baztan y machacadas bellotas de roble y castaño de los bosques circundantes. Y que buscaran una aña robusta y sana de la zona.

—Que la leche que le nutra sea vascona —musitó Catalina, mientras acariciaba a su hijo casi con temor de amarlo, pues resultaría terrible perderlo—. Eso contribuirá a la salud del príncipe y del reino. Porque tenemos que mantenernos nabarros antes que ser aragoneses, castellanos o franceses.

Juan, con cautela, le informó, cuando la vio restablecida de la muerte del niño y del nacimiento del heredero, que su tío Gastón, hijo del duque de Narbona, volvía al reclamo de ser heredero de Nabarra.

El conflicto sucesorio se extendía ante ellos, nuevamente, como interminable telón negro, opacando la felicidad del alumbramiento del heredero varón, lento y desesperante sabotaje que pudría las raíces de ese roble fuerte y hermoso que era Nabarra.

En los años que siguieron, una peste asoló Nabarra, mermando su escasa población. Eso sí que estaba fuera del control de los reyes, de los amaños de sus alianzas matrimoniales y de los tejemanejes dinásticos, y nadie sabía, aún los físicos como Daniel, que conocían de la propiedad curativa de algunas plantas, cómo atajar el mal que se llevaba a la gente a la tumba, dejando las familias menguadas y destrozadas.

Ni las sorgiñas de Zugarramurdi, tan sabias en sus pócimas, pudieron lograr rebajar el mal que recorrió Nabarra como una víbora, serpenteando entre aquella humanidad espantada. Muchos recurrieron a la fe cristiana, porque era lo único de lo que tenían para asirse contra el dolor.

# Capítulo 6. Sitio y asesinato

## Posada Otxanda, Viana, abril de 1507

Se cerraron los portones de la ciudad y del castillo de Viana, en manos del conde Lerín, pues un tropel de caballeros reales se situó al pie de la muralla, pertrechados con cascos y cotas de acero, lanzas y alabardas en ristre.

A la vanguardia de los soldados, montados en briosos corceles que piafaban y pateaban nerviosamente el suelo reseco, seguía una tropa de infantería provista de arcos, ballestas y una catapulta que arrastraban caballos percherones, penosamente, por las trochas de barro.

Los numerosos estandartes de Nabarra, desplegados al viento, que arreciaba violentamente a medida que iban pasando las horas, anunciaban que en el ejército sitiador venía el rey en persona, con el afán de sitiar y conquistar la ciudad, junto a César Borgia, capitán del destacamento sitiador.

Catalina y Juan, desesperados por las renovadas cabalgadas de Lerín, y aprovechando que lo tenían a mano, nombraron a Borgia, casado con la hermana de Juan, capitán general de sus ejércitos, encomendándole, en primera instancia, la misión del rescate de Viana, su amada ciudad fronteriza, ocupada por el condestable amotinador.

Borgia, hombre de treinta años, bravucón y poderoso, rechazado años atrás como prelado de la Iglesia en Pamplona, condotieri de raíces valencianas, hijo de un Papa, tenía en jaque a los poderosos de su tiempo. Parecía, por su condición guerrera y atroz, por su juventud y osadía, el hombre indicado para semejante acción.

En su pasado se amontonaban excelencias guerreras y sucesos rocambolescos. Fue hecho prisionero por Fernando, que le intuía un ánimo semejante al suyo, y que no se avino, pese a las embajadas que envió el rey nabarro, a librarlo de la prisión donde le tenía sometido.

Pudo César, sin embargo, escaparse de la fortaleza con maña, disfrazado, y socorrido por marinos gipuzkoanos, haciendo alarde de ingenio y vitalidad, acceder a Pamplona, buscando el favor de los reyes.

Su esposa, Carlota, difería mucho de su temperamento pendenciero y arbitrario. Como todos los Albret, no solo era bella, sino inclinada a la cultura y a la paz, mujer devota que cumplía con la liturgia cristiana, perezosa en el sexo y desmayada en el amor.

El vínculo, que dio como fruto una niña, sirvió para que unos reyes, desesperados por las contiendas civiles, le otorgaran a César un cargo que convenía a su espíritu militar y aristocrático.

A Luis de Francia, de cuya prisión también escapó, César le reclamaba la cuantiosa dote matrimonial de Carlota, avalada por cuatro banqueros, el territorio de Issoudun en Berri, asegurar su pensión y viudedad, y cien lanzas de escolta, cosa que tampoco consiguieron los embajadores de los reyes nabarros, ante un Luis implacable que, sintiéndose amenazado, sin darle nada, le quitó, en represalia, el condesado de Valentinois.

Julián della Rovere, Julio II, el nuevo pontífice, también le abominaba, por ser Borgia, y porque aun cuando César no deambulaba por las tierras de Italia como un rey mantenía adeptos en la Romaña, ya que pregonaba que no habrían de pagar los exasperantes tributos al Papa mientras fueran suyas. Era hombre que prometía prebendas sin disposición de repartirlas: conocía el oficio de soldado y desconocía el de gobernante.

Resultaba, pues, incómodo para todos, pero los reyes de Nabarra, empeñados en ese momento en una nueva guerra con los beaumonteses, empujados por los ruegos de la dulce Carlota de otorgar un oficio a su indómito esposo, decidieron darle y darse una oportunidad.

Lerín tenía tomadas Mendabia y Viana, y otras tierras y poblados del sur del reino, para no hablar de Lerín, su cubil natal; eso, en plena retirada, pues los reyes volvían a expatriarle, debido a su exasperante conducta bandolera.

Para César era una encomienda perfecta y no esperaba fallar. Alto, fuerte, con un soberbio cabello rojizo que parecía una cresta majestuosa sobre su cabeza, se aseguraba que era capaz de matar a un hombre de un solo gesto de sus manos o de romper en dos una espada de acero toledana, con frialdad y eficacia.

Al nacerle este segundo hijo varón de su patricia romana, Alejandro, que luego sería Papa de la cristiandad, comandó a sus astrólogos que ojearan el futuro de su vástago en sus resplandecientes bolas de cristal y que aquilataran cartas astrales. Tras las consultas excelsas, los nigromantes redactaron un pliego en el que auguraron para su bastardo un destino tan fulgurante como fugaz.

Ahora Borgia, junto al rey Juan, acampaba a las puertas de Viana, dispuesto a sitiarla. Era marzo; empezaba el buen tiempo, previsible a durar hasta octubre, aunque antes pensaba el capitán que la ciudad caería rendida a sus pies, retornada por su espada a la obediencia de su rey. No contó con que un hijo de Lerín permanecía, esos días, en Viana.

Era un hombre arrogante que siempre iba, aun a misa, con su espada colgada del cinto. Tan feroz como su padre, mantenía un odio visceral hacia los reyes de Nabarra, y su acercamiento a Fernando de Aragón era total. De él esperaba la devolución de sus tierras y de sus títulos; la reciente grandeza de España que estaba por encima de la vieja soberanía de Nabarra.

La ciudad sitiada sufrió una conmoción. Las casas tenían huertos, pero estaban en primavera y no era tiempo de recoger, sino de sembrar. Las familias adineradas mantenían acopio de legumbres, harinas, embutidos y bebidas en las bodegas, que no serían suficientes si el sitio se prolongaba en el tiempo.

Prevalecía el miedo a lo por venir, la gran táctica psicológica de los sitiadores: el desgaste moral y físico de los habitantes de la villa; su miedo al hambre y a la sed. No todos en Viana eran beaumonteses, aunque mientras el hijo del conde permaneciera entre ellos nadie osaba manifestarse del otro bando por mera fórmula de supervivencia.

Unos pocos se acercaron, vencido su miedo y suelta la curiosidad, a los altos de la muralla para observar el ejército del rey de Nabarra, comandado por Borgia, su capitán-obispo-cardenal, acampado en la plana, con sus estandartes revolados por un viento agresivo que cada vez soplaba con fuerza, anunciando una tormenta.

El pendón de Nabarra, rojo fulgurante, con las cadenas doradas en su centro, permanecía junto al de Borgia, que exhibía el escudo pontificio junto a las armas familiares de una estirpe que contaba, en importancia, tan solo cincuenta años.

Daniel se reunió con las mujeres en la cocina, tratando de ver cómo se mantenían a salvo del inminente desastre. No temía al Borgia, sino a su desatino, y al desafuero de los beaumonteses.

Luis Arrieta deambulaba por las calles de Viana, acompañando al hijo del conde, en plan de guardaespaldas, vestido con sus calzas negras de lana y su capa oscura, portando armas en el cinto, entre ellas, el puñal que le hirió de muerte, y una reluciente espada de acero toledano.

El banderizo no le reconoció, debido a las barbas densas y negras que encubrían el rostro de Daniel, pese a acudir varias veces a la botica a comprar miel para su garganta, afectada posiblemente por las exclamaciones con que comandaba a su tropa de facinerosos que deambulaban por Viana, con sus espadas en alto y al grito de "¡Beaumont! ¡Beaumont! ¡Beaumont!".

Arrieta se detenía para hablar con Sara, demasiado largamente para gusto de Daniel, pues temía alguna indiscreción por parte de la joven. Solo le cupo advertirle que corrían peligro si delataba su vinculación con los reyes, y dejó a los jóvenes en sus coloquios, pensando en el que tenía que mantener con Otxanda.

Tras su regreso de Zangotza, poco pudieron hablar, porque la instalación de la hospedería exigió mucho esfuerzo por parte de ambos. Habían de improvisar cada día, según la llegada de los huéspedes y sus necesidades, remodelando la casa para servir de posada.

Pero ese tiempo fue de tregua entre ambos. Daniel mantenía una serena expectación respecto de la joven, sin atreverse a preguntar por sus sentimientos ni tan siquiera por el juglar de los rizos de oro; ni el porqué de su llegada a Viana; si tenía que ver con él o con el mandato de la reina.

Se fueron conociendo en las pequeñas cosas de la vida, imponiéndose una familiaridad amable y risueña, mientras trajinaban los quehaceres de la botica y de la posada. Otxanda parecía complacida de su trabajo en la hospedería y resultaba una anfitriona perfecta para los huéspedes. Seguía durmiendo en la alcoba de abajo, cercana a la cocina.

Además de la lengua vascona, hablaba la bearnesa y entendía las romance. Sus modales depurados, aprendidos en su largo cometido con madame Magdalena, le otorgaban un toque aristocrático que los romeros valoraban.

Advirtieron, cayendo sobre ellos la oscuridad de la noche, que los vientos recrecían, golpeando con furia los postigos de las ventanas y batiendo las puertas. Violentos rayos comenzaron a iluminar el cielo de un color plomizo oscuro y los truenos conmovían los cimientos de la casa y retumbaban los cristales.

Corrieron a cerrar la puerta de la cocina que daba al huerto y, en la carrera, tropezaron, cayendo uno en brazos del otro. Daniel la apretó contra sí, con la fuerza reprimida e intacta de todo el tiempo en que deseó su amor y, perdiendo la contenida prudencia, acercó sus labios anhelantes a los de ella, que lo recibieron con amor.

No se miraron; simplemente dejaron que la tempestad que rugía sobre Viana rugiera también dentro de sus cuerpos jóvenes, que los sacudiera como el viento zarandeaba los manzanos del huerto, que iluminara sus corazones como los rayos destellaban sobre las flores de las plantas milagreras.

Quedaron suspendidos en un espacio de tiempo que no era en el que estaban viviendo, sino otro, más audaz y transparente. Accedieron a lo alto del cielo sobre una bandada de aves peregrinas, traspasaron las nubes de algodón, surcaron las corrientes de brisas cálidas, atravesaron rayos de sol y gotas de lluvia, rebasando el arco iris.

Se sumergieron uno en el otro; él, con el ansia acumulada desde el día en que la vio por primera vez en el palacio de San Pedro; ella, con el asombro con que descubrió su espléndido cuerpo inerte en los días que le curó las heridas en la posada Iturralde.

Se palparon con respeto al principio, porque debían rasgar el telón con que habían recubierto sus sentimientos durante años, y avanzaron con celeridad hasta el descubrimiento de que se amaban, y se entregaron al fin, gozosamente, el uno al otro.

Solamente mucho tiempo después, cuando descendieron de su extraordinario viaje espacial, Daniel puso su mano sobre el pecho de la joven, tratando de palpar los latidos desordenados de su corazón, y musitó dulcemente:

—¿Podríamos inaugurar nuestro lecho nupcial, amada mía?
Ella consintió con una deslumbrante sonrisa.

La fuerte tempestad duró la noche entera. Aguaceros enérgicos cayeron sobre los huertos, las murallas y los techos de las casas de Viana. Las calles semejaban ríos desbordados, chorreaban los canaletes rebasados de los tejados, se inundaban las bajeras... Hasta el amanecer no amainó la tremenda violencia del cielo.

Entonces, perezosamente, Daniel y Otxanda abandonaron su lecho y, con las manos unidas, descendieron a la cocina para prender los fuegos, extrañándoles la ausencia de Sara.

Miraron el huerto inundado y revisaron la botica, cuyo suelo estaba repleto de agua y barro, pero no la encontraron. Entraron al establo, donde las mulas Argenta y Afrodita permanecían en sus pesebres húmedos.

Escucharon los consabidos gritos de "¡Beaumont! ¡Beaumont! ¡Beaumont!" y, sin exponerse, miraron por una de las ventanas. Hombres del conde recorrían las calles, exhibiendo sacos de comida sobre los hombros, entre risas y chanzas, lo que les extrañó sobremanera, tanto, que decidieron salir a ver qué cosas pasaban por la ciudad.

La lechera, una mujer parlanchina, arreando su mula cargada con los cántaros, fue la que les dio la noticia de que Borgia, abandonando la vigilancia del sitio en la noche, debido a la tormenta, había sido burlado por Lerín, que, a través de una puerta del castillo, abierta y custodiada por los suyos, aprovisionó a los sitiados con productos frescos de Mendabia.

Chasqueó así una de las mayores tácticas con que la que contaban los sitiadores para desmoralizar: impedir la introducción de alimentos en la ciudad.

—Setenta caballos trajo el conde, cargados de pitanza, hasta la puerta del castillo, sin asustarle la tormenta, y los introdujo en Viana —aseguró la mujer con un gesto de burlona sorna, encogidos los hombros ante la evidencia del poderío de

Lerín—; mientras tanto, el condotieri y su rey dormían. Eso es lo que no hace el conde: ni come, ni duerme, ni se fatiga; solo hace la guerra.

Fue inútil preguntarle por Sara, pues ella aseguró haber permanecido al cobijo de su casa durante la feroz tormenta, así que ambos, tras despedirse de la locuaz mujer, deambularon por las callejas de Viana, sin lograr encontrar a la joven. Rendidos, con los pies humedecidos por el agua y sucios de barro, regresaron a la casa. Allí no estaba Sara.

Oyeron nuevamente los furiosos gritos de "¡Beaumont! ¡Beaumont! ¡Beaumont!", dados por una partida de hombres que recorrían la ciudad, pues, aunque sitiados, resultaban vencedores. Alarmados, decidieron correr a lo alto de la muralla para enterarse con sus ojos y oídos de las cosas nefandas que estaban ocurriendo a su alrededor y que podían afectar sus vidas y hacienda.

El ejército real seguía acampado frente a los muros de la ciudad, aunque las tiendas estaban destrozadas por el viento, la lluvia y el granizo, y los hombres se encontraban atareados en arreglar los estropicios de la tormenta, secándose a sí mismos y a la caballería, afanados en la tarea de reorganizar el destrozado campamento.

Borgia, que no estaba por esos afanes y tenía el ánimo enfurecido, voceaba órdenes destempladas a su criado, en lo alto de la grupa de su caballo blanco. El encogido Juanicot, un hombrecito desmirriado, acudió presuroso a cumplir el mandato de procurarle su coraza y sus armas sin tardanza.

Pero tal era la intemperancia de César que solo logró componerlo con casco y peto, y, gracias a su agilidad, evitó ser atropellado por el alazán espoleado al galope por un rugiente Borgia que traspasó a gran velocidad la puerta de La Solana de la fortificación, lanzándose campo a través por el camino de Mendabia.

Le seguían a Borgia, pues tal cosa ordenó desaforadamente antes de hincar las espuelas en el vientre de su caballo y salir en estampida, mil caballeros y otros tantos infantes, incapaces de alcanzarle, acompañados de un fuerte redoblar de tambores y banderolas revolando en el aire.

Borgia, con sus cabellos rojizos azotados por el viento, montado en su magnífico rucio que contagiado del furor de su amo, tenía los ollares henchidos y resoplaba enfurecido, gritaba desaforado:

—¿Dónde está? ¿Dónde está ese condecillo? Que juro a Dios, hoy es el día que lo tengo de matar o prender; y no he de parar hasta que enteramente quede destruido sin perdonar la vida de los suyos, hasta de los gatos y perros...

La voz de Borgia resonaba alta y poderosa, rompiendo el viento de la mañana y rebajando el retumbar de los truenos que aún resonaban a lo lejos. Esgrimía en alto su lanza desnuda, forzando a su soberbio caballo en una desmedida carrera por el barrizal, saltando sobre los charcos que la tromba de agua había dejado, avanzando hacia un punto muerto en el horizonte.

Lerín, que cuidaba de su valiosa caballería, aligerada por la descarga nocturna, en un intento de frenar al caballero que, empuñando en ristre una gruesa lanza de dos filos se le acercaba, y al que no reconoció, espetó:

—Esperad, esperad, caballero...

Pues, pese a su malicioso ardid, y aunque esperaba refuerzos de Mendabia, comandados por el duque de Nájera, de Castilla, estos no acababan de aparecer por el camino, y sus fuerzas resultaban escasas al lado del aparato real para un enfrentamiento.

Utilizó, diestro como era en fraguar planes, para frenar aquella cabalgada del guerrero, armas que le eran infalibles: la manipulación en el ánimo de sus hombres y la observación perfecta del momento adecuado para atacar.

Reparó en que el caballero no podía distinguirlo bien desde su distancia, pues sus ojos le fallaban por la edad; galopaba con tanta rapidez a la cabeza de los suyos que estaba solo en su vanguardia.

Lerín profirió con su voz aguda y destemplada:

—¿Es posible que ninguno de los míos salga al encuentro de ese caballero?

Tres de sus hombres, sabiendo que con esta acción lograrían recompensa, se adelantaron a un Borgia que espoleaba su caballo sin tino, dirigiéndose en derechura a un barranco, sin medir que no era posible la vuelta atrás, impedida la oportunidad de desempeñarse con sus armas con la destreza por la que era famoso.

Borgia entró solo en la barranca Salada y se encontró en la mitad de la trampa.

Tres beaumonteses le esperaban, avezados en emboscadas. Borgia alzó su lanza para atestarle un golpe a uno, sin advertir, cegado como estaba por su rabia hiperactiva, que, aprovechando la alzada de su brazo, Garcés, un hombre de Agreda, logró, falseando el arnés, atravesar en dos el cuerpo del sorprendido Borgia de una hábil lanzada.

El corazón y los pulmones del condotieri fueron traspasados por el lanzazo mortal y preciso, cayendo muerto instantáneamente de su caballo, que relinchó espantado, abrumado por el olor de la sangre y, sacudiendo su carga, emprendió un raudo galope hacia ninguna parte. Hasta su fiel montura dejó solo a César en la hora de su muerte.

No hubo compasión para él. Allí, en el barranco de la encrucijada mortal, sus asesinos le desnudaron de sus ricas ropas y sus soberbias armas, las que no pudo usar para la toma de Viana, tal como era el mandamiento de sus reyes, ni le sirvieron para defender su vida.

Sus enemigos se apropiaron de ellas y aún le despojaron de la alforja donde cargaba las monedas de oro que había mandado batir como señor soberano que en algunos momentos fuera, con el lema *Aut Cesar, aut nihil*,[16] y lo dejaron desnudo y profanado sobre el barrizal.

Sus cabellos rojos se tiznaron por el oscuro sedimento del barranco de su emboscada, sus grandes ojos castaños quedaron abiertos, clavados en el cielo, extrañados de su imprevista muerte, sucedida en aquella mañana de un viernes 12 de marzo, fiesta de San Gregorio papa, de 1507. Tenía 31 años.

En 1492, con 16 años, había sido nombrado obispo de Pamplona, en cuya Diócesis entraba la barranca Salada de su muerte. Muchos vieron en ello el juicio de Dios por haber sido hombre de la Iglesia y terminar ejerciendo de soldado mercenario de un ejército comandado por un rey excomulgado.

Y otros muchos recordaron que antes que barranca Salada, aquello fue denominado el campo de la Verdad, donde se dirimieron muchos duelos entre caballeros y reyes. Uno de ellos, hacía siglos, entre los Sanchos de Nabarra y Aragón contra el de Castilla.

Juanicot, antiguo seguidor de Lerín, que vagaba por los campos en la búsqueda imposible de su arrebatado amo, fue encontrado por unos beaumonteses, tardíos en su retirada de Viana, que lo llevaron ante el conde, quien le interrogó acerca de la naturaleza del caballero, pues seguía sin saber quién era el muerto.

Juanicot, lacrimoso, atemorizado de estar en presencia de Beaumont, arrodillado en el suelo y con la frente en el barro, le informó que el difunto era su nuevo señor, César Borgia.

Trastornado por la noticia —más le valía Borgia prisionero y rehén que muerto—, Lerín ordenó a Juanicot que llevara esa noticia al reyezuelo Juanito; esto lo dijo con desprecio, mor-

---

16    "O César, o nada". El poeta Sannazaro escribió: *O César o nada quiere,/ llamarse Borgia ¡qué mucho!/ Si César y nada puede/ venir a ser todo junto…* Más tarde, añadió: *Todo lo tenías, César,/ y así todo lo esperabas;/ mas todo te ha faltado:/ ya comienzas a ser nada…*

diendo las palabras y luego, escupiendo y azuzando con sus manos una mula piojosa que se dignó otorgarle, le puso en el camino de Viana.

Juanicot, descompuesto y aterrado, que se había salvado por los pelos de una venganza del conde —sabido era que mataba con sus manos a los traidores a su bando—, se reencontró con las tropas reales y pidió hablar con el rey Juan, que comandaba la retaguardia, camino de Mendabia.

Le anunció la mala nueva, otra vez arrodillado y con la frente en el barro, hasta que los soldados le espabilaron para que se levantase y se fuera de una vez. Juan, trastornado por la pérdida de su capitán, en quien tenía puestas tantas esperanzas, detuvo la marcha, ordenando a sus hombres que recogieran el cadáver de Borgia de la barranca Salada y lo llevaran a Viana, pues era digno de una ceremonia fúnebre que él iba a encabezar.

A lomos de su caballo, que los hombres encontraron exhausto en medio de unos pastizales, colocaron el cuerpo de su capitán desnudo, envolviéndole con un capote de lana para preservarle la dignidad, y lo llevaron hasta Viana, entristecidos y cabizbajos por una derrota acaecida sin mediar acción militar.

Las puertas de la ciudad se abrieron de par en par —el hijo del conde de Lerín había partido con sus secuaces, tras su padre, hacía apenas unas horas— y llamaron a Daniel, el físico herborista. El cadáver debía ser recompuesto para exponerlo con decoro en su última ceremonia en la Tierra, en la misa de difuntos, y enterrarlo con el honor que se debía a su condición eclesiástica y militar.

Lo tendieron en la mesa de la botica y ahí no pareció ni tan grande, ni tan pesado. Daniel restregó la sangre seca del enorme boquete lateral de la herida, recomponiendo el rigor mortis del cuerpo para revestirlo con su uniforme de soldado papal.

Otxanda cepilló sus cabellos rojizos y espesos, restándoles el barro que los deslucía. Cerró los párpados para que cubriesen los ojos del color de las hojas de otoño, la boca insolente de labios sensuales… Juntó sus manos, luchando con la rigidez de los dedos, en actitud de rezo sobre el pecho; era un gesto piadoso en un hombre que no había tenido ninguno en su vida, pese a sus títulos sacerdotales.

El olor de su muerte se extendió por Viana. Nadie entendió que aquella defunción era preludio de otra mayor.

Quisieron —muchos por curiosidad, algunos por respeto, los demás por obligación— ver el cuerpo expuesto en su cata-falco, en la iglesia parroquial de Santa María, cuyas campa-nas doblaban a muerte, y donde sería enterrado en la capilla mayor, con una lápida que recordara su acción en defensa de Nabarra.

Para los creyentes era tantear, al tocar aquel cuerpo rígido que ya no producía pavor, un poco de la divinidad papal. Para los que sentían Nabarra era palpar la última esperanza que les restaba a los reyes de manejar los asuntos de la guerra con su adversario Lerín.

Hubo quienes solo advirtieron a un hombre joven y hermoso que había salido al encuentro de su muerte con una sobredosis nefanda de estulticia. Nadie debía fiarse de Lerín, era la lec-ción aprendida, aseguraban con penosa unanimidad.

Mientras se celebraban los ritos funerarios, en las callejas de Viana, la ciudad fronteriza que daba título a los prínci-pes herederos del reino, según provisión de Carlos III, el rey del buen recuerdo, unas partidas de banderizos bravucones y pendencieros repetían el grito de "¡Beaumont! ¡Beaumont! ¡Beaumont!".

\*\*\*

Juan de Albret se apersonó en la posada Otxanda. Sabidos eran sus modales cordiales, alejados del boato con que se adornaban los príncipes, reyes y banderizos, y su genuino interés por la gente que gobernaba. Muchos le criticaban semejante camaradería con quienes eran simplemente súbditos y que no esperaban de su rey sino una orden tajante y una humillación constante.

Tocó él mismo la aldaba y entró sin preámbulos en el salón, dejando en la entrada a los lanceros de Foix que le custodiaban, con los estandartes de Nabarra, Albret y Foix ondeando en sus picas, y se sentó cansadamente frente al fuego, en la primera silla que encontró.

—Dame algo sólido de comer, Daniel, que desfallezco —aseguró, mesándose su barba castaña y frunciendo los sensuales labios con enojo, con ademán de niño malcriado—, y que sea bien salado y muy mucho condimentado, y no como tu padre Isaak recomendaba a Magdalena que comiese sus viandas... ¡Hombre, que ni a un niño de pecho le podía apetecer aquella insulsez!

No pasaban los años para él. Se conservaba apuesto y su sonrisa grata iluminaba un rostro de facciones correctas, donde en los ojos claros se exhibía bonhomía. Hablaba en bearnés con entonación musical y despedía la gracia cortesana propia de su familia. Los aires de la ruda Nabarra no habían logrado rebajar esa delicadeza francesa de la que hacía gala.

Daniel y Otxanda se afanaron en la comida. Echaron sarmientos en la chimenea y asaron costillas de cordero lechal, migas de pan aderezadas con uvas pasas de la última cosecha, espolvoreando la carne con abundante sal y especias, según reclamaba el rey. El vino grueso de Viana remojaría aquel improvisado pero excelente banquete.

El rey, que durante los preparativos aprovechó para dar una cabezadita, cansado de la marcha a caballo que tan poco le gustaba, se despertó alborozado al olor de los platos y sació su apetito con ansias, pues era buen comedor. Satisfecha el hambre y despierto el espíritu, meneó la cabeza para comentar con calmado dolor:

—Lamento la pérdida de un buen soldado como Borgia. Ahora lo tendremos difícil, pues esta muerte inesperada y, en cierto modo, tonta, no deja de ser un golpe de suerte para Lerín y sus aliados. Seguimos entre dos fuegos, peones del partido de ajedrez que juegan los reyes de Francia y de Aragón, aunque estamos recuperando las plazas fuertes del reino.

—Es un triunfo tal cosa, señor —admitió Daniel, con tono optimista.

El rey negó con la cabeza oscura y sentenció gravemente:

—El enemigo sigue en pie de guerra. El francés llegó hasta el extremo de exigirnos que cediéramos Foix, Bearne y Bigorre, nuestra despensa, al eterno heredero de la corona de Nabarra, Gastón de Foix, al que apoya absolutamente, quedándonos solo con la parte sur del reino, cuyos rendimientos son harto inferiores y cuyas fronteras copa el aragonés. Habló el francés con Lerín, su rival de otros tiempos, convirtiéndolo en su amigo al ofrecerle la reintegración de sus dominios si apoyaba su causa, y este, ni tonto, ni perezoso, aceptó. Nunca se niega a nada si hay una algarada, pillajes, cabalgadas de por medio...

—Esto último lo dijo con desconcierto, meneando la cabeza, incrédulo de que semejantes personajes pudieran existir en el mismo mundo en que él vivía.

Para Juan, la vida tenía otros alicientes: libros que leer, ahora que la imprenta facilitaba obtener textos en otros tiempos inaccesibles, buenas compañías para deleitarse en una conversación inteligente, música que escuchar para complacencia de los sentidos, mujeres con las que bailar y practicar el sexo, aunque él aseguraba permanecer fiel a su reina, obras de teatro con las que reír o llorar, y escuchar a los juglares provenzales entonar sus dulces canciones de amor.

¿Hacer una guerra? ¿Marchas forzadas por parajes inhóspitos? ¿Comidas medio crudas y escasas en los calderos de campaña? ¿Callos en los muslos y almorranas lacerantes de tanto montar a caballo? ¿Matar gente porque sí, sin que mediase ningún conflicto personal? ¡Él se ponía enfermo si había que ejecutar a alguien!

—Lerín es un soldado —corroboró Daniel con desprecio, interrumpiendo la meditación real.

—Es un miserable mal nacido —cortó tajante el rey, con rabia e impotencia a la vez, mordiendo las palabras y removiéndose en el asiento—. Conspira con algunos hombrecillos de Tudela, de siempre agramontesa, y de Pamplona beaumontesa, pese a nuestra presencia. Lerín tiene dispuestas sus huestes, desordenadas y diabólicas, a más de las que ha formado con Luis de Francia en nuestra contra. Lo único que me anima es que en Castilla las cosas no están serenas: hay conspiraciones en la nobleza, amenazas de sublevación en Córdoba y alzamiento en Andalucía. Los beaumonteses sirven ahora al rey de Francia, distraído como anda Fernando en esas otras encomiendas. Lo único cierto, Daniel, es que cualquier hijo de madre quiere el trono de Nabarra y al precio que sea.

—Lamento oír esas nuevas, mi señor —aseveró Daniel con tristeza. Era como escuchar dentro del comedor de la posada el tañido de difuntos de la campana de la iglesia de Santa María de Iruña.

—Cuando fui a Sevilla, hace ya años, no me acompañó Catalina, que estaba preñada y permanecía en Pau, aunque ambos estuvimos de acuerdo en que era bueno conectar personalmente con nuestros parientes-enemigos, exponiendo nuestra causa verbalmente. Me recibieron con halagos y fiestas, y Diego Hurtado de Mendoza, cardenal-obispo de la ciudad florida, y otros dignatarios eclesiásticos, ofrecieron en mi honor largas misas en la catedral... Un fastidio —rezongó impaciente, recordando aquel tiempo, aunque agregó más animado—: En la noche, en compensación, hubo bailes en los salones de palacio, indudablemente divertidos. Pese a la austeridad castellana, de la que tanta gala hace Isabel, había un aire jolgorioso en la ciudad, proveniente, sin duda, de las raíces árabes de la población.

—Como rey de Nabarra, tenían el deber de recibiros bien —observó cauteloso Daniel.

—A Lerín, cuya suerte jugábamos entre misa y baile, finalmente perdonamos sus desvíos, restituyéndole sus posesiones, rehabilitándolo como condestable de Nabarra y otorgándole el gobierno de esta ciudad de Viana y de Zangotza, entonces en manos castellanas. Pero él, impenitente y atrevido, arrogante y malévolo, criticó mi acción diplomática, afirmando que había descendido de mi condición de rey a la de embajador.

—¡Ese hombre tiene argumentos para todo! —exclamó Daniel, levantando los hombros y arqueando las cejas.

El rey consintió con un movimiento lento de cabeza y siguió en la relación de los hechos, con voz distendida:

—No se apuró en coger lo que le reintegrábamos, menos en agradecerlo, pues lo poseído en Castilla le daba mayor beneficio. En fin, la historia es recurrente: dilató su juramento, exigió prebendas; que si Dicastillo, herencia de su abuelo Carlos el Noble, que si los palacios de La Reina, que si las rentas de Aoitz y Orba... Que ese truhán magnate quería villas, cuantas más, mejor, que son las que dan rendimiento económico positivo. El embajador Ontañón, fiel servidor de Fernando y hábil diplomático donde los haya, perdiendo su paciencia, llegó a decirle que aquietara sus vehemencias, que era el primero en causar dificultades.

—Se negó a jurar personalmente el Fuero de Nabarra, cosa que el Real Consejo sostenía que debía hacer —recordó Daniel con el ceño fruncido, evocando las fechorías de Lerín, que eran tan largas como el espacio que separaba la Tierra de la Luna.

—Era necesario tal juramento para un hombre que llevaba cinco años en el extranjero. En fin, para Lerín no hay Dios ni Fuero, ni Rey; solo codicia y ambición desmedidas. Dios no me ha podido dar peor adversario, Daniel. Ahora me mata a Borgia, un contrincante óptimo para Lerín, pues son de la misma ralea, y, además, debo decirle a Carlota que su esposo ha muerto de esta manera. ¡La que me espera! Mi hermana es una mujer sensible y echará más lágrimas por sus ojos que aguas el Arga en el deshielo.

Juan suspiró con abatimiento ante la imagen que en su imaginación preveía de su hermana desconsolada. Añadió con resignación:

—Hemos pactado con Dios y con el diablo, con los enemigos y con los amigos, pero hay cosas que no podíamos prevenir, aún teniendo consejeros tan prudentes y sabios como Juan de Jassu. Catalina, en medio de sus embarazos, sostiene un pleito dinástico en los tribunales de París con su maldito tío Gastón. Lo malo no es que sea largo, sino que cuesta dinero. Las arcas del reino están vacías con estas costas de la guerra. La fiel Tafalla ha respondido dando un donativo de mil florines de oro para aliviar las cuantías del pleito.

Esto último lo dijo con complacencia, pues siempre andaban urgidos de dinero, debido no solo a la guerra, sino a su prodigalidad.

Se levantó de su silla, agobiado por tantas calamidades pasadas y por venir, y pidió a Otxanda que le extendiera la capa de armiño con que se cubría el cuerpo recio y alto, pues iba a proseguir su cabalgata para recuperar los territorios y castillos en poder beaumontés, y desalojar de Nabarra cualquier poder extranjero, fuese castellano o aragonés, francés o austríaco, o papal, que ya no se sabía cuál era peor.

Dejó de refunfuñar y rebuscó en el bolsillo interior de la lujosa capa un paquete que llevaba en el forro y se lo extendió, afirmando que era un regalo de Catalina para Otxanda y Daniel, a los que siempre tenía en grata memoria.

Era una pequeña bata de batista, festoneada de bordados y puntillas. El ropaje de un bebé. Otxanda, ruborizada, aceptó el obsequio con una sonrisa, diciendo que la reina extremaba su generosidad; le envió sus saludos, añadiendo también saludos para los Iturralde.

—Nos lo pasamos muy bien en las comedias de su posada —aseveró Juan con alegría—. Algunos comienzan a denominar a la posada Katalintxu. Es un homenaje cariñoso a su reina. Sí, ella tiene ese poder de subyugar —admitió lentamente, y declaró con poco disimulado orgullo—: Estamos esperando un nuevo hijo... Ojalá sea otro varón, que de niñas andamos abundantes.

Daniel acompañó al rey a la puerta y ambos se dieron las manos con afecto. Juan, antes de salir hacia la calle, musitó en voz baja:

—Préñala de una vez, hombre, que es mujer de buen ver. Catalina y yo vamos a por la docena..., y así la tengo sometida —Se rió satisfecho de su gracia y complicidad masculina, añadiendo, como si se le acabara de ocurrir, en tono perentorio—: Deberíais venir a Pamplona, no solo para atender a la reina en su estado, sino a más para consolar a la pobre Carlota. Esta ciudad puede volverse peligrosa para vosotros, pues correrá el rumor de que os he visitado y os colocarán en la cúspide del bando agramontés —Se detuvo, carraspeó, le dio una palmada en la espalda a Daniel y concluyó en voz tan baja que costaba escucharle—: No sé en qué terminará esto. Lerín, que parece derrotado, y Fernando, que parece ausente, son más fuertes que nosotros.

Daniel le vio partir, rodeado de su guardia, demasiado amable para ser rey, demasiado condescendiente para ser capitán de sus tropas, demasiado ajeno a la realidad atroz que vivían sus súbditos.

Otxanda, a sus espaldas, con voz contrita, buscando refugio en el calor del cuerpo de su esposo, tradujo en palabras sus sentimientos:

—No son rey ni reina para este tiempo feroz. Igual, algún día, la humanidad estará preparada para ser gobernada por hombres y mujeres que disfruten de la música y la poesía, tal como quería la antepasada de madame, Leonor de Aquitania. Ahora solo se piensa en la guerra, en matar al adversario convertido en enemigo.

\*\*\*

Pasados los días del enterramiento del capitán Borgia y de la desaparición de Sara, preparándose para la obligada marcha a Pamplona, según orden real, Daniel y Otxanda recibieron en la botica a un mensajero con una carta de la joven.

El hombre, montado en un borriquillo plateado, afirmó ser lacayo del castillo Zuñiga, con cierta libertad de movimientos entre Mendabia y Viana, pues servía de recadero para los suministros alimenticios.

Aseguró con voz firme haber tratado a la joven en el castillo y que realizaba la peligrosa encomienda por misericordia, pues la veía desazonada y aborrecida de la condición a la que estaba sometida.

—Semeja una esclava —aseveró el hombre, rotundo, para añadir, tras escupir en el suelo y a modo de sentencia—: Ninguna vascona debería ser tratada como una mora.

Daniel le dio una generosa remuneración por su servicio, a más de una ración de hierbas benéficas para sus dolencias, miel para sus afecciones de garganta e higos para acrecentar su vigor sexual, cosa que el hombre agradeció mucho, tras pedirle una descripción del castillo, la posibilidad de su acceso y la cantidad de hombres que lo guardaban.

El postillón impartió la información exigida; incluso hizo un garabato del interior del castillo con un palo en el barro del huerto, e inclinando la cabeza mugrienta se despidió de ellos, tras asegurar que había arriesgado mucho visitándoles, pero que cumplía un deber de conciencia.

Pensó que si los reyes ganaban la contienda sobre Lerín, haría valer su encomienda. Eran tiempos para estar a bien con todos, mal con ninguno, y rezar a Dios para conservarse intacto.

La carta de Sara era breve. Afirmaba que Luis Arrieta la había raptado la noche de la tormenta y que la mantenía contra su voluntad en el castillo de Mendabia. Rogaba a sus señores que rezaran por ella. La letra era trémula y la tinta aparecía borrosa, como si la hubieran humedecido con lágrimas.

# Capítulo 7. El rapto de Sara

## Castillo Zuñiga, Mendabia, 1507

Daniel y Otxanda releyeron el mensaje de Sara con estupefacción. No les extrañó el asunto, pues habían comentado con recelo de las frecuentes visitas de Arrieta a la botica, de sus charlas alargadas y de sus compras desproporcionadas de miel y romero sanjuanero.

No les sorprendía el desenlace, aprovechando los acontecimientos militares y el desconcierto que había causado la tormenta, mas debían examinar la situación con cuidado si pretendían el rescate de la joven. Era incursionar en pleno dominio de Lerín, aunque este estuviera en retirada.

Otxanda, con gravedad, y rompiendo el tabique que aún en su delirio de amor preservara intacto, aseguró:

—Sara no pudo alentar a Arrieta. Estaba prometida a Peio, el juglar de los rizos de oro.

—Y él... ¿la quería? —se atrevió a preguntar Daniel con un hilo de voz, agitado el corazón por la mención del joven y la inminente declaración. Los celos, largos dedos con uñas filosas, surgidos desde sus entrañas, apretaban cual serpientes malévolas su corazón.

—Sí —afirmó ella, mirándole con sus negros ojos, opacos por la desolación—. Planeaban vivir en Donibane Garatzi, pues en la posada Hiribarne había trabajo para ambos. A los romeros de la rúa les consuela la música y el canto en las noches de la peregrinación a Compostela. Les di mi permiso, aunque impuse como condición que permaneciera un año conmigo en Viana; tenía miedo de lo que podía encontrarme aquí.

Esto lo dijo bajando la cabeza y Daniel no logró interpretar sus palabras. Dominando sus verdes demonios interiores, inquirió con una voz que trataba de ser ecuánime:

—¿Miedo? ¿A qué?

—A que me cerraras las puertas en las narices, Daniel —replicó ella con rotundidad y con tono agrio—. Ignoraba, ignoro aún, por qué desapareciste de la posada Iturralde una tarde de verano… Y eras mi marido, ¡por Dios!

Daniel la miró estupefacto, pero prefirió no ahondar en el tema, pues la urgencia que los debía ocupar en aquella hora era Sara. Logró preguntar con cierta entereza:

—¿Estás segura de que no sintió disposición por Arrieta, que no lo animó?

—Le atendía cortésmente, tal como era su deber, ya que compraba grandes cantidades de hierbas y miel —musitó Otxanda con voz grave y actitud contrita. Agregó con tristeza, pero con un matiz de determinación en su voz—: Nadie enamorada de Peio se inclina después por Arrieta.

Daniel, perturbado, no quiso indagar más, diciéndose a sí mismo, para calmar su gravosa inquietud interior, que era momento de afrontar los hechos de Sara, no los suyos, y adoptar resoluciones.

Había que intentar un rescate, porque, según las revelaciones de Otxanda, su carta y el testimonio del postillón, estaba retenida en contra de su voluntad por un hombre Beaumont. Convenía ir a Mendabia, donde todavía se encontraban, y tratar de conectar con ella, procediendo allí, según las circunstancias.

Decidieron que Daniel se rasurase la barba y vistiera de modo menos lujoso para pasar inadvertido a los ojos de Arrieta. Surgió la idea de convertirse en impresor ambulante. En el baúl de su padre había una imprenta móvil, con varios tarros de cristal con tinta y resmas de papel de fabricación árabe.

Daniel reprimió un sollozo cuando hurgó en los bártulos de Isaak, conmovido por los recuerdos que despertaban en él. Le sorprendió encontrar vacío el cilindro de terciopelo donde depositaba las alhajas valiosas y la ausencia de tapices y telas valiosas. Al parecer, lo había vendido todo, pues operaba en su poder varias cartas de crédito a cobrar en Génova y algunas monedas de oro.

Al retirar la caja de la imprentilla, bastante pesada, encontró un rollo de pergamino sellado. Curioso, rompió el lacre escarlata del sello y se enfrentó a una parte de su vida que le era desconocida: se trataba de los papeles del contrato matrimonial de sus padres, junto al acta de nacimiento de Aniana Egia, natural de Tolosa, del señorío de Gipuzkoa, que formaba parte del reino de Castilla, alguna vez Nabarra.

Entre los manuscritos quebradizos, incluso chamuscados, había una sentencia que le extrañó. Llevaba la firma de Enrique IV de Castilla, apersonado en Tolosa con su ejército, que dictaminaba que eximía a la villa, conforme solicitaban las juntas de Gipuzkoa, de ciertos impuestos y, a más, otorgaba clemencia a los autores del crimen perpetrado contra su recaudador.

No se reseñaban nombres en aquel rollo, pero en otro, estropeado y casi ilegible, advirtió que un tal Jerónimo Egia, encontrado moribundo en un claro del denso bosque que rodeaba el valle del río Oria, donde se asentaba la villa, confesaba ser el único autor del asesinato perpetrado contra el recaudador castellano, en el año de 1463.

Jerónimo, reconociendo su gravedad, se preparaba para enfrentarse a su Creador, y confesaba que había actuado en defensa de los intereses de Gipuzkoa, su amada nación, asegurando que el móvil era más valioso que el luctuoso delito, y solicitaba protección para su hija, Aniana Egia, criada en casa de su hermana Verónica, que detentaba una hostería junto al río.

Daniel leyó el documento, fechado en 1474, que confirmaba su origen materno vascón y contenía semejante secreto, y comprendió por qué su padre, que renegaba de las matanzas, jamás se lo hubiera referido.

No había aclaración de cómo Isaak y Aniana se habían encontrado y casado, excepto el contrato matrimonial, con fecha posterior, y un pergamino que aseguraba la antigüedad del apellido Egia en Amezketa, villa del partido judicial de Tolosa, con escudo de armas, cuartelado 1º y 4º de plata, con la vaca de gule andante, y 2º y 3º de azur, con una caldera de oro. Egia aparecía escrito con letras redondeadas en tinta negra.

El manuscrito de limpieza de sangre era un bodrio de nombres y apellidos ilegibles, que intentaban demostrar que no había entre ellos ningún moro ni marrano, por lo que podían acceder a los puestos administrativos y ser soldados, si tal era el gusto, pues permanecían libres de cualquier mestizaje oprobioso.

Daniel meditó que sus padres habían obviado semejantes aberraciones al unirse y procrearlo, y pudo leer con lágrimas en los ojos su acta de nacimiento, expedida en la villa de San Sebastián, en dicho señorío de Gipuzkoa, sorprendentemente intacta y nítida. Un sacerdote llamado Peru Aldasoro certificaba el matrimonio de Isaak y Aniana, por el rito católico, y bautizaba por el mismo rito a la criatura.

Devolvió con pesar los documentos al fondo del baúl, pues debía ocuparse del asunto de Sara. Rescató la capa de lana ruinosa que su padre usaba en sus viajes, a fin de pasar desapercibido en sus tránsitos por los caminos y los pueblos de los reinos cristianos.

Incluso, meditó, debía adoptar su nombre, pues no se conocía su muerte y podía falsificar con la imprenta un papel con su fecha de nacimiento. Sería, pues, Isaak Lópiz, natural de

Granada, ahora reino de Castilla; de oficio, impresor ambulante.

Venía bien conocer el territorio de la Merindad de Estella, de Lerín y su castillo, feudo Beaumont, y para ello estudió los mapas de su padre, cartas geográficas de la península ibérica, con sus reinos reseñados; otro de las rutas continentales y peninsulares del camino de Santiago; y un mapa de estrellas, que por ellas se orientaba Isaak en su deambular nocturno de mercader.

Encontró, entre los pliegues del manto de Isaak, dos elementos imprevistos: un puñal de acero de doble filo que relució a la luz de las velas y una brújula que guiaba, infalible, en los días de niebla y tormentas, cuando el cielo se empañaba y las estrellas no se apercibían. Anexó ambas cosas a sus pertenencias, en el interior de su alforja.

La despedida con Otxanda fue breve. Aunque ella tenía los ojos humedecidos por las lágrimas, su voz sonó segura al rogarle que trajera a Sara con bien, porque era una criatura cuyo cuidado le habían encomendado tanto madame como la reina Catalina. Añadió con convicción:

—No expongas tu vida, tu preciosa vida, pues para mí vale más que la suya.

Reconfortado e intrigado, Daniel asintió y encaminó sus pasos, arreando su mula, un animal pulgoso, de aspecto miserable, nada atractivo para los maleantes, por el desierto camino de Mendabia, y pronto se allegó a las puertas de la ciudad amurallada, situada en la fértil vega del alto Ebro.

Los campos que la rodeaban estaban abandonados y los guardianes de la ciudad abrían cautelosos las puertas a la escasa gente que portaba mercancías o buscaba alojamiento. El oficio de impresor ambulante suscitó expectación en los guardianes de la fortaleza y uno de ellos, mal encarado, le indicó que doña Francisca de Zuñiga, la señora del castillo, podía estar interesada en la cuestión.

En tono perentorio, le ordenó seguirle para dirigirse hacia las estancias de su ama.

—Quería que le imprimiesen un *Libro de Horas* con ese nuevo artilugio o algo así. A ver si puedes complacerla —carraspeó y, bajando la voz, aclaró—: Es una buena mujer, pero la desbordan las circunstancias.

\*\*\*

La fortaleza era grande, tétrica y húmeda, y en sus torres flameaban únicamente las banderolas beaumontesas. Sobre el rastrillo del castillo imperaba un escudo Beaumont cuartelado con las cadenas de Nabarra y losanjados oro y azul de la familia banderiza. Daniel se intimidó, porque estaba adentrándose en el corazón del territorio enemigo.

No imperaba orden ni concierto alguno. Cerdos y gansos deambulaban por el patio de armas; unos mastines ladraban, persiguiendo unas enormes y cebadas ratas negras, semejantes a perros; caballeros ociosos, recubiertos de armaduras oxidadas, se entretenían flechando a los roedores, mientras niños harapientos correteaban a su aire, gritando a pleno pulmón.

Una mujer vigorosa se asomó a una ventana y, al grito de "Agua va", vertió los excrementos y orines de un orinal al suelo del patio. Daniel, con una hábil pirueta, se salvó por poco de ser bañado por la inmundicia.

El soldado le escoltó hasta un establo cuya paja no había sido removida en tiempo, por lo que olía a estiércol y ratón. Dejó allí la mula y su alforja, y, cargando a su espalda la imprenta, subió detrás de su guía por unas estrechas y resbalosas escaleras tapizadas de musgo y mugre. Sus pies se hundían en ese asqueroso fango resbaladizo.

Accedieron finalmente a una habitación grande, fría y desolada, en cuyo centro, sentada en una especie de trono, permanecía la señora Francisca de Zuñiga, dueña del castillo, rodeada de una docena de perros pequeños que le mordisqueaban las descoloridas sayas de lana, cosa que no parecía importarle, y rodeada de unas damas que bordaban en sus telares.

El soldado, inclinándose con respeto ante la señora, hizo las burdas presentaciones, anunciando que el hombre que le acompañaba, Isaak Lópiz, desempeñaba el oficio de impresor ambulante, y que él, considerando que su señora podía interesarse, lo traía a su presencia.

Francisca de Zuñiga era joven y no lo parecía, debido a los anticuados y pesados ropajes oscuros que la cubrían enteramente, del cuello a los pies, y a la toca negra que le ocultaba los cabellos y que enmarcaba un rostro pequeño, parecido al de un hurón, acanalado de arrugas. Sus ojos, pequeños y oscuros, eran vivaces, insolentes e indagadores.

Una sonrisa abrió sus labios pálidos, mostrando una dentadura amarillenta, aunque perfecta, después de que ojos estudiaran con audacia a Daniel de arriba abajo, y con un gesto de aprobación espetó al joven:

—Afirma mi fiel Petrus que imprimes —sin dejarle contestar, exclamó—: Tengo curiosidad por saber cómo trabaja ese nuevo artilugio. Afirman que revolucionará el mundo.

—Podría ser, señora —replicó él, depositando su pesada imprenta portátil en el desnudo suelo de piedra.

—El mundo no debería cambiar antes de mi muerte —aseveró ella con ácida autoridad, y luego, como hablando consigo misma, murmuró—: Los cambios suelen resultar a peor, aunque eso parece imposible tal como están las cosas —Y con un gesto altivo, espantando los inicuos pensamientos que como vampiros negros la rondaban en los últimos tiempos, agregó con acerada cortesía—: ¿Quieres beber, joven? Las endrinas maduran al pie de los muros y es lo único que crece ahora en los campos de Mendabia. Es una deliciosa bebida que levanta el ánimo y sosiega el espíritu, preparándolo para el buen dormir. A mi edad y en mi condición, el sueño es espantadizo.

Dirigiéndose a una joven que permanecía en una esquina, frente a la estrecha ventana de la habitación, tocando un laúd, berreó:

—¡Brianda! Tráeme patxaran, que se me reseca la garganta, y deja de aporrear ese chirimbolo de una santa vez.

La doncella, a la orden de su ama, brincó de su asiento, tirando su instrumento musical al suelo, y salió corriendo de la habitación, seguida del soldado Petrus, liberado de su función, y de los pequeños perros que ladraban, meneando sus rabos.

Francisca, complacida del temor que despertaba, se rió secamente, dirigiendo sus ojos escrutadores a Daniel, que permanecía de pie delante de ella, imperturbable, pese a su desconcierto interior por tanta barbarie. En tono perentorio, le espetó:

—Quiero que me imprimas un *Libro de Horas*. Tengo el de mi madre, que en Gloria de Dios esté. Según lo que me cuentan, puedes reproducirlo tantas veces como para empapelar los altos muros de mi castillo —Rió de su gracia con una carcajada corta y desagradable, a la que hicieron eco sus damas, y añadió después, con humor ácido—: Palabras, palabras, palabras en papel, desplegadas por este baluarte de armas, forrando las lanzas y las picas, envolviendo las oxidadas armaduras, embalando los cascos y las mallas de la guerra, encapuchando las cornamentas de los ciervos y jabalíes que cazó, sin otro quehacer y hasta el hartazgo, mi honorable señor padre.

Daniel sonrió comedidamente y respondió con gentileza:

—Las letras corrientes las podré reproducir tantas veces como puedan caber en mis cuartillas de papel y hasta acabar la tinta que activa mis tipos móviles, pero no así los calderones ni los dibujos. Mi imprenta es portátil y, por lo tanto, modesta.

—Me conformaré con lo que me hagas, joven, pues eres el único impresor que conozco —aceptó ella con un alzamiento de hombros y, ocultando un bostezo, añadió con brusca aspereza—: No espero milagros; solo me impulsan la curiosidad y el aburrimiento. No sabes, porque eres joven y brioso, lo que cuesta mantenerse firme día a día, tratando con estos gañanes. Menos mal que mañana tendremos cena con Luis de Beaumont, aunque no resulta festivo ni bebiendo un barril de alcohol puro.

Las damas rieron entre dientes y solo callaron cuando Daniel, con una reverencia cortesana, bien aprendida de su maestro en tales artes, el añorado Aarón, como si el nombre Beaumont nada le dijese, sugirió con voz untuosa:

—Puedo imprimiros la letra de alguna canción para que la cantéis en el festejo. Necesito tan solo una alcoba, una vela y toda la noche.

—Si algo le sobra al castillo es tiempo y espacio. Brianda... ¡Que ya era hora de que vinieras, gurrumina! Rellena mi copa de patxaran, que siempre andas escasa en cumplir ese menester, y luego dirige al impresor a la parte norte de la torre, a la habitación con ventana. Procúrale un jergón, préndele una vela y dale algo de comer. A ver... —Y la mujer arrugó el entrecejo para preguntar, clavándole sus amenazadores ojos negros—: ¿Tienes tu licencia, joven?

—Sí, mi señora, en mi alforja —replicó él con naturalidad, aunque por dentro le latió con fuerza el corazón. Tendría que falsificarla, si los planes se retrasaban, pensó aceleradamente.

—Quiero verla mañana —espetó Francisca con autoridad, y con un gesto de mano despidió a Daniel, sorbiendo con avidez el vaso de barro que contenía el rosado líquido, mientras le observaba con fijeza.

Brianda, inquieta, con un movimiento de su mano, indicó a Daniel que le siguiera. Él recogió su imprenta, con trabajo, se la instaló nuevamente en la espalda y salió de la habitación con presteza, despidiéndose de la dama con una profunda inclinación de cabeza.

Subieron tramos incontables de escaleras y cuando llegaron al cuarto dispuesto, que estaba encima de los establos, Daniel resoplaba debido al esfuerzo. La imprenta pesaba sobre sus hombros y sentía desfallecimiento.

Brianda, fuera de la presencia de su señora, a la que temía, se transformó en una joven desenvuelta y cordial, centellándole los ojos ante la visión de un hombre apuesto, decente y entero, que pocos se veían por esos tiempos.

A los que no les faltaba un ojo, les restaba una pierna o un brazo, o tenían la cara con cicatrices. Pocos conservaban los dientes y a todos les escaseaba el cabello, maltratado bajo los cascos de acero.

Casi ninguno mantenía el ánimo apacible para un cortejo, pues si venían de una guerra no tardaban en partir a otra y, a lo más, buscaban sexo rápido; olían a sudor y a caballo, a excrecencias abominables.

Pero este buen mozo impresor ambulante estaba íntegro y olía a hierbabuena.

Lo conminó a instalarse, mientras iba a la cocina a por comida y leña. Regresó al cabo de un rato y depositó sobre la mesa un cesto donde cabían pan y queso, a más de unos troncos para arder en la chimenea.

Dejó cada cosa en su sitio, prendió el fuego con destreza y le entregó un papel donde estaba escrita a mano la letra de la canción a imprimir para la fiesta del día siguiente, y entonces le miró abiertamente a los ojos, proclamando con admiración:

—Le has caído bien a la señora. No es frecuente en ella, amargada como anda por la decadencia de su castillo, recibir un huésped en este cuarto. ¡Y todo por imprimir una canción!

Daniel se alzó de hombros, en señal de desconcierto, y luego acompañó a Brianda, que deseaba demorarse, comenzando un coqueteo, a la puerta. Al quedarse solo, rogó a Dios que el aparato funcionara, pues en ello se le iba la vida, y recordando las parcas lecciones impresoras que su padre le impartiera, comenzó a trabajar, aterido de frío pese al fuego, pero con gruesas gotas de sudor en la frente por la aprensión.

\*\*\*

Sonaron trompetas desafinadas y en el patio central del baluarte unos caballeros irrumpieron con estrépito, espantando a los gansos y cochinos y perros y ratas. Los niños corrieron a ayudar a los soldados a bajarse de los caballos y los guiaron al interior, entre aspavientos y griterío.

Lerín, pese a su edad, descendió ágilmente de su montura, sin ayuda de su palafrenero; subió con energía las escaleras y con potestad entró en la sala, compareciendo ante Francisca. Le hizo una reverencia ceremonial, quitándose el sombrero de plumas que cubría su pequeña cabeza de halcón, y recitó en voz alta sus palabras:

—Vengo victorioso, señora mía, pues he dejado al Borgia listo para su entierro, aunque debí retirarme de Viana.

—Más os hubiera valido César vivo, Luis. Eso sí hubiera sido una victoria —replicó ella abruptamente. Añadió, obviando el gesto de desagrado del viejo—: Solo Catalina y Juan aguantaban a ese hombre. Muerto su padre y protector, Alejandro, el nuevo papa, Julio II, no quiere verlo ni en pintura.

—Es que Borgia jamás pretendió el amor de nadie; quería el vasallaje de todos, señora —replicó Beaumont en el tono condescendiente con que se alecciona a un discípulo—. Mejor lo hubiera agarrado vivo y coleando, es verdad, pero las cosas sucedieron de otro modo.

Francisca le observó con un tibio afecto y asintió, mientras le ofrecía hospedaje en el castillo, cosa que él aceptó con presteza, aunque anunció que partiría enseguida, tal era la orden real, a Aranda de Xarque, en Aragón, en un nuevo exilio que esperaba fuera breve. Antes, pasaría por Lerín.

Tenía el ánimo compungido, explicó, por haber fallado en el propósito de reintegrar el reino de Nabarra a su señor Fernando, y a su nueva y joven esposa, la bella Germana de Foix, a quien Dios hiciera fértil otra vez, muerto el primer varón que habían tenido.

Ese hijo por venir, explicó contundente, podría unir de una vez por todas los reinos de Aragón, Castilla y Nabarra en algo tan grande que ni el brioso Papa en Italia, ni el medroso Luis en Francia, ni el lerdo de Maximiliano en Austria, ni los malditos turcos de Constantinopla podrían contrarrestar.

—Germana tiene buena edad y disposición para procrear —concluyó Lerín su fervoroso alegato—, aunque parece que Fernando se esfuerza demasiado en complacerla. Consume cocimientos de testículos de toro hasta el empacho y le han soplado al oído sobre las propiedades de la cantárida, un insecto asqueroso pero beneficioso para el asunto de la potencia viril... Hasta donde sé, cansado de tantos remedios calamitosos al paladar, está tomando ciertas medicinas afrodisíacas, llamadas gotas de amor.

—Eso les pasa a los viejos que se empeñan en montar jovencitas —aseveró Francisca con franqueza, olvidando que a ella la habían forzado a un matrimonio semejante. Luego de un silencio, aprovechado para sorber un largo trago de licor y comer desganada unas almendras confitadas, preguntó con franca curiosidad—: ¿Cómo es Fernando en verdad? Su trato es agradable, generoso es en palabras gentiles, es un astuto diplomático que sabe calibrar la flaqueza del enemigo para ganar su causa...

—Cierto es lo que dices, Francisca —masculló el de Lerín, interrumpiéndola, con el ceño y los labios fruncidos. En sus ojos renegridos cruzó un chispazo de admiración.

Ella prosiguió, con calma:

—Se dice también que no le gusta que sus seguidores tengan mayor gloria que él, que anda enfurruñado por el éxito de

Gonzalo Fernández de Córdoba en Nápoles, y que parece que estima más al de Alba, cauto en no provocarle recelos.

—Alba es un guerrero excelente —atajó el conde, con voz cortante.

Francisca le miró atentamente, examinando con sus perspicaces ojos oscuros el rostro del anciano soldado, con quien se permitía hablar con claridad de los personajes y las circunstancias que los rodeaban, sabiendo que eran aliados, pero no pudo menos de exclamar con enojo:

—¿No crees que estas guerras interminables, acuciadas por Fernando, comandadas por ti, solo nos causan hambre y pobreza? Antes, mis graneros rebosaban de harina; mis establos, de pienso; tenía cien caballos y otras tantas mulas y vacas, para no hablar de mis ganados de ovejas. Ahora, apenas soy dueña de unos míseros matojos de endrinas.

—Mil ovejas me quitaron los reyecitos Albret, y aquí estoy —interrumpió el viejo con sorna, aunque tras un momento de vacilación, añadió—: Aunque, en verdad, nuevamente esquilado y exiliado. Cansa tanta repetición.

—Hubo un tiempo en que en este castillo se escuchaban risas. Ahora, mis vigías están todo el día en lo alto de las almenas, ocupados en anunciar que un grupo de caballeros persigue a otro grupo de caballeros. A veces, me los traen muertos o heridos, y son jóvenes. Algunos, Luis, son niños.

—¿Te arrepientes de algo, Francisca? —bramó el conde, dejando su pesada espada de acero sobre la mesa y llevando su mano nervuda al puñal de su cinto para asegurarse de que allí lo mantenía. Nunca, en sus casi setenta años de vida, quedaba su persona desnuda de armas.

—Se ha derramado sangre vascona por intereses ajenos al reino.

—¡Paparruchadas! ¿Acaso hablas de servir a esos reyes afrancesados que solo saben leer libros, ver obras de teatro y bailar?

—Tu padre decidió, hace tiempo, favorecer al príncipe de Viana, el desventurado Carlos…

—Otro afeminado a quien solo le importaba su biblioteca y escribir libros. Así perdió el reino, garabateando historias que nadie leerá nunca —afirmó Beaumont con fogosidad —, porque a nadie interesan. Donde está la espada, estorba el libro.

—Luchó bravamente contra los desafueros de su padre, Juan, empeñado en hurtarle corona y reino. Ahora, pareces satisfecho sirviendo a su hijo, Fernando, con los mismos fines de su padre, el aragonés, pero he oído que vas a casar a tu hijo Luis con Isabel de Valois, hermana de Luis, nuestro enemigo francés. No deja de ser un galimatías.

—Los tiempos y las condiciones cambian y cada cosa tiene su tiempo.

—Fernando ya estaba en el horizonte de la guerra civil con su pretensión de ser rey de Nabarra —replicó ella, sin amedrentarse ante la furia que se revolvió en los ojos del anciano guerrillero, ni su gesto airado, ni su talante colérico, cosa a las que estaba acostumbrada, pues sucedían cada vez que se encontraban.

—¡Me hablas de viejos líos dinásticos y obsoletas herencias reales! —declamó Lerín con rabiosa autoridad ante Francisca, que le miraba con los ojos muy abiertos, atenta a sus gestos y palabras, pese a la neblina que imponía en su cerebro la ingesta del alcohol, añadiendo, atrabiliario, señalándola con su dedo índice—: Mujer, debes saber que vivimos tiempos nuevos, que necesitamos hombres aguerridos, con ideas universales. Nabarra se ha quedado pequeña y atrasada; es lo que es.

—Fue rica antes de las guerras civiles —protestó Francisca—, y Nabarra no es pequeña. Tiene monte y llanura; es continental y peninsular. Una vez, tuvo mar.

Lerín, sin hacerle caso, recontó los eventos de su guerra permanente, con petulancia:

—Me hablas de riquezas... Yo te hablo de sucesos políticos que los reyecitos Albret no saben dirimir con acierto. Muerto el cardenal Pallavini, que cobró sus diezmos sin pisar Pamplona y que no siendo nabarro ostentó cargo reservado por Fuero a los naturales, ni cortos, ni perezosos, quieren la vacante para Amaniel, hermano de Juan, que tiene púrpura cardenalicia concedida por Alejandro. El nuevo papa, Julio, baraja otro candidato y rehúsa confirmar lo que los canónigos de Pamplona exigen, citando el cabildo de un antiguo privilegio de nombrar su obispo. Otro lío para esos reyecitos de chichinabo es el del Deanato de Tudela, para el que tenían su candidato Peralta, y el Papa, a su amigo Villalón. Julio ha dictado algo parecido a una bula de excomunión contra Juan para acabar con la confusión... —Y el conde se hizo la señal de la cruz en frente, labios y pecho, desmañadamente, para apartar de sí semejante descalabro, aunque a él ninguna bula papal lograría afectarle la conciencia.

—Esos líos de nombramientos me parecen remotos a mis problemas diarios. He empobrecido, Luis.

—¿Es que piensas cambiar de bando? —preguntó punzante Lerín, con gesto hosco.

—Ya no sé cuál es mi bando. Tampoco sé cuál es el tuyo ni el de mosén Pierres de Peralta. No sé si soy agramontesa, o sea, partidaria de Francia; o beaumontesa, o sea, partidaria de Castilla. Ni siquiera sé si soy solamente nabarra. Este castillo se levantó para defender Nabarra de Castilla.

—Los tiempos vienen diferentes, Francisca —interrumpió Beaumont con sarcasmo.

—Hemos guerreado tanto entre nosotros que hemos perdido el Norte: el enemigo de mi enemigo es mi amigo parece ser lo sustancial, a no ser que prevalezca aquello de todos contra todos y contra todo.

Francisca calló para darse un respiro. Su tez adquirió un tono verdoso y las arrugas de su frente se acentuaron como si fueran viejas cicatrices. Añadió con cansino resquemor:

—Seguimos igual que siempre: enfrentados sin saber por qué, pues hay momentos de alianzas, cuando parece posible, en alguna medida, la reconciliación y la tregua, pero nunca se llega a buen puerto. Nunca.

Lerín, ensayando una media sonrisa que en sus labios finos y en su rostro enjuto brilló como la de un lobo, comentó, mientras extendía sus manos al fuego de la chimenea, en tono grandilocuente y algo despectivo, pues, al fin y al cabo, hablaba con una mujer:

—Estamos en los manejos de acordar otro tratado, en Cambray, donde van a reunirse, en diciembre, Fernando de Aragón, Luis de Francia, Maximiliano de Austria y el papa Julio II o sus representantes, para mermar la influencia de la serenísima República de Venecia, que ya no es ni tan influyente, ni tan rica, ni tan serenísima desde que los turcos son dueños de Constantinopla. ¡Una república! Pero… ¿qué demonios es eso? Cosa de mercaderes para comerciar telitas y perfumitos y demás cachivaches afeminados —se respondió a sí mismo, agregando con desprecio, mordiéndose los labios con sus encías sanguinolentas—: ¡Hombrecitos de dedos pringados de tinta y culo pegado a la silla! ¡Ya les daría su mercado!

—Me llegaron las noticias a este castillo del fin del mundo, aunque no las di por ciertas —replicó Francisca—, que en Cambray se decidirán cosas tales como fastidiar a Venecia, como guerrear contra los turcos, sin dejar de guerrear entre tanto unos contra otros, como niños queriendo cada quien llevar el gato al agua. Creo que los reyes de Nabarra pretenden incluir un artículo en que ni el francés, ni Gastón de Foix sigan en su incordio de pretender la corona nabarra. Van a estudiar una mediación para ello.

—¡Papel mojado! —cortó indignado Lerín.

Francisca lo miró con pesar y, de repente, como desahogando una pena infinita, musitó con cansancio:

—Yo regía un castillo próspero, mis tierras eran productivas; mis criados, leales… Podía legar a mis hijos una holgada herencia que alcanzase hasta mis nietos. Ahora, recibo la orden de Catalina de entregarle el castillo y debo hacerlo, pues me tiene cercada, y tú, con la hazaña de Viana —y esto lo dijo con desprecio la mujer que hablaba entre dientes, con los ojos empañados por la rabia— no has logrado cambiar el curso de esta historia —Se llevó las manos a la cabeza, apesadumbrada por su inmediato futuro y, finalmente, con el decaimiento de la derrota aceptada, convino, más relajada—: La verdad es que le confiero un cascarón muerto. Ni ella, ni yo ganamos, Luis. A eso nos han llevado tus algaradas —Esto último lo acusó con manifiesta amargura.

Lerín la miró con sus ojillos duros como el pedernal, queriéndola taladrar con ellos. No entendía sus palabras y mucho menos sus incertidumbres, y recibía con estupor el velado reproche. Él era tan solo un viejo soldado.

No le habían enseñado letras ni tenido inclinación por ellas. Había aprendido de memoria unas oraciones, pues cosa buena era para un caballero cumplir la ortodoxia cristiana. La Iglesia solía ser aliada de los guerreros, puesto que el Papa era uno más de ellos.

Desde los siete años le habían entrenado en el uso de las armas, en la doma y la montura del caballo, en ejercicios gimnásticos y en una disciplina militar férrea. Venía sucediendo de ese modo con los varones de su familia, en los tres siglos en que habían ocupado cargos de relevancia, en que se habían casado entre casas reales y aún rivales, pero del mismo rango, aunque hubiera demasiados bastardos en su linaje.

Francisca interrumpió sus feroces pensamientos para decir en un tono de voz más amable:

—Cena conmigo esta noche. Acabamos de matar y asar los últimos corderos… Además, tengo un impresor en mi castillo.

—¿Qué cosa es eso? —Y el anciano arrugó con desconfianza su nariz, recubierta de verrugas y venas azuladas.

—Un hombre que puede imprimir letras a mayor velocidad que un copista.

—Esto no es Leire —farfulló Beaumont, alzándose de hombros y, según su costumbre, lanzó un escupitajo al suelo. De ningún modo se le hacía deseable una velada con un individuo semejante.

—Va a reproducir canciones para que tengamos la letra en la mano y cantemos al unísono —añadió ella con sarcasmo.

—Vamos a parecer el coro de un cenobio —argumentó, enfadado, el guerrillero, pero la verdad, tenía hambre y estaba cansado, así que aceptó—: Asistiré con mi hijo, si eso te complace. Reconozco que empiezo a ser viejo para tanto ir y venir a lomo de caballo —masculló finalmente, levantándose con trabajo de la silla y haciendo una reverencia forzada a Francisca, que permaneció sentada, bebiendo sin mesura, y se retiró a sus aposentos.

Al viejo le esperaban unas jornadas esforzadas: quería dejar claro a sus partidarios de Lerín que no se entregaran a Juan y Catalina, sino al arzobispo de Zaragoza, por lo que tenía que allegarse a su señorío y atar bien las cosas para luego marchar a Aranda de Xarque a refugiarse nuevamente en brazos de Fernando. Necesitaba reposo entre una tarea y otra.

*** 

La velada comenzó a la caída de la tarde. Se prendieron las velas de esperma de ballena cantábrica, y para atenuar el mal olor que despedían, echaron abundantes sarmientos en la gran chimenea del salón.

Sobre el mesón de madera hecho con el tronco de un solo roble centenario, los criados colocaron grandes bandejas de peltre repletas de viandas: trozos de cordero asado, calderetes de conejo con verduras, pan con nueces y pasas, botellas de vino y patxaran de la zona, bebidas fuertes endulzadas con miel.

Francisca se aderezó con insólito esmero, pensando que en la cena disfrutaría de la visión de un hombre gentil. Hacía tiempo que no veía a nadie parecido a Daniel en su entorno y escogió su traje de ceremonia, elaborado con satén y terciopelo negro de Flandes, según la moda de Castilla, aunque con bordados rojos y azules en el cuello y las mangas, que aligeraban la rigidez, y se espolvoreó el rostro con harina para rebajar su matiz ceniciento, abrillantando sus pómulos y coloreando sus labios con bermellón.

En el cuello, se colocó un collar de gruesos eslabones de oro y dispuso anillos de plata en cada uno de sus dedos, esmaltados con los escudos nobiliarios de la familia. Pocas ocasiones tenía de lucir sus costosas prendas en las condiciones de su vida actual. Y contenta podía verse de no tener que venderlas aún.

Descendió al salón acompañada de Brianda, su doncella personal, vestida también con elegancia, aunque en tonos neutros para no opacar la esplendidez de su señora, y carente de joya alguna, excepto unos sencillos zarcillos de madreperlas en las orejas. Se sentó en su sitio principal, con la joven a su vera, esperando a sus huéspedes.

Lerín y su hijo se presentaron trajeados de calzas negras, con jubones ocre ojeteados de cuero y ropillas forradas de piel de oveja, última grito de la moda en el traje cortesano, calzados con borceguíes de suave piel de ciervo, lo que lograba subrayar cierto realengo a sus personas, siempre sujetas a la austeridad militar.

Como Lerín era pequeño de estatura, sus botines tenían un tacón interior para disimular el defecto que no le impedía ser un feroz guerrero, pero que le daba desventaja ante las mujeres, por más que el galanteo no fuese una de sus aficiones, pues si se le antojaba una mujer, la tomaba en un santiamén, y en otro santiamén la apartaba de sí. Era rápido en la decisión de las armas y en el sexo.

Francisca y Luis estaban ya sentados en la cabecera de la mesa, seguidos por el joven Luis de Beaumont y varios cortesanos, entre ellos, Arrieta, vestido enteramente de negro y con el cabello suelto y rizado sobre los hombros, aunque algo grasiento, e hicieron inmediato honor a los alimentos con frenesí, pues no era común semejante banquete en esos tiempos turbulentos.

Durante tiempo se escuchó el crujido de las mandíbulas de los hombres royendo los huesos y el rugido de los lebreles, que se lanzaban sobre las sobras que les echaban los caballeros entre carcajadas.

Para divertirse, apostaron por ver qué perro era el más veloz en alcanzar los restos, pero una rata grande y preñada, confundida entre la jauría, intentó sacar tajada del asunto, aunque fue atisbada por uno de los hombres, que le cortó la cabeza de un sablazo, entre el coro de risas de los demás.

Cuando llegaron los postres —tartas de manzanas y ciruelas—, y a una orden de Francisca, entró el impresor, envuelto en su estropajosa capa oscura, con la cabeza baja, mostrando pleitesía por su ejercicio poco noble ante tantos hombres de la guerra, y distribuyó las hojas con la canción impresa.

El conde observó con desprecio el endeble papel que le tendió Daniel: palpó la tinta fresca con sus dedos ennegrecidos por la pólvora y olfateó el papel impreso para asegurarse de que carecía de perfume.

Los únicos efluvios que le gustaban, explicó a sus compinches, eran el de la sangre fresca de sus enemigos y el de la pólvora de los cañones y arcabuces; la única palabra que leía, dijo con orgullo, era la su apellido, Beaumont; y que eso de cantar a coro era cosa propia de clérigos remilgados, pues la garganta estaba hecha para berrear órdenes militares.

Preguntó de qué iba la canción; no lograba leer por la enojosa combinación de la falta de visión cercana y por su casi analfabetismo. Francisca le explicó que era amatoria y que le gustaba mucho, pues le recordaba sus tiempos de mocedad, cuando los jóvenes rondaban el castillo con sus liras, txirulas y vihuelas.

Aclaró que se llamaba *"Ama Begira Zazu…"*,[17] lo cual rebasó la paciencia del conde, quien, rompiendo su octavilla y levantándose de un salto de la silla, exclamó iracundo, tras echar un esputo sanguinolento al suelo:

—Somos soldados dispuestos a matar y ser muertos. No hay espacio aquí para letrillas amorosas ni para cánticos insustanciales. ¡Qué tiempos corruptos, blandengues y estúpidos estamos viviendo! No esperaba de ti, amiga Francisca, este desvarío.

Satisfecho de expresar sus opiniones a voz en grito, que fueron coreadas con alborozo por su hijo y los demás, aunque no se levantaron de la mesa para seguirle, Lerín, algo fastidiado de que su arenga no levantara a sus hombres, se despidió de la estupefacta Francisca con una ruda reverencia.

Repartidos los textos, Daniel permanecía sentado en el último banco de la mesa, reservado a los cómicos. Observaba atribulado cómo los papeles que tanto le había costado imprimir volaban rasgados por los aires, ante las risas insolentes de los soldados. Algunos los insertaban en las puntas de sus espadas, y los perros, excitados por el asunto, los terminaban de romper a dentelladas.

Francisca, aturdida por la bebida y agraviada por la escena, que no era de su gusto, conservó el papel entre sus manos, observando al joven, tan guapo e interesante, y en lo más pro-

---

17    Según Azkue, popular en Nabarra.

fundo de su mente embotada, pero no embrutecida, como una diminuta luz, se le despertó un sentimiento de agria desconfianza.

"¿Qué hace aquí, en Mendabia, en este descalabrado castillo, en esta frontera requemada de Nabarra, semejante hombre...?".

En medio de esta cohorte de facinerosos, destacaba su porte tan regio como el de un príncipe, tan culto como el de un sacerdote, tan reluciente como el arcángel Gabriel..., con esa estela de hierbabuena que dejaba tras sí y que ella olfateara en la sala de recepción... Eso. No olía a tinta ni a pólvora, ni a metal oxidado, ni a orines, sino a hierbas aromáticas. "Algo no me cuadra", remarcó con lucidez.

Pero comenzó a sentir vahídos por el mucho comer y el alcohol consumido sin control, y decidió retirarse a su alcoba, tras beber una última jarra. Ebria y tambaleante, apoyada en Brianda, se dirigió a Daniel para espetarle, poniendo su tembloroso dedo índice en el pecho del impresor:

—Quiero el *Libro de Horas* publicado y ver tu licencia. Hablaremos mañana por la mañana, joven. Hay algunas cosas que quiero saber: de dónde vienes, adónde vas..., quién eres de verdad.

—Como deseéis, mi señora Francisca, que nada tengo que esconder y con agrado os daré las explicaciones que gustéis — concedió Daniel con voz templada e hizo una profunda reverencia para ocultar sus ojos y que ella no percibiera el relámpago de miedo que los alumbró.

Francisca admiró aquel espeso cabello de cobre y plata que se derramaba por los anchos hombros del hombre y no retuvo su deseo de acariciarlo. Deslizó su mano por aquella mata de pelo lisa y reconoció el penetrante y agradable y juvenil olor del romero.

Lo inhaló con placer, porque le recordaba los tiempos de su juventud, cuando cantaba y reía porque había llegado a creer que el mundo estaba hecho a la medida de sus caprichos. Irritada, llevó la mano a la quijada de Daniel y le hizo levantar la cabeza, imperiosamente, enfrentando sus ojos de carbón a la liquidez ambarina de los ojos del hombre.

—Pero antes de que cante el gallo, ven a mi habitación. Te estaré esperando. Hace mucho que no conozco a alguien como tú..., que huele a hierbas silvestres y sabe de canciones amorosas.

Y bruscamente se volvió, sin querer ver la estupefacción reflejada en los ojos ambarinos, y se dirigió a su alcoba, dejando pasmado a Daniel, aterrado por la encomienda que podía perturbar sus planes y descubrir sus propósitos.

$$***$$

Retirados el conde y la señora del castillo, la fiesta se volvió estrepitosa y los caballeros, que bebían sin control, decidieron reclamar a las mozas que esperaban en la cocina para continuar el jolgorio en su compañía, pese a la condena al amor expedida por su caudillo.

Sara irrumpió en la sala junto a siete jóvenes jacarandosas, portando jarras de vino. Iban vestidas a la manera árabe, cada una de un color distinto. Ella llevaba una toga de tafetán esmeralda. Un corpiño estrecho de terciopelo turquesa marcaba ostentosamente sus mínimos pechos, ceñía su cintura y trataba de abultar sus escuálidas caderas.

Sus ojos verdes, circundados con alheña, lucían apagados, como centellas moribundas, y su cabello dorado y rizado estaba sujeto hacia atrás por un ancho aro brillante, cayendo desmadejado sobre los hombros. Expelía olor a perfume de almizcle, barato y denso. Era la imagen de la desolación.

Arrieta, al verla, con una mirada de exagerada lujuria, le urgió con el tono perentorio de un amo a su esclava que trajera más vino, con lo que la joven, de modo mecánico, tal como si fuese un juguete articulado, se volvió sobre sus pasos por el oscuro pasillo que conducía a la cocina.

Daniel aprovechó el momento para escabullirse y esperarla en un recodo apenas iluminado por una antorcha. Cuando sintió sus pasos de regreso, tintineando sus jarras de peltre en la mano, Daniel musitó con suavidad, a fin de no asustarla:

—Sara.

Los ojos de ella, brillantes de lágrimas, lo localizaron en la oscuridad y se le acercó indecisa y asombrada. Musitó atropelladamente:

—¿Qué hace aquí, amo Daniel? Es peligroso.

—He venido a rescatarte, si es tu voluntad —respondió él con delicadeza.

—Brianda, ayer noche, avisó que había un guapo huésped que multiplicaba, mediante una máquina milagrosa, palabras y canciones de amor hasta el infinito, pero... ¿cómo iba a pensar que era usted? —Calló, y luego reveló abruptamente su tremenda realidad, con voz enronquecida por el llanto contenido—: En la noche de la tormenta, estando yo cerrando los postigos exteriores que se batían debido a la tormenta, Arrieta me alcanzó de espaldas, logró amordazarme y traerme en cabalgata hasta el castillo, donde me violó no más llegar. Estoy perdida, amo Daniel; lo único que tenía de valor, ese maldito me lo arrebató.

—Nos importas lo suficiente como para arriesgarme en tu búsqueda —interrumpió Daniel, secándole con las manos las lágrimas que bañaban el rostro de la joven. La alheña de sus ojos se escurrió y otra vez volvieron a ser tan verdes e inocentes como él los recordaba.

Tranquilizada, poco a poco, fue revelando, según las preguntas de Daniel, los horarios de las guardias y detalles de la vida del castillo y de los movimientos de Arrieta. A la mañana, no tan temprano como lo previsto, debido a la orgía nocturna, iban a acompañar al conde a Lerín para luego dirigirse a

Aranda de Xarque, pues las tropas reales estaban tomando los castillos. Francisca abandonaba el suyo, por lo que la vigilancia estaba más laxa.

—Arrieta me ha ordenado que embale las cosas, pues me lleva con él —culminó Sara con desesperación, añadiendo con absoluta convicción—: He robado un cuchillo de la cocina. Le mataré en la noche.

—¡Matarlo en pleno bastión beaumontés! ¿Te has vuelto loca, mujer? —musitó Daniel entre dientes—. Adelantaremos la fuga a esta medianoche, pues las circunstancias no pueden ser más favorables. Pon esto en su vaso, no lo notará —le entregó una solución incolora de amapola real—, y compórtate como siempre. No olvides que es un hombre astuto, desconfiado y peligroso. Dentro de dos horas a partir de ahora, logra que esté en la cama. Accede a cuanto quiera y cuando le entre el sopor, déjale y búscame en los establos. Que no sea más tarde que el canto del gallo.

Era la hora última en que él podía permanecer en el castillo, pensó, atribulado por el inesperado acoso de la señora Francisca.

Entonces se escuchó la voz estridente de Arrieta, penetrando como un ladrido en la oscuridad del pasadizo, clamando por Sara, y coreada por las carcajadas de la soldadesca.

—¿Dónde estás, mujer lerda? Ven de una vez.

Daniel, encogido, se retiró sigiloso entre las sombras, mientras Sara erguía los hombros y salía hacia la luz de la sala, no sin antes recomponer su rostro, cosa que no debió lograr, pues Arrieta protestó por su aspecto con palabras insolentes, mientras los hombres se reían de la escena de escarnio femenino, tan frecuente en sus francachelas.

Daniel, impotente, subió a su habitación, cargó sus pertenencias y descendió cautelosamente al establo sin ser visto por nadie. No quedaba más que esperar que la joven cumpliera con su cometido. Se les iba en ello la vida.

A la medianoche, los caballeros estaban borrachos. Algunos permanecían en la sala, dormidos en el suelo, arrimados al calor de las brasas de la chimenea. Las velas consumidas expedían un olor aborrecible que, unido al denso olor a alcohol, vómitos y sexo, se extendía por el ámbito del castillo de Mendabia.

Arrieta fue de los últimos en caer. Llamó a voces a Sara, aunque la tenía a su vera, para que le ayudara a incorporarse y, con su brazo en el hombro, la apuró a la alcoba, en la planta baja. Pidió de beber, cosa que alegró a la joven, pues tenía dispuesta la mixtura de la adormidera en el licor de las endrinas. Con gesto calmo, le sirvió el vaso.

—Me vendría mejor si sonrieras un poco, mujer —rezongó él, apurando el trago. Tiró luego el vaso de peltre al suelo y de un violento tirón echó a la joven sobre la cama, procediendo a desvestirla furiosamente, rompiendo la toga árabe con ademanes torpes de beodo y cayendo sobre ella con la fuerza de un animal en pleno rapto de celo.

Satisfecho el instinto, se quedó dormido; tuvo la precaución de dejarla desnuda, aunque la habitación estaba helada. Los destrozados ropajes femeninos los mantenía bajo su cuerpo para asegurarse de que no se escapara, cosa que temía. Por su gusto, la hubiera encadenado a la cama.

La quería para sí, objeto de su deseo, materialización de sus actos de soldado rapiñador, porque era bella y distinta a las mancebas de las alquerías y de los pueblos, más bella y distinguida que todas ellas, un verdadero trofeo ante sus hombres y su jefe Beaumont, aunque en la intimidad resultaba frígida para su gusto.

No tenía conciencia de que el acto de rapto y violación vejara a la muchacha, sino más bien consideraba lo contrario: era la elegida por uno de los jefes banderizos, el más próximo al caudillo Luis y, a su lado, tal como su yegua conseguida en los establos reales de la Alhambra, adquiría un prestigio mayor que el de cualquier otra mujer.

Perdido en esos pensamientos, su respiración comenzó a ser rítmica. Sara se deslizó con cuidado de la cama, apartando con suavidad el brazo de hierro que la retenía. Al ver que él seguía inmóvil, en puntas de pie, fue hacia la puerta de madera que, al abrirla, crujió. El hombre se revolvió en su cama y reclamó con furia, aunque con los ojos cerrados:

—Mujer... ¿Adónde crees que vas?

—A vaciar el cuerpo, señor —respondió ella suavemente.

—Ven aquí —ordenó Arrieta con voz de trueno.

—Tengo apremio, señor —musitó ella, plañidera.

—¡Ven aquí! —repitió embravecido Arrieta, aunque no con la determinación habitual. Sentía una extraña languidez y reflexionó, fugazmente, que no debía beber tanto ni abusar del sexo. Las mujeres remachaban la fuerza masculina, según afirmaba Lerín.

Sara, conteniendo el aliento, dejó la puerta entreabierta y regresó a la cama. Arrieta la apretó con su brazo de hierro y la mantuvo así durante un tiempo que a ella se le hizo infinitamente largo, hasta que la amapola real logró su efecto, relajando la fuerza de sus músculos y suavizando la sujeción. Su sueño semejaba un sopor.

Con el corazón palpitante, pero movimientos sinuosos, Sara se escurrió del lecho y comenzó su recorrido de salvación, tratando de que no crujiera la madera del suelo y alegrándose de haber dejado abierta la puerta, aunque permanecía desnuda y aterida de frío. Sus pies estaban amoratados.

Cruzada la puerta, echó a correr hacia los establos, alegrándose de que la guardia no permaneciera vigilante. Cruzó sobre cuerpos dormidos y consiguió atrapar uno de los manteles de la cocina desierta, con el que pudo cubrirse a modo de capa, logrando llegar, jadeante, al establo.

Nadie en el castillo, excepto la señora Francisca, escuchó cacarear al gallo aquella madrugada, y eso que resonó con la fuerza de un clarín. Los hombres dormían su borrachera, descuidando la vigilancia. Habían bebido demasiado en la fiesta y estaban derrengados.

Daniel tenía dispuesta la mula sarnosa, cubiertas sus patas con gruesas bolsas de paja, y vio, con alivio, llegar a Sara corriendo, envuelta en el mantel de estameña. Lograron abandonar el establo sin incidentes, protegidos por las sombras, y se acercaron al portalón de uno de los costados del castillo.

En el horizonte clareaba el día. Daniel abrió el portón, al que cerraba una palanca de hierro, con cuidado extremo, y se escurrieron por él, sigilosos, hasta lograr dejar el recinto acre y terrible del castillo para transitar por el espacio abierto y purificador del campo de Mendabia.

Olieron, al pisarlos, las lavandas y los romeros silvestres; aspiraron confiados el aire húmedo por la lluvia que empezó a caer y que se convirtió en su manto protector. Liberados de una pesadilla, sintiéndose a salvo, ambos se echaron a reír.

La dueña del bastión ordenó que buscaran y apresaran al impresor ambulante, pero nadie lo encontró; ni tan siquiera el vigía percibió las sombras que trajinaban el camino de Mendabia hacia Viana, rebajada la agudeza de la mirada por el alcohol y nublada por la lluvia.

La mujer comprendió, desolada, que había perdido su última oportunidad de ejercer un acto de amor con un hombre joven y hermoso y limpio..., que hubiera perfumado su lecho con el aroma de la hierbabuena, pero que, posiblemente horrorizado por la decadencia, se había esfumado en la mañana recién nacida, sin darle un beso ni dejarle impreso el *Libro de las Horas*.

Ya solo le quedaba, de ahora en adelante, la compañía siniestra de Lerín y sus huestes. Reconoció su ruina y lloró su desgracia. Tendría títulos y honores en el futuro, ella o su familia, pero el alma de su nabarridad se había perdido para siempre. Y era un bien que ella apreciaba.

\*\*\*

Solamente mucho después supieron de la muerte del conde de Lerín en Aranda de Xarque, adonde llegó hipando y gimoteando. Su hijo Luis y sus banderizos, que le custodiaban, trataron de calmar el amargor que le causaba el último de sus destierros.

No se dejó consolar, cosa que aborrecía por creerla debilidad. Jamás permitió que nadie transitara por el laberinto de su roído corazón, rebullendo siempre en él, como en un caldero de cobre, su airada razón, su desmedida ambición, su escueta filosofía militar del *tú o yo*.

Explicó, entre esputos, toses y estertores, que no lloraba por abandonar su casa de Lerín ni la de Larraga, ni la de Viana, ni sus tierras bien habidas, recibidas en buena herencia y con honra defendidas, pues daba por cierto que las negociaciones de su hijo con Fernando llegarían a buen fin, es decir, a una justa restitución.

Lagrimeaba por algo más, afirmó, mientras los sacerdotes le extendían los santos óleos por su cuerpecillo enteco, preparándole para la hora final y su acceso al Reino de Dios, y era por la pérdida de la soberanía de Nabarra, que habrían de mandar extraños, asunto aberrante para él.

Moribundo, el atroz guerrillero no se afligió ni pidió absolución a su confesor por sus constantes felonías ni por su deslealtad, ni por los difuntos que causara con sus manos, ni por los jóvenes que siguiendo su bandera habían sido muertos en la flor de su edad.

Ni por las viudas, ni las madres que había dejado con los brazos vacíos, ni por los campos yermos, ni por su propia muerte. El condestable, irreductible, quiso envolver su artero sueño de ser rey en el manto de la alevosa mentira de que cuanto había hecho era por amor a Nabarra.

Lo enterraron en Veruela, en la abadía cisterciense de Santa María, y en su tumba alguien impuso un epitafio: "En un cuerpo tan pequeño nunca se vio tantas fuerzas"; fuerzas demoníacas y ajustadas a un tiempo que dejaba de ser, a una patria que podía haber sido más grande sin su intriga y que entregaba, desgarrada y empobrecida, a un hombre como Fernando, su paladín, no paladín de Nabarra.

Su hijo Luis habría de sucederle y lograr lo que él había preparado sin poder verlo realizado: la conquista del reino. Lo hizo a cambio de ser Grande de España.

Algunos cantaban en aquella noche que no era triste para Nabarra: "Esforzado condestable/ de Nabarra titulado./ Caballero muy guerrero,/ en astucias muy sobrado./ Viejo de setenta son./ Caballero muy mañoso./ Caballero poco hablado./ De su reino de Nabarra/ hallábase el viejo apartado…".

# Capítulo 8.
## La época de los papeles mojados

### Posada Katatxu, Pamplona/Iruña, 1510

Por la orden explícita del rey de partir a Iruña para ayudar a la reina encinta y consolar a una Carlota desalentada, Daniel decidió la partida de Viana con las dos mujeres, al poco del regreso de Mendabia.

Cargó las mulas Argenta y Afrodita con sacos de hierbas medicinales y tarros de miel, y compró unos buenos caballos a la familia de un soldado muerto en el sitio de Viana para que les sirvieran para transportarlos a ellos y los demás enseres.

Con lástima cerraron la hospedería y la botica, negocios rentables, y abandonaron el huerto que habían reconstruido con amor y dedicación. Para consolarse de la despedida, pensaron que alguna vez regresarían a Viana, al amainar las dificultades.

Otxanda, que no había conocido un hogar debido a sus años al servicio exclusivo de Magdalena, se sorprendió de encontrar tanto placer en administrar libremente sus horas y días, y en regentar su negocio, según su querencia y voluntad.

Ella era quien daba las órdenes, quien tomaba iniciativas en lo concerniente a la posada, quien determinaba los menús y decidía, por intuición, qué huéspedes acoger. Y no solía equivocarse. Pocas facturas sin pago tenía en su haber.

Además, le gustaba el trabajo del huerto, la recogida de las manzanas y los higos en cada estación, el zumbido de las abejas de las colmenas, el rebullir del aceite de las olivas en los sartenes, el olor sabroso del pan recién hecho en su horno.

Echó una mirada dolorosa de despedida a la alcoba matrimonial, evocando con un estremecimiento su hermosa noche de amor, la entrega apasionada de Daniel y la propia en la mitad de la tormenta pavorosa, y a la botica, que exhumaba aquel perfume de hierba bendita.

Había sido feliz, cosa nueva en su vida. Se había sentido amada y querida, respetable y segura, aunque sin llegar a un completo entendimiento con Daniel, que ella esperaba se produjese en el transcurrir de las cosas domésticas. La vida les marcaba este nuevo rumbo inesperado y no deseado.

\*\*\*

Daniel, con pesar, en el momento de cerrar el portón, agregó la llave de Viana a su manojo de llaves de las casas de Córdoba, Granada y Estella. Sentía que en cada una guardaba un retal de su vida sin concluir, como si fueran despojos que necesitaban revisión; que, aunque formaban un engranaje, él desconocía cómo palparlo o calibrarlo.

De Córdoba, recordaba su exultante esplendor, los mercaderes que rebullían entre sus callejas, exponiendo la exuberante mercancía en el suelo, bajo los toldos y sobre alfombras de lana coloridas: jarros de bronce y cristal, bisutería de hojalata con piedras falsas pero hermosas, las tortas de almendras y azúcar que llamaban mazapán, mezclado con frutas confitadas. El penetrante olor a café.

Y la dulce brisa que removía perfumes de flores en los patios donde colgaban las macetas de los geranios de tonalidad rosa y los alelíes blancos; del olor invasor del incienso y la mirra; las voces de las almuecines convocando a la oración; el umbrío y purificador ambiente de sus bibliotecas y baños... Las luces del atardecer.

Y a Fátima, la mujer árabe que había suavizado su orfandad con su amor, cantos e historias; la que había establecido sus relaciones con el mundo árabe, cuando fue tan poderoso que convirtió a Córdoba en la capital de Europa, antes de que los castellanos la conquistaran, expoliaran y forzaran a ser cristiana, y, por tanto, decadente.

Fátima le llevó a rezar a la mezquita de las columnas maravillosas y los mosaicos resplandecientes, y salmodió con ella sus rezos islámicos, aunque se escuchaban las campanas cristianas de la iglesia cercana y el canturreo de los judíos en la sinagoga. A él eso no le parecía una herejía, sino más bien un cúmulo civilizador.

De Granada, evocaba a Judith, el ama de llaves de su padre, eficiente y amable, que murió una tarde de verano; a la callada Dalia, experta en la crianza de los gusanos de seda, con aquella dedicación que consiguió el logro extraordinario de que los mejores hilos de seda no proviniesen de Samarcanda, sino del telar de la casa Lópiz, en el barrio de la judería.

Dalia realizaba también la recolección del azafrán, cultivando los bulbos y despojándoles, en la floración, de sus pétalos malva, extrayendo los estigmas rojos, porque sus manos resultaban buenas para todo cuanto tocaban, como si estuvieran benditas por la gracia de Dios.

El azafrán se vendía, sobre todo, para los baños de las mujeres del harén del sultán, porque era creencia que la reina Cleopatra de Egipto lo usaba para reducir con sus encantos perfumados a los conquistadores romanos, pero también se comercializaba para dar sabor al arroz.

Siempre había temido que su padre no regresara de sus viajes comerciales. Cuando sentía de lejos el ajetreo de su caravana, con su carromato azul arrastrado por sus mulas plateadas, Argenta y Afrodita, subiendo la pendiente de la calle principal de la judería, salía corriendo a recibirle, refugiándose en sus brazos, aspirando el olor familiar de su cuerpo, una mezcla de hombría y albahaca, sintiéndose solo entonces seguro de cualquier perdición.

Siempre había temido quedarse solo; no pertenecer a nadie ni a nada, peculiar ser detenido en un tiempo guerrero, inclinado a las letras, que no era cristiano ni judío ortodoxo, ni aun musulmán, sino hijo de un mercader ambulante, lo que en la escala social lo ubicaba en la categoría última, aunque su padre había gastado una fortuna en proporcionarle los mejores profesores para hablar, escribir y leer en árabe con Fátima, hebreo con su rabino y el vascón y las lenguas romances con un preceptor, el joven Aarón, el de los ojos del color de las turquesas, que tanto bien le hizo.

Isaak había traído entusiasmado la imprenta, anunciando el prodigio que procuraría a la humanidad, hebrea o cristiana o musulmana, y se empeñó en enseñarle su uso, pero no hubo tiempo suficiente para el aprendizaje total, pues fue cuando las cosas se pusieron mal, con el cerco castellano al reino nazarí.

Fue apretada la huida de Isaak de Granada hacia el reino de Nabarra, gracias al oportuno reclamo de madame Magdalena, anunciando la coronación de los reyes y el requerimiento de mercancías valiosas para las ofrendas protocolarias, y de las mejores telas habidas para la confección del regio vestido ceremonial de su hija Catalina.

*Que ninguna reina de la cristiandad haya sido vista ni pueda verse más espléndida que mi hija en el día de su coronación, en la catedral de Pamplona…, cuestión que llevo pergeñando diez años, desde la muerte de mi adorado hijo y rey, Francisco Febo —* urgía la carta perentoria de madame—, *y como hay que hacer ofrendas en la ceremonia, tapices a los clérigos…, nadie mejor que tú para procurarme esas cosas, mi fiel amigo Isaak. Ven. Tráeme sedas de China, damasco de Damasco, sal del mar Muerto, una brizna de polvo de Palmira, que gobernó una mujer, aunque espero que mi hija lo haga con mayor fortuna, y de Jerusalén y*

*Petra…, y turquesas de Egipto. Ven con todas esas cosas maravi-llosas de los reinos ajenos, que te lo pide la princesa de Viana…*

Isaak, sabiendo que el momento de dejar Granada había llegado, como le llegara el del abandono de Córdoba, despidió con tristeza al personal que tan fielmente le había trabajado tantos años y se mostró generoso en dádivas para que pudieran emprendieran otra vida más allá de los límites de la casa Lópiz.

Aarón, su preceptor, y Dalia, la recolectora de los azafranes y la criadora de los gusanos de seda, partieron a Marruecos, como tantos judíos, pues recelaban de la buena fe de las capitulaciones de los reyes cristianos y aborrecían renegar de la fe de sus padres y abuelos, mediante la treta de un bautismo cristiano.

La casa Lópiz, opulenta en muebles y bodegas, fue desmantelada por Isaak de lo esencial: sus libros, sus hierbas y sus mulas; pero quedaron cosas de valor, imposibles de transportar, como las vasijas de aceite de oliva, los bulbos de los azafranes y los gusanos de las moreras.

Según supieron después, unos hombres neciamente codiciosos, que anhelaban oro y plata, la saquearon para luego, despechados, incendiarla: sirvieron para ello las tinajas de aceite. Y los preciosos bulbos de los azafranes y los delicados gusanos de seda, que eran una gran riqueza, quedaron aplastados por las botas de los tercios invasores.

Fátima, su aya, la última en abandonar Granada, fue la que comunicó, mediante una carta, la tragedia del exterminio. Anunciaba, además, que ella partía a Estambul para entrar al servicio del harén del sultán Selem El Severo, en el soberbio palacio de Topaki.

Selem quería instruir a su hijo favorito y heredero, Solimán, en todas las artes, letras y lenguas del mundo, entre ellas, la hebrea, y en el uso de las armas. Fátima y Pargali, un culto esclavo de quien al final se hizo amante, y formaron la pareja preceptora del joven, que crecía y alentaban bajo sus excelentes cuidados.

Las últimas noticias de Fátima le llegaron a Daniel, de modo extraordinario, por un marinero del pirata Barbarroja, al servicio de la Sublime Puerta, campante por el Mediterráneo, que incluso se atrevió a capturar una nave vaticana de Julio II,[18] cargada de riquezas.

El marino, librado de la leva que lo tenía sometido al remo de los buques filibusteros gracias al botín alcanzado, se refugió en la judería de Tudela e hizo llegar la carta de Fátima a la judería de Estella, de donde la remitieron a Viana, en esa red comercial que los judíos mantenían dentro de los reinos cristianos y musulmanes, tan apta para sus negocios mercantiles.

Aseguraba que vivía dichosa en Estambul, el ombligo del universo como una vez lo fuera Córdoba antes de ser cristiana, y que criaba a un muchacho para ser rey de ese mundo y de todo el mundo.

*…como te crié a ti, mi querido, mi amado, mi recordado, mi anhelado, mi hermoso y fuerte niño Daniel. Con Solimán, la tarea es hacerle sultán de un reino y señor del mundo; contigo, la tarea fue hacerte un hombre de bien, que era más difícil, por eso te amo más, hijo de mi corazón y mi cerebro, ya que no pudiste ser de mis entrañas* —terminaba la esquela, escrita en caracteres arábigos, estropeado el papel por el tiempo y sucia por la sal de las lágrimas de la única madre que había conocido.

Isaak hizo parte de su fortuna con la venta de los tapices coloridos de lana de nudos y rasurados, con sus impregnaciones naturales de gran fuerza, logradas sobre todo en el azulón, provenientes de Mongolia y Turkestán.

Los tapices servían para cubrir las desnudas y frías paredes de los castillos europeos. Hasta los sobrios castellanos las exigían, pues cortaban las corrientes de aire que penetraban por

---

18    1504.

las grietas de las paredes, disimulando las humedades y enga-
lanando el ambiente.

Hizo negocio, además, con las delicadas y multicolores telas
de seda, tafetán y damasco de Oriente, y con los cálidos casi-
mires, con sus dibujos geométricos que las mujeres cristianas
lucían junto a las joyas preciosas, aunque sus sacerdotes se
lamentaban por la deplorable pérdida de virtud y la amenaza
de lujuria que significaban, pues el cuerpo, más el de la mujer,
nefasta criatura tentadora de Adán, era apenas el cascarón del
alma y no merecía semejantes adornos.

Para suerte de Isaak, las damas europeas, pese a su acatamiento aparente, desoían los sermones onerosos y semejaban
huríes orientales en el interior de las cámaras de sus castillos
almenados. Incluso, bailaban danzas lascivas, contorneando
las caderas, aprendidas de las árabes, para reconcomio de la
Iglesia e ira de los inquisidores.

Con ese comercio, el del azafrán y la seda, y más tarde el
de los libros, Isaak pudo otorgarle una educación excelente,
aunque le hurtó su compañía, cosa que siempre reclamaría
Daniel en el fondo de su corazón solitario. Creció con hambre
de la compañía de su padre, que murió en Pamplona cuando
comenzaban una vida juntos.

Y estaba Otxanda…, de la que se había enamorado profundamente. Su padre, que le inició en los secretos del corazón y
del sexo, cuando Daniel accedió a la adolescencia, le advirtió
que el amor verdadero se hace posible después de la posesión
carnal; que si sobrevive a esa emoción primaria y luego a la
costumbre cotidiana, a la ausencia y aún a la traición, se han
traspasado las puertas de la gloria.

—En cada unión, te adentrarás en el paraíso —advirtió
Isaak, que, viudo, jamás miró a mujer alguna, a no ser aquella especie de enamoramiento ilusorio que mantenía hacia
madame Magdalena—. Y no desearás otro paraíso que el que
te ofrezca esa compañera. No es así en la cultura árabe ni en

la judía, pero si quieres amar a tu hijo como yo te he amado, engéndralo desde las fuentes de tal amor.

Mantenía serias dudas sobre si Otxanda había ido a Viana empujada por su relativa riqueza y la seguridad de la casa y la botica, o por el mandato imperioso de la reina Catalina, o simplemente porque, desengañada del amor del juglar de los rizos de oro, cautivo de los encantos de Sara, recurriera a sus brazos, ya que era su esposo.

Insoportable era para él, con tanta soledad interior y tanta necesidad de ser el centro del ser amado, resultar un comodín.

\*\*\*

Abandonaron Viana de noche, con gran cautela, pues por todas partes aparecían partidas de soldados o bandoleros, de uno y otro signo, que así de desestabilizada permanecía Nabarra en ese tiempo.

Trajinaron por campos desérticos y requemados, aldeas abandonadas, pueblos donde chiquillos harapientos les echaban piedras, por trochas de barro donde las mulas y los caballos padecían, pese a las herraduras nuevas.

Del antiguo esplendor del reino, uno de los más ricos de Europa, se exhibían solamente las ruinas causadas por la guerra civil de medio siglo. La deteriorada convivencia de una sociedad enemistada entre sí, por las razones oscuras eximidas por los hombres de la guerra y azuzadas por el rey aragonés, había logrado desplomar la riqueza construida durante casi un milenio.

Daniel, Otxanda y Sara dormían ocultos en la espesura de los árboles y, muchas veces, caminaban de noche, por mayor seguridad. El cielo lucía encapotado y el frío levantaba la niebla de los ríos que todo lo cubría con su manto blanco y húmedo. El paisaje resultaba imposible de distinguir, pero él empuñaba la brújula de su padre, con su rosa de los vientos, que le indicaba el Norte con seguridad.

\*\*\*

Llegaron a Pamplona una mañana de niebla espesa. Las puertas de la muralla se abrían con pereza a los pocos visitantes que querían internarse en ella. Rebajado el número de peregrinos por las contiendas bélicas, los guardias, que se calentaban en torno a hornillos de fuego, revisaron el salvoconducto real, dándolo por bueno. Accedieron a la posada Iturralde a través de las callejas desiertas y heladas de la ciudad.

Los esperaba una llorosa Andrea, vestida con ropajes de luto. Matías acababa de morir de manera poco previsible. Había resbalado por la escalera de piedra, cubierta de musgo y humedecida por la niebla persistente de aquel mes de enero, y se había desnucado. Lo habían enterrado junto a Isaak en el confín de la ciudad de los muertos pobres.

Como el Papa había excomulgado al rey Juan y parecía que también al reino, no se podían montar exequias públicas, pues la excomunión las hacía impracticables, pero consiguió que un sacerdote oficiara unas misas clandestinas que mitigaban el desconsuelo de la pérdida.

Andrea aseguró que le venía bien la presencia de los tres para dirigir la posada en tales circunstancias, pues había cobrado renombre con el asunto del corral de comedias patrocinado por la reina. Muchos viajantes detenían sus pasos para gozar del espectáculo de los cómicos y actores que improvisaban sus obras con música y cantar.

Ni corta ni perezosa, Otxanda se sumergió en las tareas de dirección de la posada, mientras Sara, envuelta en su implacable tristeza, se retiró a una alcoba, incapaz de realizar otra tarea que no fuera la de llorar y dormir.

—Se dormía sobre la mula Argenta —comentó Otxanda a Andrea con preocupación.

—¿La has visto vomitar?

—Sí, por las mañanas.

—Está preñada —señaló la mujer, contundente.

Otxanda, mientras rehacía las vestiduras de las camas y quitaba el polvo de las habitaciones, se preguntaba si a ella le habría sucedido algo semejante, pero su cuerpo no daba ninguna señal extraordinaria.

Verdad era que desde aquella noche mágica de Viana, y debido a los acontecimientos extraordinarios que procurara la tempestad, y luego el rescate de Sara, pocas ocasiones habían tenido no tan solo de yacer juntos, sino de conversar sobre su pasado.

Ella sabía que Daniel quería aclarar el asunto de Peio. Pero… ¿cómo ella podía explicarle la tormenta de su corazón en aquellos días, de los que apenas recordaba ya nada, como si la niebla densa que encubría Iruña los encubriese también?

¿Cómo decirle que una vez había amado a Peio y que había dejado de amarle cuando lo conoció a él? Tenía miedo de descubrir algo que pudiera enojarle, distanciarle otra vez. Cauta, prefería esta relación nueva a no tener ninguna.

Le era difícil, pese a su carácter locuaz, asegurarle que había comenzado a amar su cuerpo inerte a las puertas de la muerte por la puñalada artera del infame Arrieta y que, al repasar sus heridas con el lienzo humedecido con agua de lluvia, había ido amando cada recoveco de su cuerpo en el que su mano impusiera el bálsamo bienhechor.

Sus cabellos largos y espesos, a los que había peinado y recortado, su rostro de pómulos firmes, sus hombros fuertes, sus recios brazos y sus delgadas manos que sabían manipular letras móviles de plomo y sus uñas sucias de tinta, sus esbeltas piernas torneadas, su pecho ancho…; incluso su virilidad expuesta en total desvalimiento.

Lo había amado por eso al principio y había dejado de pensar en Peio que, pese a su belleza y sus dotes musicales, dejó de ser el centro de su atención. Con alivio, pues no quería herir al joven de los rizos de oro, percibió el acercamiento de Sara y Peio, y lo favoreció, pues estaba segura de que se entenderían por y a través de la música; que serían felices.

Ella quería alcanzar a Daniel de otra manera, que también tenía música: por las palabras que surgían de su boca de labios jugosos, por el entendimiento con su inteligencia labrada en varias culturas, por su reciedumbre de varón avezado en la vida de un modo distinto al suyo. Ese contraste lo hacía más valioso y atractivo. Buscaba ser su compañera y su amante. Lo que no sabía bien era cómo conseguirlo.

\*\*\*

Sara, en la mitad de la noche, profirió un grito aterrador, clamando auxilio, y las mujeres corrieron a su alcoba, encontrándola envuelta en una vorágine de sangre. Respiraba con dificultad, tenía la frente húmeda por el sudor, los ojos desvariados, los labios exangües. Se sacudía en estertores que parecían los de la muerte.

Daniel, que acudió también, diagnosticó el aborto. Introdujo la mano en el charco de sangre que cubría el cuerpo de la joven y encontró el feto de un varoncito que Sara se negó a mirar. Andrea, que recibió la criatura, le hizo la señal de la cruz para evitarle su entrada en el limbo y luego lo enterró bajo un manzano, en el huerto de la posada.

Ambas mujeres lavaron a Sara hasta restarle toda suciedad, le masajearon el cuerpo escuálido con esencia de romero sanjuanero, le suministraron adormidera para que descansara, la velaron aquella noche y las noches que siguieron, pues la joven, inmersa en sus pesadillas, se mantenía en un estado de semiinconsciencia.

Renació lentamente del sopor de su alucinación, de la conmoción de los dramáticos sucesos que habían jalonado su vida: su incierto nacimiento, el rapto que sufriera en Viana y la liberación de Mendabia; de su descubrimiento de un mundo feroz que la había engullido y desmantelado finalmente.

Se repetía que no habría hombre dispuesto a casarla y menos aún el precioso juglar de los rizos de oro, que era un ángel delicado que cantaba canciones de amor cortés y que rechazaría su violación y aborto. Al horrendo sucedido se añadía el deshonor de su origen ilegítimo.

Peio la esperaba en Donibane, donde había retornado cuando ella partió hacia Viana, acompañando a Otxanda por orden de la reina, pero no podía acceder a él ni a la ciudad de piedra rosa, manchada y proscrita como se sentía. No tenía derecho a ascender a los espacios celestes por la música y el amor; por eso descendía a los infiernos, pues no le cabía redención.

Pero una mañana, estrenada la primavera, escuchó música en el establo. Subía ondulada desde el espacio del heno fresco, deambulaba como una columna de humo por la hierba primaveral exultantemente verde y gloriosa renacida en el huerto, ascendía cual nube dorada por el rosal trepador con sus ramilletes de rosas que alcanzaba la ventana de su alcoba.

—¿Quiénes tocan vihuelas y trompetas? —preguntó, irguiéndose en su litera.

—Son cómicos de Normandía —aseguró Andrea con sorpresa ante la curiosidad y el despabilamiento de la joven.

Sara se levantó de un salto, ante la estupefacción de la mujer que la vio resucitar cual Lázaro; se vistió rápidamente con su sayón de algodón celeste, dirigiéndose al establo con pasos torpes pero decididos, deteniéndose en el umbral para presenciar el regocijado ajetreo de los cómicos que ensayaban la obra de teatro.

Representaban una obra religiosa. Siete actores vestidos con albas túnicas tocaban las siete trompetas del Apocalipsis, roto el sello por un hombre de barbas blancas, con apariencia de profeta. Otro actor deambulaba por el escenario improvisado en el establo, con un incensario en las manos del que brotaba un humo espeso.

Entusiasmada por el ambiente, se quedó con ellos, resucitada por las trompetas apocalípticas, al parecer, y tuvo suerte de que al enfermarse uno de los actores le ensayaran la voz. Aprobada, le dieron el papel, aunque debía ocultar su sexo. Ninguna mujer podía actuar en el escenario.

Por primera vez en ese tiempo aciago, en los ojos verdes de Sara brilló la luz de la ilusión y su voz melodiosa surgió limpia de su garganta, sin el quebramiento del llanto. Le fueron dando papeles en el reparto de unas comedias a ensayar y presentar hasta que la iniciaron en una obra grandiosa en que se representaba una batalla con arcos.

El gerente, Tristancillo, de origen genovés, un enano que había comenzado su oficio siendo titiritero, malabarista y arquero de flechas de fuego, y que, con los años, gracias a su carácter autoritario y su brillante inteligencia, se convirtió en el director de la compañía de teatro ambulante, le enseñó, para mayor éxito de la obra, el oficio de arquero.

Pronto se vio complacido por la facilidad de la joven en acertar con su flecha en el objetivo.

—Eres la reencarnación de Diana, la diosa cazadora —musitó, admirado por la elasticidad de sus brazos firmes, por su cuerpo cimbreante sostenido por unas piernas potentes, por el control de sus nervios, por su seguridad en el manejo del arma y su formidable puntería.

—No soy virgen como ella —replicó Sara, con los verdes ojos como esmeraldas relucientes y frías, manteniendo con gracia y entereza el arco entre sus manos largas y delgadas, de dedos firmes—, pero tengo un objetivo.

Tristancillo retrocedió ante aquellas palabras, pues percibió que las sacudía el viento helado de una venganza que no atinaba a comprender, pero que adivinó terrible. Lamentó haber sido el maestro de la extraña joven, de haber despertado semejante demonio, pero como la obra se iba a representar en pocos días, prosiguió en la enseñanza con desgana y exigencia a la vez.

Daniel ayudó en la tarea con su imprenta y los actores pudieron disponer del texto para cada uno, en vez de la farragosa tarea de copiarlo una y otra vez a mano, o de usar todos del mismo, lo que solía causar discordias.

Además, resultaba fácil de leer. Era tal la oportunidad del invento impresor que se corrió la voz no solo entre los cómicos, sino también entre los comerciantes para anunciar sus mercancías y entre los clérigos para la liturgia, aunque desgraciadamente pocas eran los fieles que sabían leer.

***

Catalina reclamó a Daniel, urgiéndole a que se acercara al palacio de San Pedro. Lo recibió envuelta en un manto de lana merina violeta con ribetes dorados que realzaba sus cabellos castaños e iluminaba sus ojos claros, y con la cordialidad habitual que formaba parte de sus maneras y del trato con que distinguía a su físico, le confió:

—Ya puedes ir preparando un baño de tina para mí, Daniel, que ando con este nuevo embarazo de mala manera, para no variar. Carlota gimotea sin cesar desde la desgraciada muerte de Borgia y me desalienta su tristeza. Me gusta rodearme de compañía de gente alegre, que bastante esfuerzo tengo con mis maternidades y la dirección de este reino ingobernable.

Calló y, al cabo de un rato, cuchicheó en voz tan baja que a Daniel le costó entenderla:

—Más triste debería estar yo por la muerte de mi niña Magdalena, en Castilla. La parí y crié y hube de entregarla a Fernando, sana y preciosa como era, con sus rizos cobrizos y su sonrisa limpia, y aquella manera de andar que parecía que se deslizaba en el aire... Ahora, está enterrada en un ataúd en ese páramo castellano, controlado por esos horribles inquisidores, los que tuestan a la gente en la hoguera en el nombre de Dios —Catalina se hizo la señal de la cruz sobre la frente, los labios y el pecho, y agregó con seriedad—: He sufrido más de lo que está permitido y nadie me ha visto gimotear.

—Es usted la reina de Nabarra —aseguró el joven con compasión por su callado sufrimiento y su gran resolución.

No eran largos los momentos en que Catalina cedía al desánimo. Levantó la cabeza, se secó los ojos con un blanco e impoluto pañuelo de seda y, en voz alta y autoritaria, exigió que le relatara nuevamente los extraordinarios sucesos de Viana y de Mendabia. Cuando Daniel narró lo del agravio a Sara, Catalina meneó la cabeza y compasivas lágrimas desbordaron sus ojos.

—Mal asunto son la violación y el aborto. Dile que venga a verme... La empataré con Carlota y llorarán a gusto las dos por el mal comportamiento de los hombres malvados, de los que hacen la guerra y no el amor.

—Era la idea y por eso venimos, pero el asunto del aborto ha retrasado todo. Ahora, está ensayando una obra que os gustará. Os esperan en el día inaugural, mi señora.

—Iré, pero entre ensayo y ensayo, dile a la moceta que se pase por aquí.

Como le gustaba hablar más que escuchar, se lanzó a contar de las renacidas apetencias de Fernando para con Nabarra, ahora que dominaba Castilla, muerto en mala hora y cuando nadie lo esperaba el hermoso Felipe de Austria, que le mantenía frenado en su intención de meter las narices, las manos y los pies en el gobierno castellano.

—Menos mal que a Carlota no le ha dado por imitar a la pobre Juana cuando murió Felipe, el de montar una procesión fúnebre desde Viana a Pamplona con el ataúd de su esposo embutido en una carroza de cristal, escoltada por los lanceros de Foix, tan gallardos ellos, y con mil antorcheros iluminando el sendero —dijo con una nota de humor dramático—, pues eso superaría mis fuerzas.

También comentó, con cierto ánimo, que parecía que iba a formarse en Nabarra un frente común en su defensa, ya que eran los reyes legítimos, si se producía la agresión que, de un modo u otro, iban temiendo que se produjera. Era cosa a confirmarse en las próximas cortes de Pamplona del 21 de enero.

—Queremos reformar el Código Foral y el de Justicia, modernizarnos como reino si logramos tener la fiesta en paz, y acuñar moneda. Somos tan pobres como las ratas, Daniel, debido a las guerras banderizas. Si ahora tu padre extendiera su paño de terciopelo con sus joyas relucientes, ni un mísero anillo podría comprarle.

Luego, en tono moderado, anunció que se pensaba también suprimir la institución de los Infanzones de Obanos, porque su cometido no daba los resultados previstos: malhechores había por doquier en el reino y su ocupación era librarlos de ellos, y no lo hacían, aunque, para hacerles justicia, era asunto que desbordaba a cualquiera.

—Su lema, "Hombres libres en patria libre", debería ser el de Nabarra, pero lo veo ajeno a este tiempo que nos ha tocado vivir —musitó la reina Catalina, súbitamente seria, con un acento de desesperanza—, aunque parece cosa buena e inmediata la nueva de que Julio levante la excomunión que impuso al rey y al reino, en venganza por los asuntos de los obispados de Pamplona y de Tudela. Ya sabes que pones tú aquí tu obispo y yo pongo el mío allá, que todo se reduce a prebendas. Sí, el poder se reduce a prebendas..., a mantener a los demás lobos saciados. De eso bien que sabe Fernando.

—Tudela se negó a expulsar a sus judíos —musitó el joven, enfocando un asunto que le afectaba de tan importante manera. Recordó vivamente su casa de Estella, quizás expoliada; su propia condición, tan débil, si le exigían papeles y certificados.

—Impusimos la Santa Inquisición por aquello de tratar de ser un reino católico a la manera de Castilla y Aragón, y evitar líos con la Iglesia más que para perseguir judíos con los que nunca en Nabarra ha habido problemas —miró directamente a Daniel a los ojos con empatía, posando su mano blanca y fría sobre la dorada y cálida de Daniel, trasmitiéndole su afecto—. Nuestra fiel y amada Tudela se negó a ese acatamiento. A las cortes mandaron aquella nota de que *se fuera ese fraile que se decía inquisidor*. Me pareció bien. Por algo, es una ciudad agramontesa.

—Demostraron ser de talante acertado para su futuro económico —susurró Daniel, recordando que su padre había comentado de aquella maldición de los judíos expatriados y expoliados de Córdoba y Granada, expedidos sobre Castilla y Aragón: que nunca verían florecer sus comercios, que la economía quebraría y les sobrevendría la depresión. Esperaba que semejante maldición no alcanzase a Nabarra.

La reina entrecerró los ojos, como leyéndole el pensamiento, pero luego de alisarse la falda, retocarse el tocado y aclararse la voz, comentó:

—Apreciamos con preocupación que al papa Julio no le falla la mano diestra ni la siniestra al momento de expedir bulas y excomuniones, y eso causa dolor en el pueblo que, a falta de pan, se refugia en la fe. Ese hombre, a la hora de redactar comunicaciones, no se inclina por la misericordia y es representante de Dios en la Tierra... ¿Será Dios como él, tan implacable? Si es así..., ¡qué miedo me da morir, amigo mío! —Catalina bajó el tono de la voz, volviéndose más reflexiva—. Porque, como reina, debo ajustar mis cuentas y no sé cómo las calibrará Dios en ese alto tribunal del Cielo, aunque... ¿cómo puede juzgarse a los reyes, Daniel? Nuestro derecho es antiguo, pues dicen que los vascones llevamos en esta tierra desde tiempo anterior a toda civilización; así está escrito en las crónicas de los romanos que nos encontraron aquí cuando, inspeccionando nuestro territorio, quemaron Iruña, la ciudad de los vascones, y refundaron Pamplona. Y la volvió a quemar Carlomagno, y entonces, hartos de tanta intromisión incendiaria, fundamos este reino.

Catalina rió de su propia irreverencia al narrar la historia y Daniel asintió, porque aun cuando era de talante grave, gozaba con sus deliberaciones, siempre ligeras y chispeantes. Ella continuó:

—El dedo de Dios nos ha colocado en el trono, tras jurar las leyes debidas, y esas leyes nos advierten que seremos destronados si somos enemigos de nuestros súbditos, y eso no lo somos: hemos perseguido la paz y la bonanza. Fernando es el enemigo, enfrentando y matando nabarros, empobreciendo el reino y menguándolo porque quiere seccionarlo en dos si no lo logra para sí enteramente. Sobre él tiene que actuar la justicia divina. Debería ser juzgado por felón.

Dando por terminada la charla, urgió a que le trajeran el barril bienhechor de agua tibia con la esencia de rosas y la sal del mar Muerto, fatigada de hablar de las cosas del reino y de la gran tormenta amenazadora, instalada más allá de la niebla que cubría la capital del reino vascón.

***

Daniel regresó a la posada con el mandamiento de enviar a Sara, que ensayaba sus tiros al arco en una diana montada en el establo, a visitar a la desconsolada princesa Carlota para que tratara de restañar sus heridas y podría ser bueno que le cantara canciones de cuna a la pequeña habida con Borgia, una niña sana, pero llorona.

—A Sara no le agradará el cometido... Solo piensa en disparar a la diana —dijo Otxanda con cierto rasgo de preocupación—. Hasta Tristancillo anda preocupado, pues más que saberse los diálogos y canciones de la comedia, prefiere ensayar una y otra vez con el arco. ¡Si hasta se le han desarrollado los músculos de un hombre!

—Mejor para su papel de guerrero —opinó Daniel con una sonrisa, y agregó, con una sombra de preocupación en sus ojos del color de la canela—: No creo que la niña Borgia fuera concebida de modo distinto al bebé perdido de Sara.

Ella asintió con la cabeza y entonces Daniel, poniendo una mano sobre la de Otxanda, la miró con una fulgurante llamarada de deseo. Se retiraron a sus aposentos y dejaron que la intensa pasión y la cumplida juventud de su radiante momento de amor conjuraran los designios del oscuro porvenir.

***

La densa niebla que llevaba ocupando Pamplona durante días alzó por fin su manto, dejando ver un cielo azul, y los rayos reconfortantes del sol se posaron sobre las montañas que, cual centinelas pétreos, rodeaban la ciudad, luciendo verdes, pese al invierno, y alumbraron el lomo helado de los ríos, que semejaron mercurio entre las riberas de altos cañaverales y calentaron los techos rojos de las casas de la ciudad fortificada.

En eso largos días que siguieron, la posada pasó resueltamente a manos de Otxanda, pues Andrea, con evidente alivio, delegó en ella los trabajos, recluyéndose en la liturgia absorbente del luto.

Temía que su Matías, muerto de manera drástica, no hubiera podido hacer las cuentas con Dios y se mantuviera en el limbo, de donde ella, con tanta misa y oración, aunque fueran clandestinas, por el asunto de la excomunión, debía ayudarle a salir.

Otxanda, con su vivacidad y amplia sonrisa, resultaba la anfitriona perfecta para los escasos peregrinos que llegaban desde Roncesvalles con el arribo de la primavera. Pronto, la reserva natural de Pamplona, helada por el invierno, retrocedió, dando paso al alborozo que imponía el buen tiempo.

Se guardaron los capotes y las pieles de cordero, las medias de lana y las abarkas de cuero para dejar el cuerpo más ligero de refajos, y con los pies descalzos se bailaba en la plaza al son de la txirula y del tambor. Se gozaba de los días largos en luz; se disfrutaba de las comedias de la posada Katatxu.

Se celebraron cortes, se retomaron a la autoridad real los castillos de las villas beaumontesas, se fueron poniendo en marcha las reformas que anunció Catalina, pero algo sombrío en el horizonte, pese a esas buenas cosas, anunciaba la inminente catástrofe.

***

Entretanto, Fernando de Aragón, con el ánimo apremiado y delirante, sabiendo que se le iba acortando el tiempo del reloj de la vida, dedicaba parte de sus horas a compartir el lecho con Úrsula Germana de Foix, asunto que lo dejaba extenuado, y la otra parte que le restaba, a la redacción del texto de una bula.

La luz de la tarde tamizaba la habitación donde yacían los esposos, en el soberbio lecho matrimonial, con la chimenea prendida, porque Fernando se había vuelto friolero, y el vaso de leche caliente con azúcar de Granada, porque se había vuelto goloso, entre las manos.

La joven se escurrió del lecho, obscenamente desnuda, con la cintura estrecha, sujetando como una cinta las caderas ampulosas y los pechos desbordantes, tal como un jarro de porcelana nívea. Se cubrió los hombros con un manto de terciopelo para salir al jardín. No se la veía satisfecha, observó el hombre con disgusto, y eso que había dado lo mejor de sí.

Tenía que admitir que ya no tenía la virilidad de sus años joviales en que, cabalgando de Zaragoza, montaba a cuanta doncella encontraba en las posadas, y llegando a Segovia, aún conservaba energías para preñar a la severa Isabel, tan parca en el sexo como abundante en celos y maternidades.

Lo malo de su progenie real es que parecía tener condenación, como habían anunciado los frailes que podía ocurrir en un matrimonio entre primos: demasiadas hijas y un solo varón, Juan, muerto tan joven, todos con taras demenciales y escasa salud.

Siempre recordaría con dolor —era su único dolor— el inseguro crecimiento de su hijo, al que habían presentado como heredero de las coronas de Castilla y Aragón, en aquella soberbia procesión que había encabezado él, vestido de oro, montado en su hacanea rucia..., y deseando, sin éxito, ver en el mozo algún trozo de su carne y, en un mínimo de su carácter, un parecido a su enérgico y vital padre Juan.

Fue cosa imposible de anotar, ni aun empuñando la cristalina piedra de leer tan popular en al-Ándaluz, ni alucinando como progenitor ufano. El niño era débil, padecía de fiebres y toda clase de calamidades, e Isabel le tenía protegido hasta tal punto que le forzaba a la castidad, entreteniéndole en rezos y clases de teología.

No le extrañó que cuando le desposaron con aquella princesa tan graciosa, el mozo, sabiéndola suya y con el mandamiento de cumplir para asegurar la descendencia real, se excediera y acabara con las pocas fuerzas que restaban en su organismo desvalido. Murió de amor quien vivió con inhibición de este.

A veces, para espantar el recuerdo pésimo de su muerte, evocaba el día magnífico de la toma de Granada, cuando Boabdil, que entregaba, tonto de él, el reino nazarí por un señorío en la Alpujarra, le había conferido la llave de la ciudad, que él había cedido cumplidamente a Isabel, y ella, al hijo de ambos, el pobre Juan, heredero de sus reinos, fatigas y ambiciones.

La mano delicada del joven púber tembló al recibir la ganzúa que le abría la puerta del mundo tras la rendición de Granada, ocasión de festejo para la Europa cristiana, aun en la nebulosa Londres, donde ahora habitaba su hija Catalina. Procesiones, Te Deum y festejos se sucedieron, aliviados todos del peligro morisco cancelado en la península y asegurado el Mediterráneo para la cristiandad.

Supo él, entonces, con dolor de corazón, que ese hijo nunca sería su sucesor. Ninguno de su prole real había nacido tan fuerte y saludable como su bastardo, el arzobispo de Zaragoza, que sí era semejante a su bien amado padre, Juan, resolutivo, sano y sin escrúpulos. Esa era la maldición: que no hubiera sido engendrado en el vientre de Isabel semejante varón de provecho.

—No todo está perdido —se dijo Fernando, apartando de sí los recuerdos dolorosos, y tras beberse a sorbos el vaso de leche, mordisqueó unos higos frescos, tendiéndose nuevamente en el lecho, a fin de recuperar fuerzas.

Los físicos, con sus remedios, lograban remontarle cierta vitalidad, aunque no la suficiente como para saciar el apetito sexual desmedido de Úrsula Germana, jovial y hermosa como todos los Foix, pero cuyo primer hijo había muerto nomás nacer... ¡Y cómo tardaba la moza en preñarse otra vez! Sería un descanso para él.

Ese niño por venir podría ser la ocasión de retener para sí Nabarra, culminando la federación de los reinos peninsulares bajo un solo mandato, *el suyo*, y la administración de los europeos, y de ultramar, que, según le comunicaban los exploradores, adelantados y cartógrafos que deambulaban por allí, y que le cronicaba el bueno de Mártir de Anglería, era mayor que lo creído.

Que no eran las Indias, como había anunciado Colón, que disertaba hasta el aburrimiento y del que murmuraba, además, que era hijo bastardo de Carlos de Viana, su hermanastro en buena hora muerto, aunque otros afirmaban que era de origen genovés, probablemente judío, lo cual tampoco era de agradar.

Él, guerrero que combatía sin escrúpulos y hombre que calculaba sus pasos, nominado defensor de la cristiandad y rey católico, hallándose reunido con los judíos de Zaragoza, negociando un préstamo para sus guerras, había tenido que desandar lo andado, ante la irrupción de Torquemada, empuñando como espada en ristre el crucifijo y pronunciando palabras oprobiosas para un rey cristiano... ¡que estaba vendiendo a Cristo como Judas!

Las ricas familias judías, Cavallería y Santángel, se habían disgustado al ser esquilmadas, recordándole que su madre, Juana Henríquez, de cuya memoria podía estar orgulloso, pues ella le había alzado en estima ante su padre, Juan, descendía de judíos conversos, entonces... "¿a qué tanta persecución?", alegaban, defenestrados, aunque contentos de estar vivos y no tostados en una hoguera como otros de sus paisanos, pero decididos a partir con sus negocios a otros reinos menos crispados.

Qué pesadez la de esos frailes y su obsesión religiosa, comandados por una Isabel implacable con su idea de evangelización a troche y moche, en vez de poner tiendas, a fundar conventos y más conventos sobre los que no se podía gravar.

Fernando resopló y agradeció que la impetuosa e insaciable Úrsula Germana no retornara al lecho. Necesitaba descansar un poco más.

Volviendo a Colón, muchos fueron los que negaron crédito a su ambición marítima, hasta los osados navegantes portugueses. Pero tenaz ya era y había logrado audiencia con Isabel por ir de la mano del porfiado franciscano de La Rábida, Juan Pérez, que era un cansaalmas integral.

Tanto insistieron en su proyecto, moviendo a su tía Inés por un lado y a Hernando de Talavera, confesor de Isabel, por otro, que hubo él de recibirlos en el campamento de Santa Fe,

Arantzazu Amezaga Iribarren

donde estaban en el negocio de tomar Granada, que lo suyo tardaba en caer; que se dicen pronto doce años, pero hay que vivirlos día a día, hora a hora, minuto a minuto.

Isabel, pese a tener su vista puesta en la reconquista de la tierra mora, con esa intuición suya casi mágica de acertar lo mejor del porvenir para su provecho, fue quien, al escucharles la disertación, más o menos convencida de la hazaña propuesta, había empeñado sus joyas y unos dineros de las arcas de Castilla, promocionando el viaje ilusorio por la mar océana.

Quien había adelantado de verdad los maravedíes de la excursión era Santángel, el prestamista, que, al fin, tras considerar pros y contras, había abjurado en público de su fe hebrea, continuando en el negocio de la usura y que sabía del asunto del viaje marítimo a las Indias por sus socios de Génova, que lo daba por bueno.

Colón extendió sobre una alfombra de lana oriental de color azulón como la mar un montón de cartas marinas ilegibles, conseguidas a los venecianos y a los turcos y a los vascos, afirmando que se podía cruzar el mar Tenebroso, considerado imposible de navegar, evitando el peligro de la inmensa catarata que arrastraba a marinos y barcos al abismo.

Aseguraba Colón, con los ojos volteados y los brazos extendidos en un ademán melodramático, propio de un actor, que se podía llegar a las tierras de las especias, discurriendo por Levante a Poniente, como fórmula original, obviando el peligroso camino de Poniente a Levante que portugueses y turcos tenían copado.

Exigía ser nombrado almirante de Castilla y capitán mayor de la Armada de tres carabelas, cosa que a él le había parecido cuestación excedida. Accedió, pues no creyó que pudiera sobrevivir más allá del puerto de Palos, de donde había partido ufano con aquellos ladrones sacados la noche anterior de la cárcel para servirle de tripulación. O se lo tragaba el mar, o le asesinaban los marineros, pensó entonces, y se equivocó, porque eso no sucedió. Y el hombre llegó a las Indias y regresó, tan ufano.

Américo Vespucio, cartógrafo en la expedición de Ojeda, le había comentado en secreto que el territorio de ultramar resultaba un continente intermedio entre Europa y las Indias, filón inédito que dependía de Castilla, nuevamente bajo su control, pues ahora oficiaba de regente de su joven nieto, Carlos, ya que su hija, la reina Juana, estaba como un cencerro, muerto en buena hora el fastidioso Felipe, al que le habían entrado afanes inoportunos de gobernar el reino; de meterse donde no debía.

Ese orbe nuevo y verde y maravilloso y *suyo*, según Vespucio, flotaba a la deriva sobre las aguas de la mar océana, y en él lucía un sol primordial, nada que ver con el verano cálido de Granada ni de Nápoles. Sus nativos, por tal suerte, deambulaban desnudos, tostadas sus pieles, sanos y propicios para la esclavitud o la leva.

Las mujeres eran hermosas, con los pechos descubiertos, con sus largos cabellos negros como hilos de seda…, propicias para el recreo del sexo. Y no como su estimada Isabel, que aun dormida se cubría con su mantón hasta el cuello. En eso se diferenciaban ambos: que ella veía los territorios conquistados como soportes de la Iglesia, y él, como dominios propios, con mujeres y comidas excelentes de probar.

Las Indias resultaban un orbe en el que abundaban los metales nobles tanto como iglesias tenía Castilla; en el que los edificios de las ciudades estaban fabricados con ladrillos de oro y no de barro como en Granada; y a los reyes, como debe ser, se les untaba con polvo de oro, adornándolos con piedras preciosas de los colores del arco iris; en el que en alguna parte ignota, pero que los exploradores encontrarían para *él*, brotaban las fuentes de la eterna juventud, con sus caudales de aguas beneficiosas para recobrar el brío vital y procurar la procreación; en el que en la tierra feraz, jamás tocada por arado alguno, crecían productos que iban a revolucionar la alimentación, como la sólida patata, que aseguraban podía comerse asada, cocida o frita, según el deseo de cada quien, y que era capaz de calmar el hambre, más aun que el ajo; y el sabroso chocolate, que potenciaba el deseo amoroso; el carnoso aguacate, que era ofrenda a dioses paganos; el dorado maíz, que resultaba tierno y apetitoso como el trigo; el refrescante tomate... y demás manjares exclusivos de los que gozaban los reyes bárbaros pero opulentos de aquellas tierras extrañas, ahora *suyas*; y de la planta de hojas espléndidas llamada tabaco, con la que los nativos hacían combustión, entrando en trance hipnótico, rodeados de un halo de humo y buen olor, sahumándola sobre el cuerpo de sus mujeres, antes del acto carnal, para hacerlas receptivas y fértiles. Cosa era de probarla con Úrsula Germana, que receptiva era; lo que no resultaba era tan fértil como cabía esperarse.

La Inquisición, cómo no, masculló en voz baja Fernando, cubriéndose con una manta más gruesa, pues sentía frío, encarceló al bueno de Rodrigo de Jerez por inhalarlo y exhalarlo, con aquella aseveración ortodoxa de que solo el demonio podía expedir semejante humareda.

Castilla procuraba hombres esforzados en la guerra; sus tercios hacían temblar a medio mundo, pero no era rica sino en ovejas, famosas por su lana, pero sin rentar lo debido, pues no se organizaban talleres para producir tejidos, que era cosa propia de comerciantes y artesanos flamencos, y no de nobles caballeros y guerreros; a saber: los castellanos eran ricohombres, linajudos y cristianos viejos, aunque pobres sin redención.

Aragón tenía agotadas sus arcas con las guerras de Nápoles. Los banqueros de Génova, resentidos por los sucesos inquisitoriales de los reinos de Castilla y Aragón, eran demasiado exigentes en sus demandas usureras. Tanta quema inquisitorial acababa volviéndose contra uno, reflexionaba penosamente Fernando, mesándose la barba.

¿Sería posible que al norte de Nabarra, bajo esas nubes perpetuas que descargaban la salobridad del mar sobre los montes pirenaicos, se diera un fruto óptimo, crecido en los árboles, que funcionara como el chocolate, del que decían servía de moneda a esos reinos? No tendría que recurrir al empeño judío ni a la penosa acuñación.

Sentía cólera a causa de la partición del territorio de ultramar sin explorar que había hecho el cretino de Alejandro VI al reclamo de los avisados portugueses, cuando ni siquiera habían cargado con los riesgos y gastos de montar las tres naves del descubrimiento y aguantar al pelmazo de Colón. Una bula por aquí y otra por allá, y los portugueses se quedaron con la mitad del botín.

*Bulas papales.* El poder de Dios sobre los hombres, el del Papa sobre los reyes. Esa era la cuestión. Expedir bulas que promovieran y sacralizaran un descubrimiento, una partición, una anexión; que justificaran una conquista. O apañaran un matrimonio, tal como se había hecho con el de Isabel y el suyo por aquella cuestión de parentesco que les unía, venciendo de una vez aquellos remilgos religiosos que habían afectado sus relaciones, pues aunque Isabel era sabia en tantas cosas y compañera perfecta para sus intrigas y ambiciones, en la cama parecía que se acostaba uno con Torquemada y Cisneros, los tres juntos y a la vez. Un fastidio.

*Bulas, bulas, bulas papales.* Ese era el camino que le abriría la puerta de Nabarra. Que lo que había soñado su viejo padre, Juan, él, el hijo de su vejez, el bien amado, el único amado, lo culminara de una vez. Y él, a su vez, se lo dejaría intacto al hijo por concebir en el vientre de la jovial Germana de Foix.

Ella entró otra vez en la alcoba, se despojó del manto y, desnuda y provocativa, con los rayos del sol ponente aureolando su cuerpo joven, exigente y perfecto, se acercó a Fernando, que le abrió los brazos. La princesa se echó presurosa en ellos.

También a ella le preocupaba la cuestión del heredero a procrear, que la convertiría en reina de Nabarra, el ardiente deseo de su hermano Gastón, que ahora andaba por tierras italianas, haciendo la guerra a Luis de Francia, quien también quería Nabarra para sí. La guerra era el modo en que los hombres resolvían los problemas dinásticos. A una le tocaba parir herederos.

Aunque le habían dicho que el reino pirenaico no era tan placentero como el de Francia, que sus hombres y mujeres resultaban hoscos y tercos, hablaban una lengua ruda en nada parecida al gentil romance, y que sus costumbres eran austeras.

Tales cosas no convenían al frívolo e insaciable espíritu de Úrsula Germana, pero era mejor esa suerte que ninguna otra, una vez viuda del pesado de Fernando de Aragón, que la había inaugurado en el sexo y la había preparado para no prescindir de él nunca jamás.

# Capítulo 9. Las raíces ocultas

## Posada Verónica, Tolosa, 1511

Otxanda despertó del sueño de su noche de amor y se encontró a Daniel al pie de la cama. La estaba mirando con aquellos ojos profundos donde dominaba el oxidado color del cobre.

—¿Pasa algo, Daniel? —preguntó con temor.

—Debo encontrar la mitad de mí mismo.

Anunciaba, para semejante propósito, un viaje de exploración. Sostenía en las manos los rollos de pergamino del matrimonio de sus padres y su certificado de nacimiento, que le fusionaban con unas oscuras raíces vasconas. Los había estudiado y tenía decidido que era momento de enfrentarse a la identidad de la madre que no había conocido.

—¿Hablas de partir cuando están llegando los peregrinos, en el comienzo de la primavera? Aunque no sean muchos, algunos son y dan trabajo —respondió ella, irritada y molesta, mientras se trenzaba rápidamente con los dedos los cabellos espesos y negros, y fruncía los labios en un rictus de desagrado.

No esperaba tal decisión después de aquella noche en que habían lindado el cielo, enardecidos sus sentidos por la tibia temperatura, por el aire transparente con su olor a flores de manzano, aderezada por la música de los cómicos del corral y la voz limpia del juglar que entonaba canciones de amor en la dulce lengua provenzal.

—Impresas están las cartas que me han solicitado los reyes y el obispo, y las canciones de los juglares. Andrea ha mejorado de su luto y Sara se ha recuperado. Pueden ayudarte, Otxanda, y, además, hablo de un viaje corto, a la villa de Tolosa.

—¿Tolosa? —y Otxanda lo repitió como si se tratara de un lugar helado del final del mundo, más allá de los mares y de cualquier tierra conocida o por conocer.

—Está solo a unos días de camino —aclaró él con humor, sonriendo.

—¿Huyes de mi otra vez, Daniel? —inquirió Otxanda, temerosa, añadiendo precipitadamente—: Tu origen judío no me perturba. Nunca me ha perturbado. Bien sé que no corren tiempos buenos para vosotros... ¿Por eso quieres asegurar tu ascendencia vascona?

—Solo intento integrarme a ti sabiendo quién soy —afirmó él con seriedad, sin contestar directamente a la pregunta, y se dispuso a preparar sus cosas para el viaje: el raído y protector mantón paterno, la brújula, el mapa de estrellas y las calzas de cuero cordobés de Isaak.

No portaría consigo la imprenta, anunció, pues se arriesgaba a un robo y era un bien que le estaba proporcionando excelentes resultados y gratificaciones económicos y morales. Iría como un peregrino, no como impresor.

Eso consoló a medias a Otxanda: podía abandonarla a ella, se dijo, requemada y bastante indignada, pero nunca a su artilugio reproductor de palabras e ideas. Quizá fuera una costumbre adquirida en su vida de mercader, junto a su padre, lo que le llevaba a ese ir y venir, a ese vagabundeo excesivo que ella no podía entender.

El abrazo de desbandada, o así lo interpretó Otxanda, fue frío y desganado, y como él no volvió la cabeza, no pudo ver la desolación que se asomó a los ojos de su mujer, que se quedó quieta y sola, al pie de la escalera de la posada Iturralde.

Se despidió de la reina, a la que no hacía falta apurar en la inmersión en la tina de agua tibia con esencias herbales para aminorar los sufrimientos del nuevo embarazo, y ella le otorgó un salvoconducto, pues el viaje consistía en salir del reino de Nabarra y penetrar en territorio de Castilla.

—Una vez, Gipuzkoa formó parte del reino de Nabarra. Teníamos sus puertos y gozábamos de sus caladeros. Su costa entera que debe ser maravillosa. Nos han ido desgarrando poco a poco..., como a un árbol que le van esquilando sus ramas —aseguró Catalina, y le dejó partir, con la promesa de verlo en la próxima luna llena.

\*\*\*

Daniel se unió a un grupo de romeros que pernoctó en la posada y con los que dispuso la marcha. El camino machacado durante siglos por los pies de miles de penitentes europeos desde que se descubriera, en tiempos de Carlo Magno, la sepultura del apóstol Santiago en Compostela, discurría entre cerrados bosques. La ruta estaba delimitada y tropas reales, cercanas a las posadas donde repostaban los caminantes, garantizaban cierta seguridad.

El paisaje era admirable. Montes cubiertos de robles y hayas, en ese momento en pleno esplendor de sus hojas verdes recién nacidas, daban paso a ríos que brincaban en las cañadas, abundantes sus aguas por el deshielo.

Algunas cumbres estaban nevadas, como la del monte Artxueta, en la sierra de Aralar, al que quisieron acceder los peregrinos, pues el santuario era el lugar donde había ocurrido el portentoso milagro de San Miguel, quien, desafiando al demonio, había logrado derrotarlo, reduciéndole a lo recóndito de la Tierra.

Era el triunfo cristiano sobre las abominables herejías paganas, aunque había quien se acercaba a hurtadillas para asomar la cabeza en el hueco inserto en el muro de la iglesia, con la ilusión de advertir las resplandecientes escamas del dragón de siete cabezas que había osado enfrentarse al arcángel y que permanecía acechante en el averno.

En el severo altar románico dominaba el admirable retablo de plata con treinta y siete esmaltes multicolores, traído de Limoges, único y precioso adorno del templo que, en líneas generales, semejaba un torreón. Una gruesa capa de nieve permanecía sobre su tejado y el frío se mantenía adherido a sus paredes de piedra milenarias.

Los peregrinos, postrados ante el altar, oraron para que Dios les proporcionara protección en el camino que aún les faltaba recorrer hasta Compostela. Descendieron de la montaña con el ánimo fortalecido para encaminarse, cruzado el pueblo de Baraibar, a Lekunberri, y de allí, entre retorcidos parajes, tomar dirección a Tolosa.

Iban cubiertos con la capa de viaje; sobre la cabeza portaban un ancho sombrero y se apoyaban en el largo bastón. Al regreso de Compostela, cargarían en el pecho la concha milagrosa que proclamaría su condición de visitantes de la tumba del apóstol Santiago.

A la semana de caminar, Daniel pudo ver Tolosa, la ciudad natal de su madre, levantada a la orilla del río Oria, fortificada, como le aseguraron los peregrinos que estaban Ordizia y Segura, por su proximidad con la frontera del reino de Nabarra.

—Hemos tenido suerte de no haber padecido un percance, amigo, porque transitamos la frontera de malhechores —aseveró un gascón de ánimo simpático, mientras bebía y se refrescaba el rostro y los pies en el agua limpia de una fuente.

La entrada a la ciudad estaba sometida a una rigurosa vigilancia. Los guardias observaron con minuciosidad su salvoconducto, le examinaron a él y sus pertenencias, y le franquearon el portalón, junto al grupo que iba a dormir en un solar cercano al río, resguardado por la muralla.

Daniel preguntó por la posada Verónica, esperando que aún se mantuviera en pie, y le advirtieron con sorna que estaba donde siempre, pero que tuviera cuidado con el olor. Intrigado, dirigió sus pasos hacia donde le indicaron y, en efecto, el hedor era insoportable. Como si fuera un tornado, lo empujo hacia atrás. Se cubrió la nariz con un pañuelo y continuó, asqueado, su camino.

Antes que la posada, incrustada en un lienzo de muralla, Daniel pudo ver la ballena causante de la pestilencia. Era enorme, como trece veces su brazo extendido, y yacía muerta, panza arriba, sobre la orilla, con su color de plata vieja.

Preguntó a unos niños que corrían a su lado cómo el cetáceo había llegado hasta allí. Le aseguraron que la habían remolcado por el río, desde Zarautz, a cuyas playas arribó moribunda. La habían rematado unos arponeros.

La estaban desguazando, añadieron, porque su grasa era preciosa para la fabricación de aceite, y su carne, aunque no gustaba mucho, servía para tasajo. Muchos hombres se afanaban en la tarea, apremiados por un capataz feroz, trajeado de militar y que los hostigaba en la lengua de Castilla.

Un viejo marino observaba la ballena y la escena en general con sus ojos vacuos, fumando su pipa. Tan pronto sintió la presencia de Daniel, se alegró de poder charlar con un forastero, al parecer peregrino de la rúa. Dijo:

—En mis tiempos no se armaba tanto alboroto por una ballena.

—Es una criatura enorme —observó Daniel— y maloliente.

—Las he visto mayores. No en nuestras playas, adonde vienen a parir, sino cruzando la mar océana. Aquellas sí que eran ballenas de verdad, que las vi con mis ojos. Este es apenas un cachalote —y lo dijo con desprecio, escupiendo al suelo.

—¿Es que alguna vez se pudo cruzar ese mar, antes que Colón? —preguntó asombrado Daniel.

—Mi abuelo fue en la excursión que armamos los gipuzkoanos con los de Baiona, hace cien años, y pusieron pie en una isla grande, cubierta de hielo, en los lados del norte del mar Tenebroso, donde montañas de hielo desfilan como barcos. Esos hombres se dedicaron a la caza de ballenas, pues las había en abundancia en las aguas vírgenes, y trajeron más aceite en sus barcas de lo que se podía contabilizar —aseveró el viejo con admiración, y aclaró con voz rotunda—: Hablaron de diez toneladas en un viaje.

—Entonces Colón...

—Ese pájaro descubrió lo descubierto por nosotros, amigo, y lo aireó para ser almirante de la mar océana, y lo malo es que abaratará el aceite de ballena; eso es lo que es, para nuestro perjuicio. ¿De dónde crees que sacó sus famosas cartas marítimas que enseñó a los reyes como propias? Pues el conocimiento devenía de los capitanes de mi nación, que atestaban los puertos de Venecia y de Génova, y que habían tocado puerto en las Islas Afortunadas...

Ante el gesto de asombro de Daniel por esas revelaciones, el hombre, mal entonado, añadió:

—Los vascos inventamos el casco, el timón y la vela para que los barcos llegasen rápidos y fuesen seguros de navegar hasta el extremo final del mar, al sitio mismo donde no nace catarata alguna ni viven otros animales que las ballenas y el bacalao... —cansado de su recitación, tras una pausa, preguntó a bocajarro—: ¿Qué haces en Tolosa? No pareces soldado.

—Soy peregrino —aclaró rápidamente Daniel—. Busco la posada Verónica.

—La de la vieja Verónica, conocida es —asintió, agregando con una risa ronca, recordando sus años joviales—: No hubo hombre en Tolosa que no la cortejara o quisiera montarla, pero ella no aceptó a ninguno. Aseguró siempre que no había

nacido varón para ella —Se alzó de hombros ante el disparate y añadió con un ademán—: Sigue derecho, más allá de la
cabeza del cachalote, atraviesa el olor nauseabundo y verás tu
posada, peregrino. Eres nabarro, ¿verdad?

Daniel asintió, y entonces el viejo bajó la voz y le dijo confi-
dencialmente, en un rápido euskara:

—Ándate con cuidado, que preparan una invasión. Hay
orden del rey Fernando a la provincia de Gipuzkoa de reunir
gente. Lo pregonó el tal Juanito de Silva, capitán general de la
frontera de Nabarra. Parece que han querido tentar al mariscal
Pedro de Nabarra en ese sentido, pero es hombre de un solo
juramento y se ha negado a apartarse de la obediencia de la
reina Catalina.

Daniel acertó a menear la cabeza, agradeciendo la confianza
otorgada, y dirigió sus pasos, en medio del hedor, hacia la
posada cuya puerta franqueó. Se encontró en medio de una
sala amplia, limpia, fría y destartalada.

No había fuego prendido en la chimenea y las sillas permanecían aupadas sobre las mesas. Las paredes eran de piedra sin
encalar y las ventanas estrechas, con cristales opacos, apenas
dejaban pasar la luz.

Dio unas palmadas y emergió de entre las sombras del fondo
una joven vestida de negro, con un extraordinario cabello del
color de la plata que le caía suelto sobre los hombros. Sus ojos,
grandes y oscuros, se posaron con curiosidad en el forastero, a
quien espetó sin cortesía:

—Este año no abriremos.

—Busco a la señora Verónica Egia.

—Si es por una mala noticia, no vale la pena, pues se está
muriendo. Si es por una buena, también es tarde. No se resu-
cita a los cien años de edad.

—Busco información de su sobrina, Aniana Egia, que es mi
madre. Vengo de Pamplona —aclaró, pero podría añadir con

verdad que devenía de Córdoba, Granada y Viana, buscando sus raíces ocultas.

Entonces una voz aguda, parecida al graznido de un quebrantahuesos, urgió:

—Si es quien dice que es, que pase para darle un repaso. He esperado este día por más de treinta años.

La joven de los cabellos de plata dejó entrar a Daniel en una alcoba caldeada por un buen fuego. En medio de una cama inmensa, con su baldaquín de terciopelo verde raído, yacía una anciana diminuta, embutida en decenas de capas de piel de conejo, con una cofia de volantes cubriéndole la cabeza.

En medio de tanta cobertura, asomaba su rostro esquelético, de piel apergaminada, donde sus ojos del color de la melaza expedían una mirada vigilante y feroz, como la de los animales salvajes acosados. Era por lo único que se notaba que permanecía viva; por eso y por el tono perentorio de la voz.

Observó a Daniel con detenimiento, de los pies a la cabeza, lentamente, y le ordenó que se quitara la capa de viaje y que diera la vuelta en redondo, pues quería verlo de frente, de espaldas y de costado, y se estuvo largo rato sin decir una palabra, mientras Daniel cumplía sus órdenes, azorado. Al fin, la anciana, con un resoplido, espetó:

—Tienes el cuerpo de tu padre, pero tus ojos son los de mi sobrina. ¿Posees algún documento que avale tu condición de hijo de Isaak Lópiz y de Aniana Egia? No me puedo fiar del primero que pase por Tolosa y me lo asegure. Vienes de Nabarra, lo noto por tu acento, que no es autóctono, por cierto. Dime cómo has recalado de Granada hasta allí y por qué ahora estás aquí.

Daniel asintió, se sentó en un banco al lado de la cama e hizo una breve relación del asunto de la expulsión de los judíos que había motivado a su padre a cerrar con premura las casas y las tiendas de Córdoba y de Granada, refugiándose en Nabarra, con cuya princesa de Viana mantenía comercio y amistad.

Para confirmar su aseveración, rebuscó en su alforja los viejos rollos que avalaban su historia y se los extendió, pero ella los rechazó con un gesto airado.

—Solo leo números —afirmó, rotunda.

—Hay números.

Daniel extendió los rollos sobre el lecho y la anciana, curiosa, incorporándose sin ayuda, puso su dedo índice sobre las borrosas fechas, reconociéndolas con una expresión de dolor que alteró sus facciones, volviéndolas tan acusadas como la de un cadáver.

—¿Qué buscas? No tengo dinero que darte. La posada se la tengo donada en testamento a Veroniquilla para que me ayude antes a morir.

—Busco recuerdos, señora, nada más que recuerdos.

Ella sonrió, menando su cabeza de halcón, y comentó que así hablaba Isaak, con palabras que semejaban versos cantados, envolviendo sus intenciones tan hermosamente que cualquier mujer podía enamorarse con escucharlo, sino lo había hecho antes al mirarlo, porque era hombre apuesto y de grata sonrisa y mirada dulce como el caramelo, alto como una lanza, con aquel tono de su piel como empapado en oro y su cabello renegrido tal como si fuese hecho de azabache.

Que se había allegado una tarde de primavera a Tolosa, al florecer las rosas silvestres, con su carromato pintado de azul, tirado por dos mulas hermosas, grises como el mercurio, y luciendo un toldo de un radiante tono naranja para extender ante la mirada atónita de los tolosarras su especial mercancía.

Pero antes, había descendido del pescante de su carromato y escanciado un perfume de azahar por la plaza —algunos pensaron que era un embrujo— y ofreció a sorteo una pomada de rosas y seis jabones de lavanda para favorecer los humores del cuerpo femenino y aumentar su belleza. Así, logró mantenerles sujeta la atención.

217

Luego, expuso, en una bandeja cubierta con un paño de terciopelo carmesí, sus joyas de piedras multicolores, exhibió sus mantos de lana merina, azules y rojos, ocres y bermejos, sedas que destellaban al sol, pañuelos de hilo delicados como nubes y cintas doradas de satén para el pelo.

Muchos comerciantes habían desfilado por Tolosa, que no era el primero, pero sí el único que ofreció tan bellos productos y de manera tan ingeniosa y gentil, y las mujeres, ancianas y jóvenes, todas sin excepción, enloquecieron por él

—Pero Aniana perdió la razón absolutamente —sentenció Verónica y, cerrando los ojos, evocó el tiempo en que ella también había pensado en Isaak como compañero de lecho, no como marido, sino como amante, pues percibía en él un sensualismo que ninguno de los hombres de Tolosa parecía poseer; un cortejo exquisito, unas técnicas depuradas en el amor, una seducción perfecta.

Ella supo contener el tino, su sobrina no, y compró demasiadas cintas doradas para sus cabellos, y adquirió un relicario de plata repujada de Córdoba, que ninguna falta le hacía para embellecer, porque Dios la había dotado de hermosura. Era bien formada, con pechos abundantes y caderas generosas, y sus cabellos brillaban con su tonalidad de almendras maduras.

Sus ojos eran un poco verdes, un poco azules, un poco castaños…, según les diera la luz del sol; su voz tenía el sonido de las tórtolas; su andar era vivaz como el de las gacelas; y, a más, su mente resultaba perspicaz; su conversación, interesante; y su espíritu, afable como el de ninguna mujer de la villa. Que ella bien la había criado.

Sus amigas, cuando se entregó a Isaak, afirmaron que era una suerte, porque se la llevaría en su carromato azulón con sus mulas plateadas y su toldo naranja a los confines del mundo, o sea, a Granada, y a salvo quedaban sus hombres de semejante tentación.

Y así partió Aniana con su judío errante, tras el matrimonio cristiano que oficiaron, única objeción que puso Verónica y que Isaak aceptó, ambos felices como niños con zapatos nuevos. Para entonces, Aniana tenía el vientre abultado por el embarazo y la alegría desbordante de haber encontrado en la tierra el paraíso original.

Se despidió de Tolosa, removiendo su pañuelo blanco de encajes en el aire, y lo último que se vio de ella, al traspasar las murallas, fue el resplandor del relicario de plata sobre su pecho.

—¿Eso fue todo? —interrumpió Daniel, impaciente.

—Ese fue el comienzo de la tragedia —apuntaló la anciana con gesto torvo—. Tú naciste de parto prematuro, en San Sebastián, y ella se fue de este mundo entre fiebres, dejando a tu padre aturdido, y a mí, enojada. Fui como una madre para ella, al confiármela mi hermano, huido a los bosques por el asesinato de los pretenciosos procuradores reales, que en nombre del rey de Castilla se allegaron a Tolosa a recaudar más de lo debido, que bien que ya cumplíamos con las tasas reales. Las juntas de Gipuzkoa, nuestro verdadero gobierno, trabajaron a nuestro favor, pues Enrique de Castilla se vino ni más ni menos que con un ejército a reducirnos.

—Mi abuelo fue el asesino, ¿verdad?

—Fue el verdugo —dictaminó Verónica con determinación.

Y, desganadamente, explicó la causa del hombre que, queriendo salvar a Tolosa de una expoliación, había matado a los acreedores. Aliviados al principio, pronto sintieron aprensión cuando les llegó el rey de Castilla, vestido a la manera árabe que tanto le gustaba, expidiendo su olor apestoso, pues jamás se bañaba, y con su ejército de caballeros armados con picas, lanzas y alabardas, y acarreando una catapulta.

—Te lo advierto, para la que os va a llegar, que en la guerra los castellanos son esforzados como el primero, y aquella vez amenazaron con desmantelar la villa si no se entregaba a los hombres que habían perpetrado el crimen. Pero nosotros somos gente astuta en el afán de sobrevivir y, guardando las apariencias, solicitamos perdón, pero no había disposición de entregar a los hombres justicieros, que eran tres, aunque tu abuelo se declaró único culpable. El rey, que a mi ver no le gustaba demasiado eso de andar guerreando en una tierra donde hay pocos claros y muchas montañas, nos dejó salir con la nuestra. Pero mi hermano, precavido, no abandonó su escondrijo en las montañas.

Verónica emitió una risa ronca y desagradable que degeneró en una tos seca. Veroniquilla le trajo agua endulzada con miel que la mujer sorbió a pequeños tragos. Luego, miró de hito en hito a Daniel para asegurar:

—Los pueblos sometidos a tanto soberano mal habido nos alegramos por esas miserias, Daniel. Tu abuelo no fue un bandolero: desafió al poder real con la única arma que le restaba, su puñal, y puedes estar orgulloso de él, pues defendió la causa en la que creyó por el bien de los suyos, exponiendo su vida. No veo la diferencia entre matar a un recaudador extranjero que quiere exprimirte las tripas o ir a la guerra por orden de un rey al que ni conoces ni entiendes y matar en su nombre a un desconocido en el campo de batalla.

Daniel aceptó con un movimiento de cabeza y preguntó lo que le interesaba:

—¿Por qué Isaak cargó conmigo? Pudo dejarme contigo.

—Eras el milagro de su gran amor. Te quería mucho más de lo que nunca hubiera imaginado fuera capaz de hacerlo un hombre como él, dedicado a sus negocios… Te acunaba en los brazos con tanta ternura como la de una mujer y te cantaba nanas para adormecerte y tranquilizarte. Nunca volví a saber de él ni de ti, aunque te juro que si me hubiera pedido que embarcara con él en una canoa para cruzar el mar Tenebroso lo habría hecho.

—Nunca tuvo otra mujer —aseguró Daniel con tristeza, y añadió en plan de confesión—, cosa que no me apenó, porque se hubiera interpuesto entre los dos.

—Eso me juró cuando preparábamos el cadáver de mi sobrina para la sepultura, que nunca tomaría esposa. Él retiró del cuerpo de Aniana el puñal, que llevaba atado a la cintura, con el que su padre, mi hermano, había matado al recaudador. Parecía más un arma de mujer. Ella lo cargaba como recuerdo del padre que apenas conoció.

—Lo encontré entre las cosas de mi padre —admitió Daniel.

—Guárdalo como recuerdo de lo que no se debe hacer si hay leyes justas —conminó la anciana con severidad.

Le ofreció hospedaje en el cuarto que fuera de su madre y al cual entró Daniel en puntillas, con el respeto que le merecía la mujer que, dándole la vida, había perdido la suya. Observó la pequeña cama y se hundió en ella como en un refugio largamente anhelado, jamás olvidado, aunque nunca conocido.

Sobre una mesa había un aguamanil de loza blanca para adecentarse, junto a un relicario con su cadena, el que su enamorada madre había comprado a Isaak en el preámbulo de su amor. Alzándolo con manos temblorosas, lo besó, ahogando un sollozo.

Se dio cuenta de que, en la complicada filigrana de plata que lo configuraba y embellecía, destacaba la figura de un lauburu, el antiguo signo vascón de la vida y de la muerte, bajo el cual había enterrado a su padre.

Dentro del relicario encontró un rizo de pelo, tan dorado y brillante que parecía recién cortado, junto a los morados pétalos marchitos de una flor. Lo acarició y, cerrándolo, se lo colgó del pecho. La fuerza de aquel amor que le procurara la vida movería sus pasos en el futuro.

\*\*\*

En la noche, tras una cena frugal —queso, nueces y manzanas asadas—, regresó al cuarto de Verónica, que estaba reclinada sobre una pila de almohadones, y que, en vez de bucear en sus recuerdos, mostró su preocupación por las cosas que sucedían a su alrededor. Había ingerido té de flores de estramonio y se encontraba lúcida para disertar.

—Hermoso varón eres —sentenció la anciana, admirando a su sobrino-nieto, alegrándose de que no viviera en Tolosa, pues reclutaban a cuanto hombre encontraban, por más joven que fuese, para reforzar el ejército de Castilla para el asunto de la invasión a Nabarra, conquista planificada por el rey Fernando y que llevaría a cabo Fabrique Álvarez de Toledo, nombrado duque de Alba por los numerosos y buenos servicios prestados a los Reyes Católicos. Estaban organizando un gran ejército en la ciudad de Vitoria y en todas las zonas colindantes.

Verónica aclaró con viveza:

—Tienen su enredo familiar. Fabrique es hijo de la hermanastra de Juana, madre de Fernando, esa arpía mujer que, por donde pisó, levantó polvo de revueltas, sea en Nabarra o en Cataluña o en Castilla. Era perversa y, como detentaba poder, manejó esa facultad para mal de todos y provecho de algunos.

—De siempre quiere Fernando poseer Nabarra. Cree que la muralla del Pirineo occidental y oriental le salvará del ataque francés, que funcionará bajo su mando como una puerta sellada —opinó Daniel, preocupado, pues Catalina, que solía explayarse con él, no había mencionado estos sucesos de preparación militar. Los debía ignorar.

—Castilla nos invadió, Daniel, desgarrándonos de Nabarra. No soy capaz de valorar lo que perdimos los gipuzkoanos con esa secesión, ni los bizkainos y alabeses, a los que también absorbió Castilla. Lo cierto es que Nabarra se quedó sin nuestro mar, camino de civilización. Creo que ese fue el principio del mal para los euskaldunes.[19]

—¿Han reclutado mucha gente?

—El capitán Ribera anda en ello afanado, ayudado por los oñacinos y por los gamboínos, que su tabarra dan como a vosotros los agramonteses y los beamonteses... El duque de Treviño también se deja ver, y se dice que pretende ser virrey de Nabarra —Verónica meneó la cabeza y los volantes de su cofia tremolaron en torno a su rostro enjuto. Siguió disertando con su voz cascada—: Nadie escapa de la leva, pues cualquier deserción se anota y recae el castigo sobre la familia. Capturan a nuestros jóvenes y los adiestran, porque se necesita tiempo para transformar a un campesino en soldado. Hace poco, recibí una notificación para aposentar aquí a unos muchachos. Dije que a mis cien años no estaba para trabajos de hospedaje y hasta ahora me han dejado en paz. Portan algo terrible que ruge espantosamente y han estado ensayando con ello por la vera del río.

—¿De qué hablas, tía mía? —apremió Daniel con aprehensión.

—De la artillería.

Daniel sabía del cañón, pues los comerciantes de Venecia y Génova hablaban del artilugio mortal de cuerpo de metal en la casa de Isaac, en Granada. Era un arma pesada, explicaban, que utilizaba, entre otros componentes, la pólvora que los chinos, esa gente de piel amarilla del Este del mundo, habían descubierto hacía tiempo, logrando, mediante su explosión, una ilusión de estrellas fugaces en el cielo.

Mas ciertos hombres no se contentaron con ese recreo celestial y convirtieron la pólvora en una formidable arma de guerra. Los comerciantes afirmaron que ese polvo negro podía

---

19   Euskaldunak: los que dominan el euskara. Nombre que se han dado a sí mismos los vascos de los territorios históricos.

resultar un arma mortífera que dejaría obsoletas las ballestas y catapultas; que quien poseyera pólvora y cañones sería el dueño de la Tierra.

Se extendería por la aguerrida Europa de modo fulminante, pronosticaron, y ya lo habían ensayado en la batalla de Huelva, la llamada Batalla del Humo, hacía uno doscientos años, con éxito.

Una vez que los herreros supieran confeccionar con celeridad los cañones desde los que se disparaban las balas mortíferas, sería un artículo por el que los príncipes cristianos pagarían mucho dinero.

Isaak aseguró que él no iba a comerciar con armas. Le bastaban sus telas y sus joyas. Quería hermosear la humanidad, no destrozarla.

La anciana rescató a Daniel de su abstracción con las siguientes palabras:

—Veroniquilla puede contarte cosas. Anda prendada de un castellano y entiende su lengua, para mí, dura como ladrido de perro. La nuestra es armoniosa, mimosa y familiar, para hablar cerca del fuego del hogar y cantar cuando se recoge flores en la primavera o se siembra productos en la tierra, animándolos a florecer. La de ellos solo sirve para comandar a la matanza. Que te cuente la que están montando en la ribera del río, en el sitio donde antes lavábamos las sábanas y las dejábamos secar, tendiéndolas al sol. ¡Si había que sacudir las flores de manzanilla que se posaban en ellas, arrastradas por la brisa, y a las mariposas doradas que gustaban del almidón!

La muchacha de los cabellos de plata, animada, habló largamente: el capitán castellano había mandado traer por tierra, derivando por la orilla del río, unos artefactos de hierro que arrastraban los caballos percherones; que pocos sabían de la utilización de aquella monstruosa maquinaria.

El capitán Ribera y sus hijos, el conde Treviño y su hijo Antonio, y algunos de su guardia, enseñaban cómo colo-

car unas bolas redondas en la boca del cañón y lo disparaban encendiendo una mecha, y la bala salía velozmente del
artilugio, destrozando lo que tenía por delante, a corto y largo
alcance.

—Pueden caer los muros de una casa de piedra que se ha
mantenido enhiesta mil años en un instante, señor —aseveró
la muchacha, con un dejo de admiración.

Daniel se estremeció, pensando en los viejos castillos de
Nabarra que habían aguantado un milenio en pie: Noain,
Marcilla, Mendabia, Xabier, Amaiur... Piedra sobre piedra,
tiempo sobre tiempo, amenazados por la ruina que ocasiona-
ban la humedad y el musgo, pero indestructibles, pese a ello, a
la lanza y a la pica, aún a la catapulta, aunque serían vulnerables a la bala de cañón.

Su corazón tembló, presintiendo la catástrofe que sobreve-
nía, y preguntó a la muchacha:

—¿Cuántos hombres están juntando Ribera y Nájera?

—Muchos, señor. No solo de Gipuzkoa, que los hay de
Bizkaia y Alaba, pues aseguran que, al ellos conocer mejor
la geografía de los montes que nos separan de Nabarra y al
hablar la misma lengua, podrán deambular mejor por las fronteras. No sé contarlos; solo me sobrecoge mirarlos.

—A ti ver tanto hombre te produce excitación, es lo que es,
muchacha necia, y se te nubla la sapiencia matemática que te
enseñé, buena para controlar el negocio —masculló incisiva la
anciana, que no estaba a gusto con su amorío, aunque pensaba
con alivio que, una vez que el hombre partiera a su guerra,
no volvería. Lo malo era que la moza no tendría varón con
quien consolarse. Todos se iban convocados a la nueva guerra
de Fernando.

—Vienen tropas de Inglaterra, una isla brumosa allende el
mar de los vascos, y desembarcarán en Pasaia, con orden de
allegarse a Pamplona. Aseguran que sus arqueros son temibles
—culminó Veroniquilla. Tragó saliva antes de anunciar—:

He oído que con las tropas adiestradas de infantería y caballería, más los cañones, tienen suficiente como para conquistar Nabarra en un santiamén. Hablan de tomar el pueblo de Goizueta y también de desfilar por un llano que denominan La Brurunda. Un nabarro, Luis de Beaumont, al que atienden mucho, extiende planos, y en eso andan entretenidos los altos cargos, repasando una y otra vez las cartas donde están señalados los pueblos y los castillos defensivos del reino. Asegura el tal señor, a quien quiera escucharle, que Fernando le devolverá sus tierras, expropiadas por los reyes cismáticos Juan y Catalina, y que le harán Grande de España, cosa que estima mucho.

—¿Estás segura de lo que dices?

—Sí, disertan tranquilamente mientras les sirvo hidromiel, porque como no hablan sino su lengua, no pueden comprender que yo poseo la mía y la de ellos; que sé traducir sus palabras en mi mente con rapidez, agudizando mi entendimiento. No hablan claramente de invadir Nabarra: dicen que van a transitarla para alcanzar Guyena, en el reino de Francia.

\*\*\*

Su tiempo en Tolosa tocó su fin. Con pesar, besó la frente de su único pariente vivo en la Tierra, anunciando su partida antes de que la cuadrilla de soldados interrumpiera su propósito de retorno a Iruña.

La anciana lo miró con pena infinita, reteniendo las manos del hombre entre las suyas para besarlas, pero observó los dedos tiznados. Preguntó, indagadora:

—¿A qué te dedicas, sangre de mi sangre?

—Ayudé a mi padre en el comercio, he oficiado de boticario; mi esposa, Otxanda, es posadera, lo ha sido en Viana y lo es en Iruña, y le he ayudado en ello...

—Esto de llevar una posada lo cargamos en herencia en nuestra sangre los Egia —observó satisfecha la anciana—, pero no me explica lo de esos dedos ennegrecidos...

—Opero de impresor.

—Impresor... Esos que van estampando palabras en los papeles. Palabras, palabras, palabras que hacen soñar, que hacen recordar, que procuran curiosidad, que nos consuelan en el dolor y nos espabilan de la modorra. Palabras que son más fuertes, o deberían ser_o, que las balas del cañón pavoroso. Las palabras hacen a los hombres y mujeres; el cañón, los derrumba.

Un silencio plúmbeo siguió al discurso de la anciana, que volvió a besar con sus resecos labios las manos del hijo de su sobrina, Aniana, y palpándcle el relicario de plata que pendía de su cuello, con un gesto de ternura, susurró:

—Eres hijo de un gran, hermoso y brillante amor, y nieto de un hombre que no aceptó ser subyugado por unos recaudadores ambiciosos. Dios sea contigo, Daniel, y con tu esposa y tus hijos, pues ellos heredarán la tierra.

—¿Qué tierra, tía mía? Nabarra no podrá contrarrestar semejante ejército y sus armas mortales. Se perderá.

—Volverán los tiempos dorados a reparar la miseria negra de estos, en que estamos obligados a pelear entre hermanos por las ambiciones de unos hombres ajenos a nuestros fueros, usos y costumbres. Esos poderosos creen que la muerte no habrá de llegarles y les alcanzará, igual que a mí. Puedes engañar a los tuyos por un tiempo, pero ro se puede engañar a todos por una eternidad. El fuero ha de volver al fuero —aseguró ella, cerrando los ojos y dejándole partir.

Veroniquilla le acompañó a la puerta y le aseguró a Daniel que cuidaría de la anciana hasta su muerte; que no había tenido otra madre ni otro padre que ella; y que su soldado castellano, hijo de unos ganaderos que tenían más hijos que vacas, no la iba a llevar camino de Pamplona ni tampoco de regreso a

Segovia, pues había escuchado decir a los mandos, mientras cebaban el cañón, que a los que fueran bravíos, Fernando les compensaría con abultados honores en tierras y títulos.

Si su hombre sobrevivía a la guerra, si conquistaba a sangre y fuego aunque fuera un retazo de la muralla de Pamplona, sería Grande España y dueño de un botín, entonces... ¿qué sería para él una mujer sin apellido, sirvienta de una posada en un pueblo perdido en las montañas de Gipuzkoa?

Daniel no encontró palabras para calmarle la pena ni despejarle las dudas, así que se despidió de ella cortésmente, dirigiendo sus pasos hacia la puerta de la ciudad. La ballena había sido desguazada.

Restaba el esqueleto del animal, varado en la ribera del Oria como un inútil barco desmantelado. El hedor nauseabundo seguía siendo fuerte y percibió que se unía al olor de la pólvora de los cañones en los que se instruía a los soldados noveles.

No encontró ningún grupo de peregrinos al que agregarse, pues con las noticias de una guerra inminente nadie se aventuraba por el camino de regreso de Compostela, vía Orreaga/ Roncesvalles.

Transitó solitario, con la brújula en la mano, procurando hacerlo en las noches, escuchando el ulular de los búhos entre los árboles del bosque, la fugaz estampida de ciervos y jabalíes, intimidando con sus pasos entre la maleza cimarrona a las tímidas garcetas y conejos y zorros, rumbo a la vieja ciudad vascona, la capital del amenazado reino de Nabarra.

# Capítulo 10. Retirada

## Palacio de San Pedro, Pamplona/Iruña, 21 de julio de 1512

Fernando expidió su bula en la que declaraba, con la autoridad de un Papa y amparado por él, cismáticos a los reyes de Nabarra, dejando la corona a disposición del primero que pudiera aferrarla con su guantelete de hierro.

En pleno frenesí guerrero, potenciado por las pócimas que ingería, declaraba la guerra a Francia, conminando que si la Nabarra de ultrapuertos quería aliarse con esa, lo hiciera, pero la Alta Nabarra debía aliarse a Castilla. Así quedaba sellado a cal y canto el portón del Pirineo a los deseos expansionistas de Francia.

Tal antinomia resultaba imposible por la naturaleza del reino, pero Fernando iba estrechando el lazo en torno al cuello de los reyes Albret-Foix, mientras aceleraba las negociaciones en Tudela para el matrimonio de Enrique de Nabarra con la infanta Isabel de Castilla, requiriendo seis castillos de Nabarra como anticipo a toda acción.

Mientras los medrosos diplomáticos de Nabarra y Castilla perdían el tiempo en disquisiciones verbales, entre un acuerdo y otro, liando estas cosas con aquellas, confundiendo las verdades con mentiras, Fernando escribía bulas con tinta en tanto disponía pólvora para sus cañones, transportando tropas y artillería a los límites fronterizos del reino a invadir.

\*\*\*

Otxanda recibió a Daniel, que llegó como un huésped en la mitad de la noche, con un abrazo que él convirtió en un apretado y amoroso vínculo, demorado por el tiempo de la permanencia en Tolosa, agudizados los sentidos por las novedades guerreras. Refugiados en la alcoba, al final del frenesí amoroso, reposando su cabeza contra el pecho amado, ella musitó con dolor:

—La gente ha huido de Iruña.

—¿Y los reyes?

—Andan en deliberaciones, recibiendo embajadas europeas. Hoy atienden a un embajador inglés, que viene de parte del marqués de Dorset, que está al frente de sus tropas acantonadas en Pasaia, urgiendo a nuestros reyes a que entren en la Santa Liga[20] para paralizar los planes bélicos. El obispo de Zamora, Antonio Acuña, de parte del duque de Alba, exige que las tropas castellanas atraviesen nuestro territorio vía Francia. Todo es un correteo, un ir y venir, un aconsejar y un desaconsejar. Los reyes menean preocupados las cabezas, indecisos se restriegan las manos, alarmados fruncen los ceños y espantados arrugan los labios. Han convocado cortes. Quieren llamar al apellido general, pues se necesitan soldados para la guerra que nos viene. Carecemos de un ejército regular.

—En marcha nos llega un ejército poderoso con miles de hombres alistados en la guerra de Granada e Italia, los que formaron parte del invicto ejército del gran capitán. Traen artillería.

—Si entramos en la Santa Liga, no podrán invadirnos con la excusa de que les impedimos cruzar el territorio hacia el norte.

---

20    Santa Liga. 1511. Estados Pontificios, Venecia, Castilla, Aragón, Suiza, Sacro Imperio Romano, Inglaterra, contra Francia.

—Lo harán de todas formas. Está escrito en la mente de Fernando y el rey de Francia no va a resolver ninguna acción bélica a nuestro favor, pues el enemigo es poderoso. Estamos en guerra y el botín se llama Nabarra —respondió resueltamente Daniel.

—Aguardaba con ansias tu regreso del interminable viaje a Tolosa —dijo ella, mirándole directamente a los ojos y añadiendo con una ternura delicada y una emoción profunda—: Esperaba al padre de mi hijo.

Daniel sintió que se le ensanchaba el pecho, que el corazón le latía con una fuerza imparable, aún más que el retumbar de los cañones de la guerra, y, por primera vez desde que la conoció y de ella se enamoró, la abrazó enteramente, sin percibir el fantasma del joven músico de los rizos de oro.

Por primera vez en su larga y confusa relación, advirtió que la gloria era suya. Y recitó con voz melódica unos versos del Salmo 100 que vinieron a su memoria, porque eran los que recitaba su padre, Isaac, cuando lo abrazaba tras uno de sus viajes:

—*Cantad alegres a Dios, habitantes de la Tierra./ Servid a Jehová con alegría; venid ante su presencia con regocijo./ Reconoced que Jehová es Dios; Él nos hizo y no nosotros a nosotros mismos, pueblo suyo somos y ovejas de su prado./ Entrad por sus puertas con acción de gracias, por sus atrios con alabanzas; alabadle, bendecid su nombre...*

Otxanda, al escucharlo, no pudo reprimir su risa. Habían hecho lo suficiente como para engendrar su propio milagro.

\*\*\*

Se firmó, en aquellos días enardecidos, en que el aire de Pamplona olía a destrucción, en última y desesperada instancia por parte de los reyes Catalina y Juan, un tratado con Francia, pero no había disposición, por parte francesa, de cumplir acuerdos, y menos de enfrentarse a los ejércitos de Alba que marchaban triunfantes con los tambores y timbales resonantes, desplegadas las banderolas y enardecidos los miles de hombres por la apetencia del botín.

El duque, amparado en apariencia por una bula que concedía legitimidad a la invasión de un reino comandado por reyes cismáticos, rompió la frontera por el valle de La Burunda, penetrando en tierra soberana de Nabarra, al frente de unos doce mil hombres, entre caballeros, infantería y peones, dos mil quinientos caballos y veinte cañones.

En la vanguardia del ejército había hombres de Bizkaia, Gipuzkoa y Alaba, sometidos al imperio de Castilla. A su cabeza iba el traidor Luis de Beaumont. Vestían cotas de acero, lucían yelmos con plumas granadas, portaban lanzas y montaban soberbios caballos de guerra.

Pernoctaron la noche de aquel 22 de julio en Etxarri Aranatz, mientras unas tropas ronkalesas que custodiaban ese punto huyeron por el desfiladero de Ozkate, amedrentadas por el aparato guerrero y por el número de los invasores, viendo como con unos pocos cañonazos derrumbaban el castillo de Oskia.

Situado entre las poblaciones de Saldise y Egilor, era un baluarte estratégico de protección de la entrada del camino a Pamplona, a la que se dirigían en veloz marcha al batir de tambores y piafar de caballos sobreexcitados por la pica de las espuelas en sus vientres.

Los soldados que habían luchado en Italia y en Granada, entrenados en estos desfiles, apurados por entrar en acción bélica y conseguir botín, dejaron rápidamente atrás la sierra y los altos picos de las montañas que cercaban Pamplona para acceder a la fértil cuenca donde estaba situada la ciudad amurallada de los reyes cismáticos, esa vieja ciudad de los vascones que había humillado Pompeyo el romano, refundando otra con su nombre, y que había incendiado el emperador de

Europa, Carlo Magno, hasta reducirla a cenizas, pero que se reconstruía pese a tanta adversidad, una y otra vez.

El ejército, para descansar, refrescarse y retomar fuerzas para el ataque inminente a Pamplona, se detuvo en el castillo de Arazuri, propiedad de un familiar del conde de Lerín.

Como el tiempo era caluroso, la ávida soldadesca se desparramó por los campos adyacentes, robando y atropellando según costumbre de todo ejército conquistador. Formaban parte de la trama de la invasión el amedrentamiento y la humillación de la población civil, la expoliación de sus bienes y la violación de las mujeres.

\*\*\*

Catalina dirigía con energía la operación de evacuación ordenada por Juan, pese a mantener a sus hijos pequeños arracimados junto a ella, aferrados literalmente a sus faldas, pues preveían, como los mayores, la catástrofe inminente. No sollozaban; se mantenían en expectante silencio. No olvidaban en aquella hora extrema que eran príncipes de Nabarra.

El rey mantenía conversaciones con los embajadores extranjeros de grave aspecto y extraño continente, que hablaban diversas lenguas y mantenían criterios dispares. Su rostro estaba nublado; el ceño, fruncido; y, raro en él, su humor era inaguantable.

Sabía que debía ordenar la retirada de Pamplona para replegarse a la parte norte del reino y le dolía la decisión y le mortificaba la entrega de la capital al enemigo. La orden que dio finalmente fue la de refugiarse en Bearn para planificar un contraataque posterior, una vez conseguidas tropas para batallar.

Se embalaron enseres, joyas y trajes ceremoniales, a más de abundante comida, para el trajinar a Orthez por la ruta del valle de Egues. El viaje sería largo, aunque debía ser rápido. Se solicitaron refuerzos ante la gravedad de la situación a Tafalla, Estella y Tudela, estas últimas comandadas por Gonzalo de Mirafuentes, y en total se sumaron quinientos hombres y ningún cañón. Vista la inmensidad del ejército invasor y su artillería, se retiraron, cabizbajos, a Lumbier.

***

Daniel y Otxanda se presentaron en el palacio de San Pedro, dispuestos a colaborar, y se ocuparon de la movilización ordenada de los enseres a las reatas de mulas y caballos, azuzando a las doncellas de Catalina, tan azoradas como poco dispuestas al traslado.

Daniel trajo consigo sus remedios de hierbas, en especial para los niños. Hacía mucho calor en esos días de julio, así que aconsejó a la reina que no revistieran con refajos excesivos a los infantes.

Ella asintió y después, incapaz de guardar para sí misma semejante afrenta, le mostró la carta remitida por el duque de Alba, apostado en Arazuri, a sus mensajeros, que habían ido hasta allí con la bandera blanca, presentando sus condiciones.

Replicaba el insolente duque que no era cuestión de los vencidos imponer criterios a los vencedores, sino que las debían recibir de estos. No habían tomado Pamplona y resultaban los dueños de la situación, confirmando la derrota de los reyes de Nabarra.

—Enviamos a los mensajeros para ganar tiempo y delimitar ciertas seguridades para los habitantes que se queden en la ciudad… Los despacharon como a unos siervos. ¡Ay, Daniel! —y Catalina, por primera vez en años de embarazos, de dejaciones en el gobierno primero a su madre y después a su esposo y suegro, de amores y desamores con su gallardo Juan, se explayó en voz alta lo que había rumiado en sus silencios—: *Si hubiera sido yo Juan y no Catalina, y Juan Catalina y no Juan, no se hubiera perdido Nabarra.*

En voz baja, casi en un suspiro, con las manos apretadas contra el pecho, añadió:

—No hubiera habido embarazos, partos dolorosos, niños muertos…, *pero sí mejor gobierno.*

Era la primera vez que la reina le hacía semejante confidencia, y Daniel, molesto, aunque de acuerdo con ella, se limitó a tenderle la mano para que montara en la yegua pequeña y rápida que tanto le gustaba, apremiando:

—Salid de Pamplona cuanto antes, mi señora. Se escuchan los tambores.

—Parece, y no lo es, una huida vergonzosa. Siempre me han reprochado mi gusto por Bearn, que lo prefería a Pamplona. Ahora parto forzada a esa otra parte de mi reino, excomulgada y proscrita. No puedo pedir a los nabarros la insumisión de Numancia. No soy capaz de cargar ese crimen en mi conciencia. Creo que vale la pena vivir, porque mientras hay vida, hay esperanza.

—Lleváis la corona con vuestra persona y el heredero de ella en vuestro cortejo. Lo que hoy se pierde puede ganarse mañana, mi señora —accedió contrito Daniel, con voz suave, al ver el sufrimiento de su reina.

—¿Con otro tratado de Blois? ¿Con más papeles mojados? ¿Con excomuniones y bulas pontificias? Carecemos de los recursos militares y diplomáticos de Fernando. No solo le tememos nosotros, Daniel, sino los demás pueblos de Europa, y esos otros pueblos que están en ultramar no saben bien lo que les espera —Una vez en la grupa de su yegua, preguntó a Daniel con afable interés—: ¿Encontraste la mitad de ti mismo en Tolosa?

—Sí, señora. Hay confusión en mis genes. Desciendo, por un lado, de un hombre que mató a los recaudadores de impuestos, y, por otro, de un hombre que fue usurero.

—Tu padre fue el mejor hombre que nunca he conocido, si exceptuamos a Juan de Jassu o al mariscal Navarro. Tienes lo

mejor de su ser y con ello, Daniel, serás un hombre sobresa-
liente. No temas por tu condición de judío: estás casado con
una nabarra y tienes ascendencia vascona. Como eres discreto,
eso te librará de la hoguera.

Luego, con voz firme, porque era la última orden que daba
en Pamplona, dijo:

—Usa tu imprenta, Daniel, que llegarán tiempos en que
podamos expresar nuestros pensamientos y sentimientos con
mayor amplitud a la gente conocida y desconocida; en el que
las falsedades de las bulas de Fernando no podrán colarse,
porque los hombres y mujeres estarán informados y podrán
juzgar por sí mismos, sin que un Papa les diga lo que deben
pensar ni un rey con corona lo qué ejecutar. No sé cómo me
valorarán a mí los nabarros de los tiempos futuros, pero me
gustaría que supieran que fui mujer que se inclinó por las
artes, que poseyó una biblioteca en el castillo de Olite, en que
traté de encontrar la felicidad de mi pueblo y la propia, no en
la guerra y en la conquista, no en el vasallaje y en la intimidación, sino en la gracia de la cultura.

Catalina se volvió y miró por última vez el palacio de San
Pedro, con su hosca y ruda apariencia de fortaleza. Sus ojos
húmedos recorrieron el grave continente de las piedras grises,
recubiertas de musgo, el severo portal por donde tantas veces
había entrado y salido, el camino por el que llegó ilusionada
para ser coronada, por el que partía ahora, diecisiete años después, con el ánimo destrozado.

—Puedes creerlo, Daniel —musitó sin perder su humor delicado ni en aquella hora terrible—, lo único que voy a extrañar
es tu barril de agua tibia con su esencia de tomillo sanjuanero
de Viana y rosas de Iruña y sal del mar Muerto.

Clavó suavemente las espuelas en su yegua, temiendo hacerle
daño al animal, y dio orden a la marcha de la caravana hacia
Orthez. Los vecinos de la Nabarreria observaron cómo par-
tían la reina y los príncipes, desde detrás de las ventanas, teme-

rosos y expectantes ante los sucesos que habrían de ocurrir a la ciudad.

\*\*\*

Otxanda se ocupaba de los niños y observó, preocupada, que el pequeño Francisco había enrojecido de un modo extraordinario. Puso su mano en la frente del pequeño y notó la subida de la fiebre.

Recurrió a los paños con agua fría, untó varios de ellos en las frescas aguas del río Urbi, por cuya ladera discurría el cortejo, ya en el valle de Egues, extraño remedio de Daniel para los procesos febriles. Como la avanzada era rápida y desordenada, al pequeño se le caían constantemente los trapos. Empezó a delirar.

Hubo que detenerse, porque comenzaron las convulsiones. Una de las mujeres habló de abrigarlo, según era lo adecuado en casos de fiebre, con lo cual el niño comenzó a tener una sudoración excesiva. Gemía y clamaba por su madre, quien bajó de su yegua, corrió hacia su pequeño y lo estrechó entre sus brazos, animándole con tiernas palabras a vivir.

Daniel, apurado por el estertor agónico del pequeño, habló de sumergirlo en el agua fresca de un manantial cercano. Sin tiempo de realizar esa operación, a juicio de los físicos tan estrafalaria como peligrosa, el niño quedó inerme en brazos de su madre. Murió sin abrir los ojos, sin emitir sonido alguno, consumido por el calor de su fiebre y los zarandeos de la jornada.

Catalina apretó dolorosamente contra su corazón a la inerme criatura de sus entrañas, recordando gozosa su concepción, apenada por su embarazo y pesarosa de su parto, y los largos días de la lactancia. Con desgarramiento, se lo entregó a Otxanda para que lo cubriera con los ricos ropajes de su bautismo, pues lo enterrarían en Orthez, no a la vera del camino como se hacía con los forajidos.

Y celebrarían funerales, pese a la excomunión expedida contra ellos, apartándoles de los ritos litúrgicos reconfortantes de la misa de difuntos. Que no eran herejes ni cismáticos. Esa era tan solo la infame mentira decretada por Fernando para procurar la invasión de su reino.

\*\*\*

Otxanda ni Daniel se percataron, en aquella carrera hacia Orthez a refugiarse en el castillo de Moncade, acompañando a la reina, de que Sara no permanecía a su lado. Tampoco lo hizo Andrea, que se hallaba en el séquito de Catalina y que llevaba, colgada al cuello, la llave de su pensión Katalintxu y, en sus alforjas, unos papeles que le aseguraban su propiedad y su registro de posada. Por si había regreso, quería recuperar sus pertenencias.

La caravana prosiguió con mayor tristeza aún de la que comenzara su itinerario, como si el infante muerto fuera un lastre, y la parte sur del reino perdida a sus espaldas, una losa. Se escuchaban, como prendidos en el viento suave de aquel nefasto julio, los sollozos de Catalina por la pérdida de tantas cosas valiosas para su corazón de madre y reina.

# Capítulo 11. Invasión

## Posada Katatxu, Pamplona/Iruña, 25 de julio de 1512

Sara permanecía oculta en la posada Katatxu. A todos vio partir y en el tumulto, burló la vigilancia de Andrea y de Otxanda, murmujeando una excusa, echó marcha atrás y corrió hacia un escondite. Llevaba planeando esto hacía meses, desde el día de la muerte de su niño, exactamente cuando comenzaron los rumores de la invasión castellana.

Una mujer puede perdonar agravios, pero nunca el de la violación; menos el de la penitencia de un embarazo que evidencia el descrédito de su condición de doncella; aun menos la muerte del bebé, fruto de su violación por Arrieta, pero hijo de sus entrañas, en cierto modo amado y odiado a la vez. No se movía en ella el instinto de madre, sino otro sentimiento más gravoso: el de la venganza por no haber podido amar a su criatura.

Sara había sido abandonada recién nacida a las puertas de la iglesia por una madre desesperada, quizá motivada por las mismas circunstancias que obraban en su presente, pues ella iba a convertirse en la vengadora de las afrentas de los señores sobre los vasallos, de los hombres sobre las mujeres. Había llegado al final de su subordinación, cruzado el rubicón de su aceptación de inferioridad, adelantada en la venganza de su feminidad.

Era, tal como el personaje de la obra que había representado con los cómicos, Diana cazadora, la vieja diosa de los griegos, hija del gran dios Zeus, hermana de Apolo, reina de los bosques. Era la Luna, señora de la noche, en su representación humana

Había escuchado decir al rey Juan que el traidor Beaumont estaba a las puertas de Pamplona, rodeado de sus bandoleros, secundando al de Alba en su movilización militar de invasión, así que comprendió que había llegado la hora de realizar su implacable ejecución.

El palacio de San Pedro se vació de embajadores, diplomáticos y clérigos, que partieron presurosos, y el rey, viéndose incapaz de defender Pamplona, montó en el mejor caballo de los establos reales, azuzándolo sin piedad, camino al norte del reino.

Cuando Juan de Albret fue una mota de polvo en el horizonte, Sara salió de su escondrijo para acceder a la armería y escogió entre las armas, desechando ballestas, jabalinas y lanzas, un robusto arco inglés.

Era una hermosa pieza de roble pulida y flexible, casi tan alta como ella misma. No le fue difícil, en la ciudad fantasma, esconder el arma en los pliegues de su amplio sayón, trasladándose a la posada Katatxu, entrando por una puerta trasera que había dejado sin cerrojo.

Allí, junto a las flechas que también se había procurado, continuó ensayando en la diana del establo sin descanso, una y otra vez, como lo venía haciendo desde hacía meses, afinando su ya exacta puntería al máximo.

Los músculos todos de su cuerpo, al que sometía a ejercicios de calentamiento, según los preceptos de Tristancillo, permanecían dóciles al mandato de su voluntad. Recurrió a los ropajes de varón que había aprendido a usar en sus representaciones, adquiridos los movimientos libres del otro sexo por sus actuaciones teatrales, y se cortó sus cabellos dorados, dejándolos rapados.

Los enterró al pie del manzano donde permanecían los restos de su hijo sin nacer, odiado y amado al tiempo; el que había muerto ahogado en sus entrañas mancilladas de madre que no debía concebir fruto de un hombre odioso que no había pensado en otorgarle el don de la vida, sino en restarle dignidad en la violación y sometimiento posterior.

Se sintió reencarnación de la diosa antigua y vengadora de los griegos, y de Illargi Amandre,[21] la diosa luna de los bosques vascones de robles a la que, en su plenilunio, adoraban las sorgiñas en el ritual del akelarre. Había roto con la cadena de siglos de sumisión y ya no era Sara: era Amagoia.

***

El día 23 se escuchó el estrépito de tambores y trompetas y atabales, próximos a la ciudad. Cautelosamente, parando su adiestramiento y dejando sus armas escondidas entre la paja de los pesebres vacíos, Sara, vestida de muchacho, salió a la calle y se aproximó a las murallas.

Pudo ver con estupefacción el enorme ejército acampado en la plana de La Taconera, al pie de la muralla, con sus lanzas en ristre y sus temibles cañones con las mechas prendidas. Los invasores habían cruzado la líquida barrera del Arga.

No esperaban resistencia, pues el duque de Alba se pavoneaba, montado en una jaca blanca, tan a la vista que ella pudo apreciar su vestimenta, más lujosa de la que hubiera nunca imaginado en cuerpo alguno de varón.

Un opulento sayón carmesí le cubría la brillante coraza de plata y dejaba ver las medias negras que ocultaban sus piernas poderosas. Su cabeza iba recubierta con gorro de plumas y

---

21      Illargi Amandre: Abuela Luna. Euskara.

bajo sus cejas pobladas, los ojos de aquel hombre la hicieron estremecer, pero no la disuadieron de su propósito.

Buscó con ahínco en aquella multitud abigarrada de soldados a Beaumont, y lo encontró, también ricamente acicalado y rodeado de su gente, con gesto satisfecho y talante autoritario, pavoneándose con sus galas de conquistador. Entre los sicofantes del duque conquistador estaba Luis Arrieta, tal como esperaba.

Un sofocado estremecimiento le recorrió el cuerpo entero, como un agrio vómito. Iba a ejecutarlo, determinó, aunque en ello se le fuera la vida, pues tal cosa había estado preparando durante estos largos meses. Encontraría la ocasión adecuada, pues ya conocía su posición. Era su ventaja.

No hubo declaración de guerra por parte de Fernando ni del duque de Alba contra el reino de Nabarra, porque las bulas pontificias, falsas o no, actuaron como tales y como justificación tenían que, en su guerra con Francia, no iban a dejar la espalda descubierta a los reyes de Nabarra, cismáticos en su fe religiosa, o sea, gente de mala índole y con sospechosa alianza pro francesa.

Las gentes que se iban acercando a lo alto de la muralla, que no habían podido abandonar Pamplona, ajenas a estas consideraciones, pero atentas a su devenir, prorrumpieron en un clamor de clemencia que ocultaba el aborrecimiento por la conquista. Careciendo de reina, rey o caudillo para representarles, pedían misericordia. Nadie vitoreó a los invasores. Se rendían de antemano para salvar vidas y haciendas.

El día de Santiago, domingo 25 de julio, se abrieron las puertas de la vieja fortificación de la ciudad, dadas las 9 de la mañana por el campaneo de las iglesias, y el duque de Alba, a la cabeza del ejército enemigo, entró en Pamplona, siéndole entregadas las llaves por los jurados, única autoridad visible del reino.

Cuando dieron las campanadas de las 10, el estrépito de cornetas, tambores y atabales, y el ruido de los pasos marciales de los invasores y de los cascos de la caballería resonaron por los adoquines de la vieja Iruña, tomada por Alba para su rey, Fernando.

A fin de calmar los rumores insidiosos y aquietar los ánimos temerosos, el duque se apresuró a jurar en público ante una mermada multitud apiñada en torno suyo que se respetarían los fueros y demás privilegios que en tanta honra, estima y consideración tenían los nabarros.

Luego, cansado del parlamento vacuo y de la cabalgata atroz y del protocolo de la ocupación, tiró las pesadas llaves de la ciudad en un rincón del cuarto que ocupó en una posada, elegida al azar, cercana al palacio de San Pedro.

Lamentó que su físico moro, hombre que al salvarle la vida en Granada en un motín se había hecho adicto a su persona, resultando diestro en untos balsámicos para las llagas de sus piernas y las almorranas que le producía la montura, no estuviera con él. Había muerto en los preparativos de Vitoria, de una insolación. Para consolarse, bebió abundante hidromiel.

El duque, antes de atender a las negociaciones diplomáticas que Juan de Albret intentaba mantener con Fernando y que debía manejar él, consideró con cautela, mientras se liberaba de sus arreos militares y se echaba sobre la cama, que debía avanzar con inmediatez en la labor de hacer Grandes de España a los que habían prestado asistencia en la conquista del reino vascón; el principal, Luis de Beaumont, a quien devolvería tierras y beneficios confiscados por los reyes nabarros para aquietarle el apetito ambicioso que le carcomía el ánimo codicioso, tan implacable como el de su padre, aunque, según decían, era peor guerrero que su progenitor.

Al duque de Nájera, le nombraría virrey de la ciudad, otorgándole la grandeza nobiliaria pertinente requerida para ellos y sus descendientes. Tal cosa, calculó cerrando los ojos, ya desnudo sobre el colchón de plumas, pero con la espada de acero toledano a su diestra, los mantendría sujetos. De advertir era que quienes traicionaban a los suyos podían traicionar a los demás.

Era importante mantener contentos a los beaumonteses y que cada castillo del reino fuera ocupado por un hombre de su confianza para evitar los levantamientos que podrían sucederse, que no hay reino ni señorío, ni casa, ni mujer que se tome por la fuerza y que no intente un desagravio, y, lo obvio, azuzar a la soldadesca al botín y la violación de Pamplona a ultrapuertos para escarmiento de quien desobedeciera la ley de ocupación.

La cuestión, la gran cuestión, para mantener la ocupación, era extender el terror.

***

Una multitud de hombres desbordaba la ciudad, ocupando a su antojo posadas y viviendas. Abrían a patadas las puertas cerradas y se instalaban en los alojamientos abandonados, gozando del bien inestimable de los comestibles de sus alacenas.

Otros prefirieron avanzar hacia las afueras para permanecer en las márgenes del río Arga, refrescándose, amparados por los espesos bosques de robles y encinas que rodeaban la ciudad, ya que el calor de aquel julio era intenso.

Necesitaban descanso, pese a que la conquista del reino pirenaico y su ciudad capital había resultado fácil, sin la resistencia esperada, con los reyes huidos hacia el norte, pero debían permanecer prevenidos.

No se sabía qué contraataque podrían sufrir en adelante, pues conocido era que los vascones eran maestros en la guerra de guerrillas. Las montañas siempre habían sido su gran refugio.

La marcha hacia Pamplona había sido forzada, fatigando a hombres y caballería, que habían cargado con desdoblado esfuerzo los pesados cañones por los puertos montañosos, añadidos a ese trabajo los preparativos antecedentes, tan fatigosos.

La mayoría de la soldadesca provenía de Castilla y de Gramada, y había permanecido en Italia. Eran hombres avezados en guerras, pero estas los habían debilitado. El rancho no había sido escaso, pues los pueblos de Nabarra estaban bien provistos de graneros y abundantes animales domésticos que habían servido para saciarles el hambre, aumentada por el ejercicio físico y espoleada por la incógnita guerrera de la resistencia que iban a encontrar.

Pese a la insolente confianza que demostraba el duque de Alba en afirmar su rápida conquista, ninguno de ellos, ni el más zafio, dejó de mirar con temor a las montañas que se cernían a su alrededor.

***

Sara temió que rompieran los candados de la puerta de la posada, como habían hecho en otras casas abandonadas por la gente que había huido de Pamplona ante la invasión, pero, por alguna razón, tal cosa no sucedió y ella pudo permanecer segura en su guarida, preparando su reparación, con esforzada preparación.

No hacía ruido alguno que advirtiera su presencia en la posada Iturralde. Como conocía los zulos del huerto donde se mantenían frescos los embutidos y el vino, estaba provista de abundante comida, queso, tocino y galletas saladas.

Salía al atardecer, que en verano rozaba las 10 de la noche, vestida de hombre, con sus calzas marrones y un sayón de estameña parda con su amplia capucha que le cubría la nuca. Sus cabellos estaban enmarañados en torno a su rostro que, con el rictus amargo que dibujaba su propósito, había perdido belleza y cualquier rastro de dulzura. Semejaba un hambriento rapaz.

Pese al alboroto que sufría la ciudad con hombres armados yendo y viniendo sin orden ni concierto, logró precisar el lugar donde pernoctaban los beaumonteses. Tenían colocadas sus banderolas en los balcones de un edificio residencial, así como hachones que permanecían flameantes toda la noche en sus cuatro esquinas. Una guardia daba rondas alrededor de la casa, pero no inspeccionaba los aledaños.

Consideró que la mejor hora para su ataque sería la medianoche, cuando los fuegos apagaban su fuerza y los hombres caían rendidos de su vigilia. Beaumont, siempre escoltado por Arrieta, solía abandonar a esa hora la posada del duque de Alba, con quien compartía cena, dirigiéndose a su morada, a corta distancia, transitando una calleja empedrada.

Al lado de la casona había un terreno baldío donde crecían plantas altas y salvajes de cardos. En su mitad, oculta por los matorrales amarillentos, se erguía una fuente de agua, de construcción de piedra, aprovechando un manantial subterráneo al que se descendía por unos escalones estrechos de piedra cubiertos de musgo. Un escondite excelente.

Registradas con exactitud las horas de idas y venidas de los hombres, Sara caviló y determinó el momento convenido para su acción. Cargó la noche del 27 de julio su arco inglés y sus flechas en los pliegos de su sayal, escondiéndolos en el resquicio de la fuente de piedra, en el centro del campo yermo.

La noche del viernes 30 de julio, revestida con su capa parda, amparada por la oscuridad y la soledad del baldío, Sara, agazapada, con los ojos acostumbrados a la nocturnidad, vio cómo salía el grupo beaumontés de la posada, algunos ebrios, y todos alborotadores y prepotentes.

Raspaban con las espuelas de sus botas los adoquines de la calleja, produciendo chispazos, y con su vocerío insolente taladraban el silencio de la noche. Ninguno llevaba coraza.

Delante del grupo iban los criados, portando hachas para alumbrar el camino.

Dieron las campanadas de la medianoche de la catedral. Alguien, desde la posada, llamó a gritos a Beaumont y este retrocedió, quedando Arrieta al frente del regimiento, solo y expuesto. Era la ocasión.

Sara se levantó, sigilosa, posó firmemente sus pies sobre el suelo, aferró su arco, apuntó al blanco odioso y, conteniendo el aliento, disparó su flecha, que, atravesando el aire, penetró limpiamente en el pecho de Arrieta, acertando en la mitad del corazón.

El hombre, ante el impacto fatídico, quedó tieso. Luego, sin proferir ningún grito, desmadejado, con los ojos abiertos por la sorpresa indecible de su propia muerte, violenta e imprevista, se desplomó hacia atrás, cayendo al suelo, despatarrado, en medio del violento chorro de sangre que manó de su pecho y burbujeó en su garganta.

Una segunda flecha se dirigió directamente a sus genitales, que se desparramaron sanguinolentos, liberados del calzón de terciopelo naranja que los cubrían, dejándole expuesto y humillado, aunque él ya no tenía conciencia de su ultraje. Estaba muerto.

Se armó gran algarabía: los hombres que portaban las antorchas se dispersaron por la calleja, tratando de iluminar el recinto para encontrar al atacante. Con las teas iluminando el baldío y moviéndose con rapidez entre las breñas, se allegaron a la fuente y pudieron ver al mozo escurrido entre los peldaños.

Les extrañó que no presentara resistencia, pues mantenía el arco en las manos, pero sus ojos fieros, parecidos a los de un lince, retaron a los soldados sin animadversión, como acatando, pese a su ferocidad, la sentencia de muerte. No le interesaba matar a nadie más: había cumplido su deseo vengador y no le interesaba vivir más allá de él.

Un soldado que portaba un arma nueva y letal, un arcabuz, disparó a la sombra encogida, acertando. Sara cayó muerta de un disparo.

\*\*\*

Al día siguiente, 31 de julio, Fernando, regente del reino de Castilla y rey de Aragón, y de tantas otras tierras y señoríos, publicó su manifiesto, en donde, en seis lacónicos puntos, explicaba su conducta invasora a Nabarra, haciendo hincapié en la herejía de los reyes y su negativa en dar paso por su territorio a las tropas de la Santa Alianza, asuntos tan reprobables como cismáticos.

Se autoconvertía en guardián de la religión católica y dueño del reino vascón, y exigía detentar el poder de los castillos y fortalezas del reino conquistado, la recuperación inmediata de los patrimonios beaumonteses expropiados por los disidentes reyes Albret-Foix. Fue su primer ataque al espíritu del fuero, aunque juró preservarlo.

Exigió que tanto el mariscal don Pedro Navarro como don Alfonso de Peralta moraran de ahí en adelante y por siempre jamás, bajo su custodia y vigilancia, en Nabarra, alejados de los reyes excomulgados, maldecidos, anatemizados, proscritos…, y ordenaba que el príncipe de Viana, por los mismos motivos, fuera criado en Castilla, bajo su control.

Se trataba, subrayaba con el desmán del conquistador satisfecho, de una *cruzada santa*, como la emprendida contra el reino nazarí y las tierras descubiertas de las Indias, bendecido en su victoria por el apóstol Santiago, en cuyo día habían tomado y conquistado para sí y sus descendientes la ciudad del alma vascona.

Como Arrieta era una de las pocas víctimas habidas en la toma de la ciudad, decidieron enterrarlo con espectaculares honores militares y religiosos. Le ungieron el destrozado cuerpo con los santos óleos, lo embutieron en un ataúd de cedro sobre el que se expidió incienso y le recitaron la liturgia de difuntos, oficiándose misas en su nombre, lo cual contentaba al clero.

Luis de Beaumont presidió con gesto solemne los actos fúnebres y el cortejo al camposanto, pronunciando palabras laudatorias de la condición de soldado de su teniente, probado en las guerras con los moros de Granada, los napolitanos de Italia y ahora con los herejes de Nabarra.

Después de que echaran sobre el féretro paladas de tierra y se olvidaran de Arrieta para siempre, desoyendo a una mujer que se proclamaba su viuda y quería una pensión para mantener a sus hijos, volvieron a lo que les interesaba verdaderamente: los planes de remate de la conquista, la expropiación de bienes, el reparto de tierras y títulos. Tal era el quid de la cuestión.

Como creyeron que las flechas iban dirigidas contra Beaumont, se buscó si el asesino tenía cómplices: no encontraron sino a un niño tarado que no supo explicar nada, pero le ahorcaron para ejemplarizar a los habitantes de Pamplona de lo que les sucedería si alguien osaba repetir un hecho semejante; que así serían tratados los actos insurgentes de ahí en adelante.

El cuerpo de Sara, al reconocerla mujer y joven, y aunque estaba chamuscado por la pólvora del arcabuz, fue violado una vez más por un soldado borracho, y luego, deshecho nauseabundo, echado a los perros hambrientos que deambulaban por las calles. Nadie se enteró de su muerte, por eso nadie la lloró.

*\*\*\**

Los reyes contemplaban con dolor las cenizas humeantes de su reino en su palacio de Orthez: la capitulación de Pamplona, el incendio de los caseríos y campos de labranza, el arrasamiento de Donibane Garatzi, que hasta allí habían llegado los conquistadores con sus teas incendiarias, reduciendo el reino.

Consideraban con dolor abrumador la fuerza numérica del ejército enemigo y el poder de su artillería. Lumbier, Viana, Estella, Miranda, Cáseda, valles de Aezkua, Salazar y Ronkal, fieles a Nabarra, fueron entregando sus armas, rumiando su desesperación por la pérdida del reino del que formaban parte leal.

El hijo bastardo de Fernando, arzobispo de Zaragoza siendo niño y lugarteniente del reino de Nápoles siendo adolescente, ofrecía prebendas florales a las puertas de la refractaria Tudela, tentándola a la rendición. Su destino, pese a su probada fidelidad a los reyes de Nabarra, fue finalmente la subordinación.

Catalina, con el luto de su hijo Francisco en el alma, tremendo tributo de mujer ofrecido a la invasión intempestiva, lloraba por el reino conquistado, por la exhibición de la fuerza más que por el uso de esta, y por la maniobra de la Iglesia en achacarles herejías.

—*Mis estados llegan en parte desde el mar de Occidente y desde Fuenterrabía hasta el mar del Mediodía, y confines del estado de Rosellón están pegantes a los reinos de Castilla y de Aragón, conteniendo los montes Pirineos...* Es verdad que en tan dilatado territorio, conformado por tantos señoríos, se hablan lenguas diversas, que coexisten leyes y costumbres distintas, mas... ¿no son así los estados que van surgiendo en Europa? ¿No es así como Fernando, nuestro tío y enemigo, pretende gobernar ese cónclave de reinos peninsulares y ultramarinos? Con astucia, ha prometido jurar y conservar los fueros, que es lo único que importa a los nabarros, que jamás, y lo admito con dolor, nos han comprendido ni querido, pese a los esfuerzos que hemos hecho por la paz del reino.

Cansada y no vencida, sabiendo que el Capítulo 1, Título 1, Libro 1 del Fuero General de Nabarra prohibía a los reyes negociar con otro rey o reina guerra ni paz, ni tregua, ni otro hecho granado o embargamiento del reino sin consejo de los ricohombres o doce ancianos de la tierra, convocó a Juan de

Jassu, cuya ponderación tenía en tanta estima, y a las dispersas cortes, para provocar un alzamiento de reacción contra la invasión.

No podía tolerarse que Fernando se declarara rey de Nabarra ante jurados ni que se nombrase depositario de las cortes y del reino y del señorío y mando de él, exhibiendo como asunto principal la presunta herejía de los reyes legítimos, contrarrestándola a su *limpia trayectoria de guerrero católico*, quien en sus reinos, conquistados a sangre y fuego, había impuesto, como cristiano que se jactaba ser, la Santa Inquisición, expulsando judíos y moros, aunque a los más se les ahorcaba y quemaba para expoliarles las riquezas.

Pregonaba el rey católico, arrogante, ufanándose sobre los adoquines de la vieja ciudad vascona, que a quienes habían jurado en su día a Juan y Catalina lealtad se les eximiría de semejante atadura, que en ello —advertía, malicioso— se les iba la salvación de sus almas, logrando el beneficio de su tutela apostólica, asegurándose un lugar preferente en el cielo por la eternidad.

Catalina, abrumada por la pesadilla de la invasión, recordaba que ella era descendiente de reyes antiguos.

De Eneko Aritza, el primer rey vascón que había encabezado la acometida bélica contra Carlo Magno, en el desfiladero de Roncesvalles, llamado en la lengua autóctona Orreaga, a la cabeza de sus vascones, confiriéndole al que sería emperador de Europa la única derrota en su vida militar.

De Sancho el Sabio, primero en llamarse rey de Nabarra, pues los anteriores se denominaron de Pamplona, que otorgó fuero de fundación a las ciudades de Vitoria y San Sebastián, que deberían ser propiedad del reino y no lo eran por esa hambre insaciable de la expansionista Castilla.

—¡Ay! —suspiró Catalina con pesar, deteniendo sus ensoñaciones heráldicas—, pensar que Castilla era una tierra desolada, apropiada para la deriva del ganado y la crianza de ovejas y poco más, y ahora se convierte en una temible potencia militar que me arrebata mi reino. Vivir para ver.

Heredera era también de Sancho el Fuerte, vencedor de las Navas de Tolosa, gestor del gobierno de Nabarra sustentado en los tres estados: Nobleza, Eclesiástico y de la Universidad o de las Villas; del rey trovador Teobaldo de la casa de Champagne...

Y de Carlos III el Noble, apaciguador entre Castilla y Aragón, de las bandas de Ponces y Legarzas de Estella, que había abogado por la tranquilidad pública de Tafalla y dictaminado el Privilegio de la Unión que había normalizado la vida ariscada de la vieja Iruña, acabando con la anarquía de jurisdicciones y los baños de sangre. El que había realizado un amejoramiento de los fueros, aunque cometió contrafueros en conceder hidalguías, favoreciendo a sus bastardos, pero convirtiendo a Olite, pese al trabajo desmedido de sus operarios, en el más bello palacio de Europa.

—Porque los reyes, mientras estén en la obligación de reinar, que es ejercicio cansado y perpetuo —meditaba Catalina, pesarosa—, necesitan de una corte esplendorosa para recibir embajadores y dignatarios de la Iglesia, y entretener y deslumbrar al pueblo con sus festejos.

La reina suspiró al recuerdo de Olite, porque era hermoso el castillo levantado sobre la plana, con sus quince torres diferentes de nombres caprichosos: la Joyosa Guarda, Cuatro Vientos, Tres Coronas, Lebreles, Sobre el Corredor del Sol...; con sus jardines de toronjiles y limoneros, sus amplias habitaciones con los muros revestidos de maderas nobles y pulidas, cubiertos hasta el techo de tapices coloridos.

Y recordó su regia cámara, de la que colgaban del techo cientos de cadenillas de bronce terminado en pequeños discos y que, al pasar la brisa, sonaban como música celestial. Allá se solazaba en las calientes tardes del verano, sobre su lecho de plumas, con su libro en la mano.

—Olite y su gran biblioteca, creada por Carlos, príncipe de Viana, bibliotecario y escritor, hombre que intentó, aunque no pudo, introducir en el reino flagelado por las guerras civiles la grandeza artística de Florencia y de Venecia, trayendo artistas, publicando la *Suma de la Aritmética*, del matemático Francisco de Saint Clemente, y tantas obras más, procurando que el dulce néctar de la cultura fuese sorbido por los habitantes del reino, reducidos a la aspereza de la vida militar, con los campos arruinados por los fuegos y las familias agobiadas por la pobreza y temerosas por las matanzas.

Para intentar ese protagonismo del *hombre* sobre la Tierra, acrecentaron, ella y Juan, en lo posible, y con la ayuda de Daniel, tan esmeradamente educado por Isaak y poseedor de una imprenta, la biblioteca de Olite, que ya contenía volúmenes de Homero, Platón, Aristóteles, Virgilio, Cicerón, Jenofonte...

Aspiraron que en la lengua que hablaba el pueblo llano, que decían era tan antigua que no se la podía catalogar en siglos, se publicaran obras. Barajaron instalar en Olite una Escuela de Traductores, como la de Toledo, donde se publicaran los textos para que cada quien los leyera según su lengua materna, que siempre causa alegría en el corazón.

Reconstruirían, rollo a rollo, pergamino a pergamino, la Biblioteca de Alejandría, recobrando su gloria. Podrían recoger los textos de Hipatía, que había descubierto la órbita de la Tierra alrededor del Sol, experta como era en astronomía, cosmografía y geografía, y que, tachada de hereje, había sido muerta, resultando ahora testimonio veraz por los viajes de Colón y la cartografía de Vespucio.

No existía la catarata del final de mundo ni dragones devoradores de navíos incursores. La Tierra resultaba redonda, trajinando alrededor del Sol alumbrador, generador de la vida, que permanecía estático en la mitad del universo infinito.

Eran novedades que revolucionaban el pensamiento y preparaban a la humanidad para un nuevo concierto, donde podría pensarse sin miedo, explicarse sin cautela, hablar basándose en la razón, en la lógica.

Catalina, con pesar, apartó de sí sus desvíos intelectuales, porque, pese a su afición, tenía que comandar la próxima insurrección de Nabarra contra sus invasores. No podía ofrecer libros; había que procurar armas.

Le estaba negado hacer fuegos de artificio como los que habían iluminado las torres de Olite en el cumpleaños de Carlos de Viana, porque necesitaba esa pólvora para alimentar sus cañones y, en vez de deslumbrar a la gente con sus maravillas, matarlos por su estupidez.

Estaba condenada a entablar una nueva guerra por evitar la división de Nabarra entre su condición continental o peninsular; mantenerla sujeta a ambos lados del Pirineo, tal como había nacido.

Catalina se sentía desgastada por tantas maternidades, por la muerte de su último niño que ofrecía, tal como Ifigenia había sido consagrada al altar de la guerra, para aplacar el enojo de Artemisa, que hizo parar los vientos de las naves aqueas en su camino a la toma de Troya.

Pero su inmolado Francisco no podría detener el impulso invasor y avasallador de Fernando.

\*\*\*

Daniel, con el ceño fruncido y tirantes los labios, tocó suavemente en el hombro a Otxanda, que dormía plácidamente en la única habitación de la posada Hiribarne de Donibane Garatzi que se había salvado del incendio. Yacía en la cama donde una vez, hacía tantos años, y en víspera de una coronación, descansara Magdalena, la princesa de Viana.

La joven, al contacto, abrió los ojos con pereza, pero se espabiló rápidamente, comprendiendo que algo terrible sucedía. Peor que la marcha apresurada de Iruña, que la muerte del infante Albret, que el despojo de la posada Katatxu de Iruña y la Otxanda de Viana.

Daniel portaba en una bandeja un tazón de barro con una tisana caliente de romero sanjuanero. La depositó con cuidado sobre una mesa y, ayudándola a incorporarse, ahuecando las almohadas, le puso la taza entre las manos, mientras él, ya sentado al borde de la cama, prorrumpió su declaración:

—Sé que lo amabas...

—¿A quién? —preguntó ella con cautela, sorbiendo el líquido bienhechor que aliviaba sus náuseas matutinas.

—A Peio, el músico.

—Eso fue antes de conocerte y no fue amor. Fue cuando me di cuenta de que existía el amor. Mientras tú, en Granada, te solazabas en los jardines de naranjos y olías las lilas del palacio nazarí, y tenías profesores de la Escuela de Traductores de Toledo para tus estudios en griego, árabe y hebreo, y bailabas con huríes en las noches iluminadas por las estrellas fugaces —Y esto lo dijo con una sonrisa maliciosa, deteniendo una queja del hombre—, mi vida discurría en los cuidados que debía a madame: poniendo y sacando vendas a sus piernas enfermas, probando sus insulsas comidas y leyéndole una y otra vez el *Libro de las Horas*. No era nada entretenido, puedes creerme, y, lo peor, pasaba mucho frío en aquella litera donde dormía, a los pies de su cama, por si en la mitad de la noche había que procurarle leche tibia con miel. Me entregaron al servicio de madame siendo una niña y ella fue absorbente conmigo.

—No parecía una mala mujer —observó Daniel—. Mi padre la alababa mucho.

—Exigió mi devoción total, o yo se la di entera, pues era una huérfana que necesitaba de esa protección. A su lado, progresé como persona, pues me enseñó a escribir y a leer, pulió mis modales, me indicó cómo asearme para que no oliera a orines ni a sudor. Sabía que no podía regresar a mi lar, pues nada allí había para mí, ni tan siquiera el cariño de mi padre, dedicado a su nueva esposa y a sus otros hijos. Mi padre no fue como el tuyo, Daniel. A su favor, te digo que no sobraba comida en su mesa. No era un rico comerciante de sedas y joyas, sino un agricultor de una tierra áspera. Solo contaba con un caballo percherón para arar, una pareja de cerdos para criar y algunas gallinas. A los siete años, yo sabía cómo desangrar un cerdo, matar un pollo y apilar excrementos para el abono de la primavera.

Otxanda calló y los recuerdos ácidos, con su olor a estiércol, borraron la abierta sonrisa de sus labios. Sin embargo, eso no fue suficiente como para que el joven le increpase con dureza:

—Cuando desperté de mi muerte, te solazabas con la música de la txirula de Peio —Y los celos soterrados, tan largo tiempo almacenados, dolorosamente rumiados, al hacerse palabras, al mismo Daniel le parecieron desmesurados.

Ella le miró con los ojos negros repletos de lágrimas, pero contestó vivazmente con victorioso desenfado, con los espesos cabellos cubriéndole los hombros como un manto de seda negra:

—Necesitaba un descanso. Estuve días y noches procurando tu salvación, y la logré.

—Nunca lo había visto así —musitó el hombre, avergonzado de su torpeza, de su afán avasallador de quererla para sí en exclusividad.

—No es cosa que me guste contar ese desierto de amor que fue mi vida... —replicó ella con aspereza, añadiendo con voz controlada—: Tan pronto me di cuenta de que Sara y Peio se amaban en aquella unidad que la música produjo en ellos, e incluso antes de que lo supieran, me aparté, y aún no era tu esposa. Después del testamento de madame, pude haber intentado una conversación con la reina Catalina, de ánimo tan tolerante como lo fue su madre, y deshacer el matrimonio impuesto, y no lo hice. Algo me empujaba a ti, pues eras un hombre distinto a los otros: sabías lenguas diversas, rebajabas los dolores físicos, podías imprimir libros con tu artilugio... —Otxanda sonrió abiertamente, con ese humor animoso que le era propio y que no dejaba mucho tiempo para la tristeza, concluyendo—: Y sí, me enamoré de tu cuerpo cuando lo sostuve desvalido entre mis brazos: fui yo la que saqué el puñal de tu espalda ensangrentada, la que lavó y purificó la herida según tus recetas de higiene, la que rezó a Dios, sea el cristiano o el hebreo, que no anduve con remilgos por tu salvación; la que pidió a Peio que tocara la txirula para ver si rescatábamos tu alma del sitio remoto donde estaba recluida. Luego, me fui enamorando de las otras cosas que te adornan... ¡Si hasta beso tus dedos pringados de tinta! ¿De qué te puedes quejar?

Daniel la miró con inmensa ternura, porque ella se reía, reseñando esas cosas, pero aún tenía que añadir la terrible noticia y lo hizo, eligiendo sus palabras con cuidado:

—A Peio lo han matado. Lo encontraron los soldados en el establo de esta posada adonde se allegaron con el propósito de desvalijar la despensa y robar los animales, con las teas prestas para incendiarla. Estaba solo; sostenía su txirula entre las manos, su única arma... —La voz de Daniel se hizo tan suave y consoladora como si fuera música, y añadió con dulzura—: Y también la más poderosa, porque podría narrar la verdad de los hechos a través del tiempo. Una nota musical repetida de generación en generación es mucho más potente que el estruendo inmediato de la bala de un cañón.

—Peio ha muerto... Mi juglar de los rizos de oro ha muerto —musitó la joven con inmensa tristeza. Cuando las lágrimas dejaron de brotar del lago de sus renegridos ojos, desahogando su corazón de la pena infinita, inquirió con un hilo de voz—: ¿Quién va a tocar su txirula en el futuro?

—La trituraron las botas conquistadoras, que no quieren más redoble que el de sus tambores. A él le ensartaron un lanzazo en el corazón, porque les pareció, por su condición de hijo de posaderos y su físico casi femenino, que no valía como rehén y sería una carga como prisionero. Sus ejecutores eran soldados... —Y esto lo dijo con desprecio, escupiendo las palabras. Continuó disertando con cuidado para evitar causar el menor dolor posible a Otxanda—: Murió sin sufrimiento.

—Ese hermoso cuerpo ya no existe —Y Otxanda meneó la cabeza con aflicción.

—Su música, que nos viene dada desde antepasados remotos, de los que no sabemos el nombre, pero conocemos el espíritu, va a pervivir en nuestras montañas. Nacerá otro Peio en cada generación, porque es propio de nuestro pueblo, al que no han olvidado sus viejos dioses tutelares, los que perviven en los espesos bosques de robles y los fértiles valles de nuestras montañas, en la limpia fuente de nuestros ríos, en las praderas de nuestra tierra llana, y nos alentará a recobrar lo que perdimos en este verano nefando de 1512.

—¿Cómo decirle esto a Sara? —preguntó temblorosa Otxanda.

—Nada se sabe de ella. No se integró a la caravana real en Iruña —Y Daniel clavó sus ojos garzos en los oscuros y brillantes de Otxanda para añadir intencionadamente—: Solo sé que un tal Luis Arrieta, beaumontés, al que han hecho grandes exequias, murió de un flechazo en el corazón y otro en los testículos, en las cercanías de la posada Katatxu. El crimen lo realizó un experto arquero, que resultó arquera, que en represalia fue abatido por un tiro de arcabuz.

La joven lo miró con asombro; luego, con renovado dolor. Las lágrimas surgieron nuevamente de sus ojos oscuros, se deslizaron por sus lozanas mejillas y cayeron sobre la taza de romero sanjuanero que sostenía entre sus manos, penetrando su amargura en la esencia bienhechora. Musitó:

—Ahora lamento haber dilatado su casamiento, con el que la reina Catalina estaba encantada y para el que había hecho planes, ya que quise que me acompañara a Viana; no sabía si me ibas a recibir, tan enojado como estabas cuando partiste —Otxanda reprochó—: Te montaste en tu caballo, arreando tus mulas plateadas, y no miraste hacia atrás, Daniel.

—Mis brazos siempre estuvieron, han estado y estarán abiertos para ti, desde el día en que te vi por primera vez, en la alcoba de madame Magdalena —observó Daniel, conmovido, con voz ronca y gesto severo—. Jamás antes, ni en el jardín perfumado de las huríes de Córdoba, ni en los naranjales florecidos de Granada, vi unos ojos tan brillantes ni un cuerpo tan hermoso, conteniendo un espíritu tan gallardo de mujer. Actué como mi padre y mi madre cuando se vieron en Tolosa la primera vez: se enamoraron uno del otro para siempre.

—Debes aprender a hablarme con claridad —musitó ella con ironía y, bajando la cabeza, dijo estremecida—: Peio y Sara eran jóvenes, hermosos, y los unía la música. Por el empeño de la reina Catalina en el teatro, podían haber tenido un buen futuro, vivir en una sociedad ilustrada y divertida, ajenos a las contingencias bélicas, a los recalcitrantes sermones eclesiásticos que provocan tristeza de ánimo, augurando como única felicidad la que nos viene tras la muerte. La guerra y la maldad de Arrieta torcieron las cosas, y ella, mancillada, no se consideró digna de ningún hombre, menos aún de Peio, y preparó ante nuestros ojos semejante venganza letal.

—Tristancillo es el primer afligido —musitó Daniel—. Lamenta haberle enseñado el uso del arco, aunque comentó que la joven parecía haber nacido para ello. Tenía elasticidad y buena puntería, incluso una fuerza poco común en los músculos de sus brazos.

—Eran ambos como el eco de nuestro mítico pasado y, aunque digas que resucitará…, no ha de ser en nuestro tiempo, amado mío, porque nos asola la devastación —Levantó sus húmedos ojos hacia Daniel y musitó, preocupada—: ¿Qué va a ser de nosotros? Nuestro hijo viene en camino y hemos de mantenerlo.

—Los Hiribarne, transidos de dolor, han puesto en venta esta posada. Se han retirado a Orthez y sus hijos y nietos han decidido combatir en el ejército de los reyes, tratando de reconquistar el reino y Pamplona.

—Igual, puedo comprarla, amor mío —aseveró Otxanda, con un brío renovado, con esa facultad de su carácter de resolver los problemas inmediatos—, pues mantengo el relicario que Magdalena me regaló para resolver alguna ocasión comprometida en mi vida, el que compró a tu padre, con el rojo rubí de la India incrustado en su tapa. ¿Sabes? Dicen que proviene de un mundo donde someten a los grandes animales salvajes a la voluntad del hombre, por lo que creo valdrá para que dominemos esta circunstancia de nuestras vidas, pues madame aseguró que tiene la facultad de potenciar la alegría de vivir —Y se rió de las creencias, para culminar—: Me sobran, además, monedas de oro de mi dote.

—Tengo varias de mi padre en las alforjas —recordó Daniel, añadiendo—: Pero ¿quién, aparte de Fernando, el Papa o el rey de Francia, querría comprar el rubí? Son los únicos ganadores de la contienda, y no debemos procurarles semejante prenda.

—Pues compraremos la posada Hiribarne con la suma de nuestras monedas de oro y la restauraremos. No creo que los peregrinos de la rúa trajinen por nuestra tierra hasta que se aquieten las cosas, pero volverán a hacerlo en el futuro, pues siempre habrá en Europa gente con culpas que purgar en Compostela.

—Es inherente a la condición humana —aceptó Daniel con una sonrisa. Retiró la taza tibia de las manos de Otxanda, que le echó los brazos al cuello y buscó sus labios, besándolos con pasión. Luego, aseveró—: Siempre he sabido, y ahora es una verdad incuestionable, que me he enamorado de la mujer perfecta.

—Pero no en el tiempo perfecto, amado mío. Nunca seremos los mismos que fuimos, porque nos han arrebatado por la fuerza bruta la facultad de decidir, de pensar, de mantener la libertad de ser nosotros mismos. Los vencedores impondrán la Inquisición, el acatamiento..., la subordinación, inexorable precio que precede a la conquista.

—Sabremos maniobrar en esas turbulencias —advirtió Daniel calmadamente.

—Lo haremos. Para eso está tu oficio de impresor, que transforma las sutiles ideas en conceptos perdurables, para que nuestro hijo y los que nos lleguen después de él, y estos a sus hijos, y que ellos hagan el trabajo con los suyos, conserven la memoria de este tiempo, en que un reino soberano fue invadido con ardides y conquistado a sangre y fuego. Si nosotros y nuestros descendientes demostramos que mantenemos la memoria del agravio, no para devolverlo con la acritud con que nos hirieron, sino para esgrimirlo como causa de nuestros derechos, no habremos vivido ni sufrido en vano.

Se abrazaron con el inmenso amor que sentían el uno por el otro. Fuera, la primera nevada del año comenzaba a depositar los blancos copos de nieve sobre la pequeña ciudad de las casas de piedra rosa que se recuperaba lentamente de las cenizas de su destrucción.

Otxanda preguntó, después de un largo rato:

—Nunca has renunciado a tu religión, ¿verdad?

—No —respondió él con naturalidad—. He seguido la tuya en el caso de nuestro matrimonio, porque fue orden de la reina Catalina. No me opondré al bautismo cristiano de nuestro hijo; en realidad, la ceremonia es judía también.

—Sabía que contigo todo sería fácil, Daniel, no porque renuncies, sino porque otorgas.

Más alto que ellos mismos, bajo las nubes espesas que ocultaban el azul del cielo, volaban las bandadas de grullas y de palomas que volvían a emigrar hacia el sur, en busca del sol, huyendo del helado invierno que les venía.

Y Daniel musitó el salmo último, aprendido de su padre:

—*¡Oh, levántate, Jahavé, en tu ira, reprime el exceso de mis opresores, vela Tú por mi causa en el juicio que has prescrito!/ En torno tuyo, la Asamblea de los pueblos. Presídela Tú desde tu trono: Jahavé es el juez de las naciones. Júzgame..., conforma mi justicia según la inocencia que hay en mí...*

# Bibliografía

Amezaga, Vicente (Algorta, 1901-Caracas, 1969). *El hombre vasco*. Buenos Aires, Editorial Vasca EKIN, 1967.

Campion, Arturo (Iruña, 1354-Donosti, 1937). *Nabarra en su vida histórica*. Prólogo: Manuel Irujo (Lizarra, 1891-Iruña, 1981). Buenos Aires, Editorial Vasca EKIN, 1971.

Boissonade, Prosper Marie (1862-1935). *La conquista de Nabarra en el panorama europeo* (Vol. 1). *La conquista de Nabarra y su gestión diplomática* (Vol. 2). Buenos Aires, Editorial Vasca EKIN, 1956.

Irujo Urra, Daniel, (Lizarra, 1862-1911). *Carta autógrafa... sobre la nabarridad*. Bilbao, 1902? Archivo Irujo Amezaga.

Yanguas y Miranda, José. *Diccionario de antigüedades del reino de Navarra*. Pamplona, Imprenta de José Imaz y Gádea, 1849.

**Observación:** Esta es una novela histórica. He obtenido información de las bases documentales citadas, sirviéndome para este recorrido por el turbulento tiempo histórico que antecede y culmina en la conquista del reino de Nabarra, por las tropas del duque de Alba, en 1512, en un momento europeo sacudido por sucesos tan importantes como la invención de la imprenta (Maguncia, 1450), la toma de Bizancio por los turcos otomanos (1453), la imposición de la Inquisición como aparato de intimidación en función del estado, con su tortura y represión ideológica en los reinos de Castilla y Aragón (1478), la caída de Granada (1482-1492) y el descubrimiento de América por Castilla (1492), una nueva forma de hacer la guerra, utilizando la artillería y la estrategia política. No menos importante es el conocimiento de que la Tierra no estaba fija en el espacio ni era el centro del universo, sino que, como los demás planetas, circulaba alrededor del Sol, asunto debatido en la antigüedad, en la Biblioteca de Alejandría. Detallo, para facilitar al lector su tarea de comprensión, los personajes ficticios que se mueven en la novela y aseguro que me he permitido algunas licencias en relación a los baños de inmersión de la reina Catalina, aclarando que me he servido de fondo musical durante mi escritura de las piezas, de Pablo Sarasate (1844-1908), *Capricho vasco* para violín y piano; de Fernando Remacha (1898-1984), *El canto del ruiseñor, Navarra* para violín y orquesta, y el *Baile de la Era*, popular en Tierra Estella, rescatado del olvido en que había caído por Andrés Irujo Ollo, que lo bailó ante mis ojos con más de noventa años de edad, en Iruña.

**Personajes y lugares ficticios:** Aarón: preceptor de Daniel. Arrieta, Luis: beaumontés. Belzunce, Felipe: agramontés. Brianda: criada. Dalia: criada. Daniel: protagonista principal; herbolario, impresor. Fátima: niñera de Daniel. Lópiz, Isaak: judío comerciante, casado con Aniana Egia, natural de Tolosa; padres de Daniel. Otxanda: criada de la princesa de Viana, Magdalena. Peio: músico. Sara: criada. Tristancillo: director de teatro ambulante. Verónica Egia: tía-abuela de Daniel. Veroniquilla: criada.

**Posadas:** Posada Egues/Egüés; regenta: Ana Lizarraga. Posada Hiribarne, Donibane Garatzi/Saint Jean du Pied de Port; regentes: Johannes y Eulalia. Posada Iturralde, Iruña/Pamplona; regentes: Matías y Andrea; denominada Katalintxu, Katatxu; sirvió de corral de comedias por impulso de la reina Catalina de Nabarra; podría ser la actual Katatxu. Posada Verónica, Tolosa; regenta: Verónica Egia.

# ÍNDICE

# Editorial LibrosEnRed

**LibrosEnRed** es la Editorial Digital más completa en idioma español. Desde junio de 2000 trabajamos en la edición y venta de libros digitales e impresos bajo demanda.

Nuestra misión es facilitar a todos los autores la **edición** de sus obras y ofrecer a los lectores acceso rápido y económico a libros de todo tipo.

Editamos novelas, cuentos, poesías, tesis, investigaciones, manuales, monografías y toda variedad de contenidos. Brindamos la posibilidad de **comercializar** las obras desde Internet para millones de potenciales lectores. De este modo, intentamos fortalecer la difusión de los autores que escriben en español.

Nuestro sistema de atribución de regalías permite que los autores **obtengan una ganancia 300% o 400% mayor** a la que reciben en el circuito tradicional.

Ingrese a www.librosenred.com y conozca nuestro catálogo, compuesto por cientos de títulos clásicos y de autores contemporáneos.